grafit

Chemnitzer Str. 31, 44139 Dortmund
Internet: http://www.grafit.de
E-Mail: info@grafit.de

Umschlagfoto: zefaRF, F1online digitale Bildagentur GmbH
Druck und Bindearbeiten: CPI – Clausen & Bosse, Leck
ISBN 978-3-89425-382-0
1. 2. 3. 4. 5. / 2013 2012 2011

Kerstin Herrnkind

Mein Mann der Mörder

Psychothriller

grafit

Die Autorin

Kerstin Herrnkind wurde 1965 in Bremen geboren. Nach dem Studium (Bibliothekswesen und Literaturwissenschaften) volontierte sie bei einer Tageszeitung, arbeitete unter anderem für die *taz* und ist seit 1999 Redakteurin beim *stern.* Dort ist sie für Polizei- und Justizthemen zuständig.

2008 erschienen unter ihrem Geburtsnamen Schneider ihr erstes Buch *Maries Akte,* das auf wahren Begebenheiten beruht und die Spurensuche nach einer verschollenen Großtante und ihren Mördern erzählt. 2009 veröffentlichte sie zusammen mit Regine Schneider den Ratgeber *Drei sind einer zu viel.*

Mehr Infos unter: www.kerstinherrnkind.com

»Wir sehen die Dinge nicht, wie sie sind,
wir sehen sie so, wie wir sind.«

Anaïs Nin (1903–1977)

Die Erinnerungen haben sich in mein Gedächtnis gebrannt wie Jahresringe in einen Baumstamm. Wahrscheinlich, weil sie so schmerzlich sind. Jede Einzelheit ist mir präsent, so als sei es gestern gewesen.

Schon unten im Treppenhaus hörte ich das Telefon. Beethovens *Elise* quäkte in kurzen, abgehackten Tönen aus dem Apparat. Tobias hatte den Klingelton ausgesucht und gespeichert. Er hörte gern klassische Musik. *Der Mörder liebte Beethoven,* hatte eine Boulevardzeitung getitelt. Es las sich wie ein Klischee. Aber es stimmte.

Obwohl ich hochhackige Pumps trug, nahm ich zwei Stufen auf einmal. Nicht etwa, weil mich der Ehrgeiz trieb, das Telefon noch zu erreichen, bevor *Elise* verstummte. Ich musste verhindern, meinen Nachbarn zu begegnen. Womöglich dem pensionierten Oberstudienrat aus dem Erdgeschoss, der nach dem Tod seiner Frau den ganzen Nachmittag hinter der Gardine auf Falschparker und andere Delinquenten lauerte, um sie bei der Polizei anzuschwärzen. Oder der arbeitslosen Bibliothekarin aus dem zweiten, die sich für eine verhinderte Schriftstellerin hielt und ihre Nachbarn gern aushorchte, als sammle sie Stoff für eine Milieustudie. Den hatte ich ihr ja nun quasi frei Haus geliefert.

Als ich die Tür atemlos hinter mir ins Schloss hatte fallen lassen, spielte das Telefon die Melodie wieder von vorn. In mir keimte die verzweifelte Hoffnung, dass Tobias mich anrufen würde. Aber das war natürlich naiv. Er konnte sich doch denken, dass unser Telefon abgehört wurde.

Trotzdem nahm ich ab. Am Apparat war die Redakteurin

einer dieser Illustrierten, die ich beim Arzt im Wartezimmer manchmal durchblätterte. Wie es mir ginge, fragte die Journalistin einschmeichelnd, im Ton einer alten Freundin. Wie sollte ich mich schon fühlen, nachdem mein Leben binnen weniger Stunden verwüstet worden war, so als hätte eine Bombe eingeschlagen. Mein Mann war ein Mörder auf der Flucht. Hatte jahrelang ein Doppelleben geführt, von dem ich nichts geahnt hatte. War, nachdem er ein vierzehnjähriges Mädchen vergewaltigt und ermordet hatte, zu mir ins Bett gekrochen, um mit mir zu schlafen. Drei Jahre hatte ich mit diesem Mann zusammengelebt. Dachte, ich würde ihn kennen. Und lieben.

Sie wolle mit mir reden, sagte die Journalistin und gab ihrer Stimme ein beruhigendes Timbre, als sei ich ein kleines Mädchen beim Zahnarzt, dem sie die Furcht vor der Spritze nehmen müsse. Ich wolle doch sicher nicht, dass die Menschen dachten, ich hätte etwas vom Doppelleben meines Mannes gewusst. Ohne ihr zu antworten, legte ich auf. Doch kaum hatte ich das Telefon zurück in die Ladestation gestellt, dudelte es erneut. Der nächste Journalist, wahrscheinlich. Und das, obwohl ich mich auf Anraten der Kripo nach der ersten Vernehmung, ohne noch einmal nach Hause zu fahren, ein paar Tage in einem Landhotel versteckt hatte, weil die Presse vor unserer Wohnungstür campierte. Aasgeier des Leids waren das. Wer hatte denen bloß unsere Adresse und Telefonnummer gegeben? Und die ganzen Details aus unserem Privatleben ausgeplaudert? Nun fehlte nur noch das exklusive Gespräch mit der Frau des Mädchenmörders. Ich nahm das Mobilteil und schob den Akku raus. Endlich war *Elise* still.

In unserer Wohnung herrschte ein furchtbares Chaos. Die Kripobeamten hatten bei ihrer Hausdurchsuchung alle

Schränke durchpflügt. Schubladen waren halb herausgezogen, Kleider quollen hervor wie Gedärme. Schranktüren standen offen. Meine Unterwäsche lag auf dem Boden verstreut, so wie unsere Bücher. Tobias' Computer, seine Krimis, Anzüge, Hemden, Pullover, Zahnbürste, sein Kamm, ja sogar der Fahrradhelm waren beschlagnahmt worden. Das Pulver, mit dem die Spurensicherung Fingerabdrücke sichtbar machte, lag wie ein Schleier auf allen Möbeln.

Ich ging ins Schlafzimmer, bahnte mir einen Weg durch das Gewühl von Kleidern und Modeschmuck auf dem Holzparkett. Ich ließ mich aufs Bett fallen. Der Arzt hatte mir starke Beruhigungs- und Schlaftabletten verschrieben, mit denen ich die letzten Tage im Hotel vor mich hin gedämmert hatte wie im Fiebertraum. Obwohl ich früher nicht mal ein Aspirin gegen Kopfschmerz geschluckt hatte, war ich im Moment dankbar für jede Minute Schlaf, die mir die Pharmaindustrie gönnte. Denn erst dann zermarterte ich mir nicht mehr das Gehirn. Warum war ich nur so blind gewesen? Hatte es Warnsignale gegeben, die mich hätten hellhörig machen müssen?

Ich hatte Tobias im Flugzeug kennengelernt. Er saß auf dem Flug von München nach Berlin neben mir und las ausgerechnet *Die Bestie im Menschen* von Émile Zola. Heute frage ich mich manchmal, ob er schon damals eine Ahnung von seiner dunklen Seite hatte. Und ob er sich insgeheim von Zola eine Antwort darauf erhoffte, wie er das Böse, das in ihm schlummerte, in Schach halten konnte. Damals wunderte ich mich allerdings nur darüber, dass dieser fremde Mann jenseits der vierzig ein Buch las, das zum Repertoire eines Abiturienten gehörte.

Obgleich Tobias eigentlich nicht mein Typ war, nahm es

mich für ihn ein, dass er sich die Zeit im Flieger mit einem Klassiker vertrieb. Ich musterte meinen Sitznachbarn verstohlen aus dem Augenwinkel. Er war mittelgroß, seine blonden, dichten Locken hatte ein Friseur, der sein Handwerk beherrschte, auf eine Länge gestutzt, die allmorgendlich ohne viel Aufwand und mit ein bisschen Gel in Form gezupft werden konnte. Seine randlose Brille ließ ihn aussehen wie einen Intellektuellen, verlieh ihm einen weichen, fast rührenden Zug. Tobias trug dunkle Designerjeans, ein Tweedjackett, dazu ein helles Hemd ohne Krawatte. Er hätte für das Feuilleton schreiben, Architekt oder Galerist sein können. Ein bekennender Schöngeist, der sich für Literatur und Kunst interessierte, erlesene Rotweine trank, Pfeife rauchte. Jedenfalls keiner dieser Lackaffen, die sich Glanz in die streichholzkurzen Haare gelten und sich hinter der FAZ vergruben, als sei sie ein Bollwerk gegen den Rest der vermeintlich ungebildeten Welt.

Ich bedeckte mein Gesicht mit einem dunkelroten Paschminaschal, schloss die Augen und döste vor mich hin. Ich war müde, hatte einen anstrengenden Tag hinter mir. Die Präsentation meines Entwurfs einer Firmenchronik für eine mittelständische, aber sehr profitable Uhrenmanufaktur war optimal gelaufen. Die Inhaber des Familienbetriebes in vierter Generation wollten für ihre betuchten Kunden ein gebundenes Buch über ihre Firmengeschichte drucken lassen. Geld spielte keine Rolle – Hochglanzpapier, Vierfarbendruck, ausgefeilte Texte, professionelle Fotos. Ein lukrativer und wichtiger Auftrag für die PR-Agentur, bei der ich angestellt war. Entsprechend hatte ich mich zurechtgemacht. Ich trug einen schwarzen Hosenanzug, der tadellos saß und dessen weich fallender, knitterfreier Stoff verriet, dass er sündhaft teuer gewesen war. In meinem Haar, das blond und kurz zuvor vom Friseur wie mit dem Lineal exakt auf Kinnlänge zu einem französischen Bob getrimmt worden war, steckte die Gucci-Sonnenbrille. Vor mir auf dem Fußboden stand ein weiteres Insigne erfolgreicher Frauen: die Prada-Tasche. Ein XXL-Shopper aus leichtem Nylon, mit Kalbsleder abgesetzt, groß genug, um neben Portemonnaie und Kosmetiktäschchen auch Laptop, Handy, Präsentationsmappen und eine kleine Wasserflasche zu beherbergen.

Dass Tobias immer wieder verstohlen von Zola aufsah und in meine Richtung schielte, registrierte ich geschmeichelt. Wahrscheinlich hoffte er, dass ich mein Versteck verließ, damit er mich ansprechen konnte. Doch den Gefallen tat ich ihm nicht.

Mein Shopper stand genau zwischen uns, war leicht geöffnet. Ich döste. Wachte erst wieder durch die schnarrende Stimme des Piloten auf, der über Lautsprecher unsere Landung in Berlin-Schönefeld ankündigte. Durch den dünnen Stoff meines Schals konnte ich sehen, wie mein Sitznachbar etwas auf ein Stück Papier kritzelte. Intuitiv spürte ich, dass der Zettel für mich bestimmt war. Und richtig: Tobias blickte zu mir herüber. Der Schal wirkte wie eine verspiegelte Sonnenbrille. Ich konnte Tobias sehen. Doch der dunkle Stoff verschleierte, dass ich ihn beobachtete. Tobias streckte vorsichtig den Arm nach vorn, ließ den Zettel wie zufällig in meine Tasche fallen.

Die Anschnallzeichen blinkten auf. Ich riss mir den Schal vom Gesicht und tat so, als wäre ich gerade aufgewacht. Auch dass Tobias versuchte, meinen Blick einzufangen, ignorierte ich.

Nachdem der Flieger sanft aufgesetzt hatte, wollte Tobias mich in ein Gespräch verwickeln. Er sagte etwas Belangloses wie: »Berlin, endlich wieder zu Hause.« Dabei lächelte er mich an, so als hoffte er auf eine Bestätigung, die der Auftakt zu einem Plausch hätte werden können. Doch ich hatte beschlossen, ihn auf die Folter zu spannen, und lächelte nur zurück.

In der Schlange drängten wir hintereinander zum Ausgang des Flugzeuges, ohne noch ein Wort miteinander zu wechseln. Tobias ging dicht vor mir her, sein Aftershave hatte eine herbe, männliche Note, ein Duft, der in einer Hexenküche gemixt worden war, um Frauen daran zu erinnern, dass sie eben doch das schwächere Geschlecht waren.

»Schönes Wochenende«, rief Tobias mir am Ende der Gangway zu.

»Danke gleichfalls«, lächelte ich.

Kaum saß ich im Taxi, öffnete ich meine Tasche und las den Zettel, der in das Firmenporträt der Uhrenmanufaktur gerutscht war.

Man(n) trifft selten eine Frau, bei der man auf den ersten Blick weiß, dass man sie unbedingt wiedersehen will, stand da etwas ungelenk formuliert neben einer Handynummer.

Er hatte eine große, geschwungene Schrift, die leicht nach links kippte. Ein Grafologe hätte darin vielleicht ein Warnsignal erkannt. Doch ich fühlte mich geschmeichelt. So etwas war mir schon lange nicht mehr passiert.

Ich hätte damals sehr gut in der Fernsehserie *Sex and the City* mitspielen können. Gut verdienende PR-Frau, Mitte dreißig, den Kleiderschrank voller Designerklamotten und einem Dutzend Paar Schuhen von Manolo Blahnik. Zeugen unzähliger Shoppingtouren, die ein Glücksgefühl erzeugten, das so flüchtig war wie ein Windhauch. In meiner Altbauwohnung, in der Platz war für zwei, lebte ich allein. *Mister Right* hatte sich noch nicht blicken lassen. Dabei wünschte ich mir doch so sehnsüchtig ein Kind.

Ich ließ eine Schamfrist von zwei Tagen verstreichen, bevor ich den Mann aus dem Flieger anrief. Immerhin interessierte er sich offenbar für Literatur, was ihm bei mir, einer abgebrochenen Germanistikstudentin, so etwas wie einen Heimvorteil verschaffte. Außerdem war der Hochmut früherer Jahre, in denen ich Männer, die mir meiner nicht würdig erschienen, wie Hofnarren an der Nase herumgeführt hatte, längst der Torschlusspanik gewichen.

»Das ist aber schön, dass du dich meldest«, sagte Tobias. Er hatte eine raue, leicht nasale Stimme, die mich – hätte er im Flieger nicht Émile Zola gelesen – vielleicht abgeschreckt hätte. Doch ich war fest entschlossen, ihm eine Chance zu geben. Wir unterhielten uns eine ganze Weile. Tobias erzählte, dass er promovierter Mathematiker sei. Eigentlich hatte er Lehrer werden wollen. Auch das noch, dachte ich, ein verhinderter Mathepauker. Mathematik war das Trauma meiner Schulzeit gewesen. Über einen Studentenjob sei er bei einer international tätigen Versicherung untergekommen. »Nun arbeite ich zwar viel mehr, verdiene aber auch deutlich besser«, sagte er.

Komisch. Als ich in der Dunkelheit auf unserem Bett lag, an die Decke starrte und nachdachte, fiel mir auf, wie sehr Tobias mit seinem Gehalt geprotzt hatte. Doch damals hatte ich nur ungläubig, im Ton unterschwelliger Bewunderung wiederholt: »Versicherungsmathematiker – und dann Émile Zola?! Wie passt denn das zusammen?«

Tobias lachte. Er hatte ein eigentümliches Lachen. Kurze, abgehackte Töne, eine Spur zu hoch, die eigentlich nicht zu einem Mann passten. Eher zu einem Verrückten, dem der Ausbruch aus einer Irrenanstalt gelungen war und der sich über das Schnippchen freute, das er den Ärzten geschlagen hatte.

Dass mir weder seine Stimme noch sein Lachen behagte, schob ich damals beiseite. Ich suchte – auch wenn ich es niemals zugegeben hätte, weil es meinem Selbstbild von der erfolgreichen Frau abträglich gewesen wäre – dringend einen Mann. Und auf den ersten Blick stimmte ja alles: ein Doktortitel in Mathematik, eine feste Anstellung bei einer renommierten Versicherungsgesellschaft, die richtigen Klamotten, der Lesestoff. Tobias war ungebunden, nie verheiratet gewesen, kinderlos. Prima, dachte ich. Ein Mann ohne Altlasten. Ja, wenn ich ehrlich bin, ließ ich Tobias genau durch dieses Raster laufen. Und dann rächte sich meine Oberflächlichkeit wie ein Damoklesschwert, das sich aus der Verankerung löste und auf mein Leben niederraste.

Das Plärren des Radioweckers riss mich aus dem Schlaf. Ich lag angezogen auf dem Bett. Es war die erste Nacht seit Wochen, die ich durchgeschlafen hatte. Intuitiv, noch nicht ganz wach, griff ich auf der rechten Betthälfte ins Leere, dort, wo früher Tobias neben mir aufgewacht war. Er hatte meine Hand genommen und sie geküsst. Ich war zu ihm gekrochen, hatte mich an ihn geschmiegt. Manchmal, wenn die Zeit es erlaubte, hatten wir miteinander geschlafen. Kurz und heftig.

Plötzlich hatte ich seinen Geruch in der Nase. Schweiß gepaart mit den Resten seines teuren Aftershaves. Tobias pflegte sich abends vor dem Schlafengehen zu rasieren. Sehnsucht stieg in mir auf. Ich war oft lachend aus dem Bett gesprungen, verfolgt von Tobias, der mich im Bad einholte. Unter dem warmen Wasserstrahl der Dusche hatten wir weitergevögelt und so laut gekichert, dass der verwitwete Lehrer mit dem Besenstil an die Decke klopfte.

Aus dem Radiowecker besäuselte ein Schlagersänger die große Liebe. In meinem Hals schwoll ein Kloß. Mir blieb nichts anderes übrig, als tapfer zu sein. Schließlich konnte ich nichts dafür, war in gewisser Weise auch ein Opfer dieses Mannes. Ich konnte mich jetzt nicht gehen lassen. Es reichte, dass ich auf der Flucht vor der Presse tagelang nicht hatte arbeiten können.

Lorenz, mein Chef, den ich insgeheim immer für einen aalglatten, herzlosen Emporkömmling gehalten hatte, war sehr verständnisvoll gewesen. »Nimm dir alle Zeit, die du brauchst«, hatte er am Telefon gesagt, nachdem ich ihm vorgestottert hatte, was passiert war.

Doch nun musste ich wieder funktionieren. Ich schwang mich aus dem Bett, zog meine Klamotten aus und eilte ins Badezimmer. Auch dort herrschte ein unbeschreibliches Chaos. Das Fingerabdruckpulver lag wie Puderzucker auf den teuren Steinmosaikfliesen, die Tobias und ich gemeinsam ausgesucht hatten. Die Schranktüren standen offen. Auf dem Fußboden lagen Kosmetika und Handtücher verstreut, die die Beamten aus den Schränken gerissen hatten.

Mit dem nackten Fuß schob ich die Sachen beiseite und bahnte mir einen Pfad zur Dusche. Sogar den Duschkopf, Wasserhahn und Temperaturregler hatten die Kripoleute mit ihrem Zeug eingestäubt. Der Wasserstrahl verwandelte das Pulver in einen schmierigen Film. Aber ich hatte jetzt wahrlich keine Zeit zum Putzen. Ich musste duschen, mich anziehen und zur Agentur fahren.

Das warme Wasser prasselte auf meinen Körper, doch ich fühlte mich wie abgestorben. Nach dem Duschen nahm ich ein Handtuch vom Boden und trocknete mich ab. Einen Moment lang flammte Wut in mir auf. Ich nahm mir vor, mich über die Kripo wegen der Verwüstung zu beschweren. Im nächsten Moment verließ mich der Mut wieder. Wer war ich denn schon? Die Frau eines Mädchenmörders. Wahrscheinlich hielten mich die Beamten für eine dumme Gans, weil ich so lange nichts vom Doppelleben meines Mannes bemerkt hatte.

Ich schloss die Augen. Die Scham erwischte mich mit voller Wucht. Ja, ich schämte mich. Bisher war ich fassungslos, traurig und wütend gewesen. Nun aber fing ich an, mich zu schämen. Für Tobias. Für mich. Für uns. Und diese Scham war schlimmer als Fassungslosigkeit, Trauer und Wut.

Mir wurde kalt. Bibbernd ging ich zurück ins Schlafzimmer und warf ein paar Tabletten ein, um mich zu beruhigen. Was sollte ich anziehen? Bloß keinen Rock, in Röcken fühlte ich mich immer irgendwie nackt, was meine momentane Dünnhäutigkeit nur verstärken würde. Ich entschied mich für meine Allzweckwaffe, den schwarzen Hosenanzug.

Nachdem ich angezogen und geschminkt war, öffnete ich unsere Wohnungstür einen Spaltbreit und lauschte.

Im Treppenhaus war es still. Ich huschte aus der Wohnung und schlich die Stufen hinunter.

Draußen schien die Sonne. Doch es war kalt, ein eisiger Wind pfiff. Vor der Haustür hielt ich einen Moment inne, wollte gerade aufatmen, weil ich den Nachbarn entwischt war, als jemand meinen Namen rief.

»Frau Rabe?«

Es dauerte einen Moment, bis ich begriff, was geschah.

Hinter der hohen Buchsbaumhecke neben unserem Haus kamen zwei Männer hervor. Ein großer, schlaksiger Typ, bestimmt ein Meter neunzig groß, in speckiger Lederjacke, und ein kleiner Dicker, der an einer Digitalkamera herumfummelte.

»Guten Tag, Frau Rabe«, rief der Schlaks. »Wir würden gerne mit Ihnen über Ihren Mann reden. Wir kommen vom *Berliner Express.*«

Scheiße! Der Dicke wollte mich doch wohl nicht etwa fotografieren?! Ich hatte meinen Wagen nur ein paar Schritte entfernt, direkt vor dem Haus geparkt. Doch die Männer standen nebeneinander auf dem Gehweg und versperrten mir den Durchgang. Was bildeten sich diese Kerle eigentlich ein? Ich rannte los, stieß mit der Wucht meines Körpers durch die Männer hindurch, schubste sie mit beiden Händen zur Seite. Wut und Panik verliehen mir ungeahnte Kräfte.

Die Männer waren so verdattert, dass sie strauchelten. Der Fotograf wäre fast in die Buchsbaumhecke geflogen. Die Kamera schlackerte an dem Gurt um seinen Hals gefährlich hin und her. Unterdessen rannte ich zum Wagen, schloss die Fahrertür auf und sprang in mein Auto. Geistesgegenwärtig verschloss ich die Tür sofort von innen.

Nur Sekunden später rüttelte der schlaksige Typ an meiner Wagentür. »Frau Rabe, wir wollen doch nur mit Ihnen reden! Ich dachte, das wäre in Ihrem Sinne«, rief er und klopfte an die Scheibe. Ich ignorierte ihn, ließ den Motor an und gab Gas.

Als ich wenig später in der Agentur ankam, zitterten meine Knie noch immer. Im Büro war es still. Ich dachte schon, dass noch niemand da wäre, als im Flur plötzlich Saskia Terlinden um die Ecke bog und fast mit mir zusammengeprallt wäre. Ausgerechnet Saskia. Meine Erzfeindin. Sie hatte nach mir in der Agentur angefangen, aber viel schneller Karriere gemacht, war nun stellvertretende Agenturchefin und meine Vorgesetzte. Saskia war ein besonderes Kaliber. Sie war intelligent, hatte studiert. Doch sie hatte – aller Emanzipation zum Trotz – keinerlei Skrupel, ihre ebenso gut ausgebildete Konkurrenz auszuschalten, indem sie es den richtigen Männern besorgte. An der Uni war sie mit dem Dekan ins Bett gestiegen und später hatte sie sich mit dem Agenturchef eingelassen. Saskia zementierte ihre Macht, indem sie Leute um sich scharte, die etwas zu sagen hatten. Namen trug sie wie Schmuckstücke. Der Lokalchef einer großen Zeitung war ein guter Freund von ihr, ebenso wie ein paar bekannte Schauspieler, Regisseure und Musiker. Sie duzte sich auch mit einigen Lokalpolitikern. Ihr gesamter Freundes- und Bekanntenkreis schien aus strahlenden Erfolgsmenschen zu bestehen. Eine sterbenslangweilige Gesellschaft von Narzissten, die sich auf Partys, mit einem Glas Champagner in der Hand, gegenseitig von ihren Erfolgen erzählten, als seien es gewonnene Schlachten.

Erst nach einer ganzen Weile war mir klar geworden, woher Saskias unerschütterliches Selbstbewusstsein rührte. Zuerst hatte ich angenommen, dass sich hinter der Fassade der strahlenden Erfolgsfrau eine zutiefst unsichere Person verbergen würde. Doch inzwischen kannte ich Saskias viel schlichtere Strategie: Sie ignorierte einfach alles, was an ihrem Selbstbild von der schönen, erfolgreichen und klugen Frau kratzte. Wenn ein Mann Saskia den Laufpass gegeben hatte, erzählte Saskia, dass sie ihn verlassen habe. Zerriss ein Kunde ihre Entwürfe in der Luft, behauptete Saskia ohne Skrupel, ihre Präsentation sei – abgesehen von ein paar klitzekleinen Verbesserungsvorschlägen – großartig angekommen. Saskia machte sich gerne größer, als sie war, und erzählte herum, dass sie nebenher an ihrer Doktorarbeit schriebe. Dabei hatte ein Kollege längst herausgefunden, dass es keine Dissertation gab, die unter Saskias Namen angemeldet war.

Während die meisten Frauen fast zwanghaft an ihrem Spiegelbild herumkrittelten, machte Saskia Terlinden keinen Hehl daraus, für wie schön sie sich hielt. Alle paar Wochen erzählte sie, dass sie auf der Straße von einem fremden Mann angesprochen worden sei. Ihr scheinbar unerschütterliches Selbstbewusstsein war vermutlich ein Überbleibsel aus ihrer Jugend, in der sie tatsächlich einmal sehr gut ausgesehen haben musste. Saskias rote Mähne fiel in dicken Naturlocken über ihren Rücken und reichte ihr fast bis zur Hüfte. Eine imposante Haarpracht, das musste man ihr lassen. Doch inzwischen war Saskia Mitte vierzig, ging – obwohl sie kinderlos war – in die Breite. Trotzdem trug sie vorzugsweise Miniröcke, die sie mit schweren Stiefeln kombinierte, so als sei sie noch ein Girlie.

Sie ahnte nicht, dass sich die Kollegen königlich über ihr Outfit amüsierten. Nur jüngere Kollegen fielen noch auf Saskia rein, ließen sich von ihr zum Mittagessen einladen. Saskia mimte dann die hilfsbereite Freundin, horchte die Ahnungslosen aus, sammelte private Informationen, die sie bei passender Gelegenheit gegen ihre Konkurrenten verwenden konnte. Deshalb nahmen sich die Älteren vor ihr in Acht. Saskia hatte Macht, erledigte gern für den Chef die Drecksarbeit, mahnte Kollegen ab oder feuerte sie. Und seitdem durchgesickert war, dass Saskia Terlinden Psychopharmaka schluckte (sie hatte einmal ihr teures Gucci-Handtäschchen auf dem Klo vergessen), wussten alle, dass ihr Verhalten krankhafte Züge hatte.

»Mensch, Mädchen!«, rief Saskia und breitete ihre Arme aus. Ehe ich mich versah, drückte sie mich so fest an sich, dass ich ihr teures Parfüm riechen konnte.

In den Arm genommen hatte sie mich noch nie. Wieder hatte ich einen Kloß im Hals und hätte fast losgeheult. Plötzlich schämte ich mich für all die Scheußlichkeiten, die ich über Saskia gedacht hatte.

Sie entließ mich aus ihrer Umklammerung und klopfte mir freundschaftlich auf die Schulter.

»Hör mal, Xenia, mein Schätzchen«, sagte sie im Bussi-Bussi-Jargon, der in wohl allen Agenturen üblich war. Jede Frage, jede Aufforderung, ja sogar Kritik wurden mit einem »Herzchen«, »Schätzchen« oder »Schnucki« garniert.

»Du siehst gar nicht gut aus, wenn ich das mal so offen sagen darf. Am besten du gehst jetzt sofort wieder nach Hause und ruhst dich aus, Schätzchen. Gönn dir eine Auszeit.«

»Aber, wie …«, stammelte ich.

»Keine Widerrede«, fuhr Saskia mir über den Mund. »Du bist doch völlig durch den Wind. Es ist auch besser für die Agentur, wenn du dich hier eine Weile nicht blicken lässt.« Sie zuckte entschuldigend mit den Achseln.

Ich hatte verstanden. Die Kunden lasen natürlich auch Zeitung.

Sanft schob Saskia mich in Richtung Ausgang. Vor der Glastür hielt sie inne. »So, Schätzchen, nun wünsche ich dir eine schöne Zeit. Fahr weg, versuch Abstand zu gewinnen. Und wenn wir irgendwas für dich tun können, lass es uns wissen.«

Vor Rührung brachte ich keinen Ton heraus, nickte nur stumm. Saskia winkte mir zu, als ich zur Tür hinausging. Meine Güte, wie hatte ich mich in dieser Frau getäuscht. Mit Tränen in den Augen winkte ich ihr zu, als plötzlich mein Handy klingelte.

»Hallo«, meldete ich mich mit unsicherer Stimme und betete, dass es kein Kunde war.

Es war die Kripo. Ob ich noch einmal ins Präsidium kommen könne, bat mich der Kommissar.

Ich sah auf meine Armbanduhr. Es war schon halb zwölf.

»Natürlich, äh, natürlich. Ich könnte sogar gleich kommen«, stotterte ich, eine Spur zu beflissen. Aber meine Erfahrungen mit der Staatsgewalt hatten sich bis vor Kurzem auf ein paar unspektakuläre Begegnungen bei Verkehrskontrollen beschränkt.

»Sehr gut«, antwortete der Kommissar wie ein Lehrer, der seine Schülerin lobte.

»Ich mache mich sofort auf den Weg«, versprach ich und ging die Treppen hinunter zum Ausgang.

Gerade hatte ich das Bürohaus verlassen, als hinter mir jemand meinen Namen rief. »Frau Rabe?«

Die Stimme kam mir bekannt vor. Langsam drehte ich mich um und glaubte, meinen Augen nicht zu trauen. Aus dem Café im Erdgeschoss des Gebäudes traten die beiden Journalisten von vorhin.

Ohne einen Blick nach links oder rechts zu werfen, rannte ich auf die Straße. Mein Auto stand auf der gegenüberliegenden Seite der Fahrbahn. Ein Wagen schoss auf mich zu. Der Schreck durchzuckte mich wie ein Blitz. Das Hupen, laut und wütend, dröhnte in meinen Ohren, begleitet vom schrillen Quietschen der Bremsen. Ich riss meinen Kopf zur Seite. Mein Herz hämmerte. Für den Bruchteil einer Sekunde blickte ich in die weit aufgerissenen Augen des Fahrers.

Sein Wagen war nur Zentimeter vor mir zum Stehen gekommen. Die Hitze der Kühlerhaube stieg mir die Hosenbeine hoch, das Blut pochte in meinen Ohren. Ich rannte einfach weiter. Wie ein gehetztes Tier. Fingerte mit zittrigen Händen meinen Schlüssel aus der Handtasche. Schaffte es irgendwie, die Fahrertür aufzuschließen. Einzusteigen. Den Motor zu starten. Gas zu geben.

»Journalisten sind die Pest«, sagte Hauptkommissar Wöste, ein gut aussehender Endvierziger mit kahl rasiertem Schädel, während er mir Kaffee einschenkte. Ich nickte dankbar, nahm zitternd den Becher und führte ihn zum Mund. Das heiße Getränk tat mir gut und mir fiel ein, dass ich heute noch nichts gegessen hatte.

Das Vernehmungszimmer war schlicht eingerichtet. Zwei wacklige alte Stühle, ein Schreibtisch aus den Siebzigern. Darauf stand ein Computer, der im Vergleich zur altmodischen Einrichtung geradezu surreal wirkte. Schmuddelige Wände, die mal weiß gewesen waren. Der helle Boden war verdreckt von unzähligen schwarzen Streifen, die ein bizarres Muster auf das Linoleum zeichneten. Bei der ersten Vernehmung war mir die Schäbigkeit dieses Zimmers gar nicht aufgefallen. Ich hatte damals auch nicht begriffen, was geschehen war. Die Situation war so unwirklich gewesen: Zwei Polizisten waren in der Agentur aufgetaucht, hatten mich abgeholt, weil sie mit mir »unter vier Augen« sprechen wollten. Mir war die ganze Sache peinlich gewesen. Die Kollegen hatten sich tuschelnd auf dem Flur versammelt.

»Worum geht es?«, hatte ich gefragt.

»Ihr Mann steht unter Mordverdacht. Ich denke, wir sollten das nicht hier besprechen«, flüsterte mir der Beamte zu.

Unter Schock war ich mit ins Polizeipräsidium gefahren. Hatte, wie in Trance, auf mein Aussageverweigerungsrecht als Ehefrau verzichtet und den Kripobeamten alles erzählt. Wie ich Tobias im Flugzeug kennengelernt hatte. Dass er mich regelrecht erobert hatte.

Tobias beherrschte das Spiel von Nähe und Distanz perfekt. Er hatte mir das Gefühl gegeben, die Königin von Saba höchstpersönlich zu sein. Machte mich süchtig nach dem Thron. Stieß mich herunter, zog sich zurück, kaum, dass ich mich auf ihn eingelassen hatte. Meldete sich nicht, bis ich so weichgekocht war und ihm regelrecht hinterherlief. Und dann hatte er mir gleich nach unserer ersten Nacht einen Heiratsantrag gemacht. Hatte morgens mit einem riesigen

Strauß Rosen am Bett gestanden, den er im Bademantel beim Blumenladen nebenan besorgt hatte. Natürlich hatte ich Ja gesagt.

Als wir heirateten, kannte ich Tobias keine drei Monate. Mein Kinderwunsch war allerdings unerfüllt geblieben, weil Tobias partout nicht Vater werden wollte. Sogar unser Sexleben hatte ich der Kripo beschreiben müssen. »Alles völlig normal. Nein, mein Mann hatte keine abartigen Vorlieben. Mir ist nie aufgefallen, dass er sich zu jungen Mädchen hingezogen fühlte.«

»Wir haben das Laptop Ihres Mannes ausgewertet«, sagte Kommissar Wöste. Vor ihm, auf der abgeschabten Schreibtischplatte, lag ein Schnellhefter aus blauer Pappe. Der Beamte nahm ein paar Blätter heraus und legte sie vor mir auf den Tisch. Es waren Kopien einiger Fotos, die Tobias offenbar in seinem Computer gespeichert hatte. Autobahnschilder waren darauf zu sehen.

Abfahrt Kassel-Wilhelmshöhe, las ich. *Ausfahrt Burgau* – das musste bei Stuttgart liegen, überlegte ich. *Autobahnkreuz Lotte/Osnabrück.*

Verständnislos schüttelte ich den Kopf. »Was sind das für Bilder?«

Der Kommissar nahm einen Schluck Kaffee, spannte mich, vielleicht ohne es zu wollen, auf die Folter. »Ihr Mann ist ein Stalker«, sagte er endlich und stellte den Becher zurück auf den Tisch.

»Ein Stalker?«, wiederholte ich ungläubig.

Der Kripobeamte nickte und sah mich an. Seine Augen waren so dunkel, dass sie nicht die kleinste Regung verrieten. Er nahm noch ein paar Blätter aus der Mappe und legte sie vor mir hin. Dabei fielen mir seine schönen, schmalen Hände auf. Am Finger der rechten Hand steckte ein Ehering, der noch ganz blank war und verriet, dass der Polizist noch nicht allzu lange verheiratet sein konnte.

Wöste schwieg, beobachtete aufmerksam, wie ich mir die Bilder ansah. Die Fotos zeigten Balkone. Auf dem ersten das schmucklose Exemplar eines Plattenbaus. Am unteren Bildrand war noch ein Stück Rasen zu sehen, die Wohnung musste im Erdgeschoss liegen. Das nächste Bild zeigte den schmiedeeisernen Balkon einer Jugendstilfassade im ersten Stock, von dem Efeu in die Tiefe rankte. Und dann waren da noch Fotos von Fenstern, die nicht abgeschirmt wurden von Gardinen und den ungenierten Blick auf die Einrichtung zuließen. Eine Couch, Umrisse einer Glasvitrine, der Fernseher, der in der Unschärfe der Aufnahme fast verschwand. Spießige Versandhaus-Gemütlichkeit, wie Tobias sie verabscheute.

»Ihr Mann hat mehrere Frauen belästigt, lauerte vor ihren Haustüren, fotografierte sie und ihre Wohnungen heimlich.«

Die Worte des Kripobeamten trafen mich wie Peitschenhiebe. Ich spürte, wie mein Gesicht anfing zu glühen.

»Mit der Digitalkamera hat er alles dokumentiert.« Die Stimme des Kommissars klang ganz ruhig, als würde er mir die Aktienkurse der Frankfurter Wertpapierbörse erläutern.

Meine Hände waren schweißnass. Um nicht vom Stuhl zu kippen, heftete ich meinen Blick auf den Kaffeebecher, den mir Wöste hingestellt hatte. *Gewerkschaft der Polizei – gemeinsam sind wir stark*, las ich. Es waren absurde Kleinigkeiten, die sich mir ins Gedächtnis gruben und an denen ich mich festhielt wie eine Ertrinkende. Neben dem Schriftzug war ein Zeichentrickbulle abgebildet, der seinen überdimensional großen Daumen in die Höhe reckte.

»Frau Rabe«, insistierte der Kommissar sanft. »Haben Sie mich verstanden?«

Ich nickte schwach. Und ob ich den Polizisten verstanden

hatte. Die vielen Dienstreisen. Fortbildungen, Kongresse, Vorträge – es hatte sie nie gegeben. Sie waren für Tobias nur ein Vorwand gewesen, um auf Frauenjagd zu gehen.

»Ich hatte keine Ahnung«, presste ich hervor.

Wöste sah mich ungläubig an. »Frau Rabe, gegen Ihren Mann sind mehrere einstweilige Verfügungen erlassen worden«, sagte er und schwieg dann einen Moment lang. »Ihr Mann muss Gerichtspost bekommen haben. Und Sie wollen mir erzählen, dass Sie nichts davon gemerkt haben?« Der Ton des Beamten, der anfangs noch versucht hatte, mir durch Freundlichkeit zu schmeicheln, wurde schneidend.

Ich schüttelte den Kopf. »Ich habe die Post meines Mannes nie kontrolliert«, sagte ich mit erstickter Stimme. Plötzlich fiel mir ein, dass ich einmal einen Zustellungsbeleg unterschrieben hatte. Ein Brief vom Amtsgericht. »Ach ja«, hatte Tobias nur abgewunken. »Ich muss als Zeuge aussagen – kleiner Verkehrsunfall.« Warum hätte ich misstrauisch werden sollen? Ein anderes Mal hatte Tobias etwas davon genuschelt, dass er vergessen habe, einen Strafzettel zu bezahlen. Ich war immer stolz darauf gewesen, keine dieser Frauen zu sein, die heimlich die Briefe, E-Mails oder SMS ihrer Männer lasen und in den Einzelabrechnungen nach verdächtigen Telefonnummern fahndeten. Ein Fehler, wie sich nun herausstellte.

»Ihnen ist auch nie aufgefallen, dass Ihr Mann kleine Mädchen fotografierte? In der Bahn, am Strand, auf der Straße?«

Ich starrte den Beamten ungläubig an. »Was sagen Sie da?«

»Ihr Mann hat kleine Mädchen fotografiert. Zehn, höchstens zwölf Jahre alt«, wiederholte Wöste so langsam, als wolle er mich mit jedem Wort foltern. »Im Sommer, leicht bekleidet in Shorts oder Röckchen, der Fokus war immer auf die Beine gerichtet.« Wieder griff er zur Mappe und nahm ein paar Bilder heraus. Auf dem Foto war der Körper eines Mädchens zu sehen, zehn, vielleicht elf Jahre alt, jedenfalls noch nicht in der Pubertät. Das Mädchen, es saß in der S-Bahn auf einer Bank, trug einen kurzen Rock, weiße Söckchen und Sandalen. Sein Kopf war nicht zu sehen.

»Mein Mann ist nie S-Bahn gefahren. Er hat doch ein Auto«, wandte ich hilflos ein. Das, was der Kripobeamte vor mir auf dem schäbigen Schreibtisch ausbreitete, passte einfach nicht zu dem Tobias, den ich kannte. Der Mann, der Schach spielte, Klassiker und Krimis las, Rotwein trank, Fußball verabscheute, nie ungeduscht aus dem Haus ging, Wert auf gepflegte Kleidung legte.

»Er hat sich Kinderpornos aus dem Netz runtergeholt, äh ...geladen«, sagte Wöste, ohne sich für seinen süffisanten Versprecher zu entschuldigen.

Mir war, als würde er mir einen Baseballschläger in die Magengrube rammen, wieder und wieder. Wahrscheinlich glaubte mir der Polizist nicht, wollte mit seiner Schocktherapie die vermeintliche Wahrheit aus mir herauspressen. Oder er hielt mich für saublöd, weil ich von dem Doppelleben meines Mannes nichts mitbekommen hatte. Gab mir heimlich eine Mitschuld.

»Wie passt denn das zusammen? Ein kleines Mädchen und dann diese Frauen?«, stieß ich panisch hervor.

»Ihrem Mann geht es um Macht«, gab der Kripomann ungerührt zurück. »Er will Macht über seine Opfer. An den Frauen ist er gescheitert, weil die sich gegen ihn wehren konnten und vor Gericht gezogen sind.«

»Aber warum habe ich von all dem nichts bemerkt?« Meine Stimme strauchelte.

Wöste antwortete nicht. Doch sein Blick verriet, was er dachte. Dass ich mich das selbst fragen musste. Dass es mehr als genug Warnsignale gegeben hatte. Und dass es eigentlich unmöglich gewesen war, dass ich sie allesamt übersehen hatte.

»Ihr Mann ist vor Jahren schon mal aufgefallen.«

Mir wurde übel. War der Beamte denn immer noch nicht fertig mit mir? Als ich ein Kind war, hatte mich ein Klassenkamerad im Schwimmbad einmal untergetaucht. Wieder und wieder. Nur kurz ließ er mich hoch, damit ich Luft schnappen konnte, und drückte mich dann wieder unter Wasser, bis es in meinem Kopf anfing zu sirren und ich dachte, er würde platzen. So kam ich mir jetzt auch vor. Ich hatte noch gar nicht begriffen, was der Polizist mir da über meinen Mann erzählte, da versetzte er mir schon den nächsten Stoß.

»Wir haben hier noch ein paar Uraltfälle, fast fünfzehn Jahre her, nur durch Zufall nicht gelöscht.« Hauptkommissar Wöste ging um den Schreibtisch herum und tippte etwas in seinen Computer. »Einmal hat Ihr Mann versucht, einer Frau die Handtasche zu entreißen.«

Ich heftete meinen Blick wieder auf die Tasse. Das Bild des Polizisten war verblasst, vermutlich war das Geschirr nicht spülmaschinenfest. Wie aus der Ferne vernahm ich Wöstes Stimme.

»Und dann habe ich hier noch ein paar kleinere Ladendiebstähle. Alle Verfahren eingestellt. Schwarzgefahren ist Tobias Rabe auch. Und Strom geklaut hat er, bei seinem Nachbarn die Leitung angezapft. Ganz schön viel kriminelle Energie, Ihr Mann.« Der Beamte gab sich keine Mühe, die Verachtung in seiner Stimme zu unterdrücken. »Das muss man sich erst mal einfallen lassen, seinem Nachbarn Strom zu klauen. Ist immer billig davongekommen. Alles eingestellt, sogar die Sache mit der Handtasche, ab und an mal eine Geldbuße.«

Ich atmete so laut, dass ich es selbst hören konnte. Am

liebsten wäre ich aufgestanden und weggerannt. Zwar waren die Straftaten, die der Polizist jetzt aufzählte, Kinkerlitzchen im Vergleich zu dem Mädchenmord. Aber trotzdem passte das alles nicht zu dem Mann, den ich geglaubt hatte zu kennen. Plötzlich schwante mir, warum Tobias so schnell hatte heiraten wollen. Er brauchte eine bürgerliche Fassade, hinter der er seine perversen Neigungen verstecken konnte.

»Die meisten Mörder haben das Strafgesetzbuch schon ein bisschen kennengelernt, bevor sie zum Äußersten gehen«, leitete Wöste zu einem kriminologischen Vortrag über. »Viele Mörder fangen als Tierquäler an. Vergewaltiger als Diebe. Mörder üben das Töten erst mal an Tieren. Vergewaltiger setzen sich zunächst über das Eigentum hinweg, später über den Willen ihrer Opfer. Aber eins haben alle gemeinsam: Sie überschreiten Grenzen, steigern sich.«

Ich erinnerte mich dunkel, so etwas schon mal gelesen zu haben.

»Früher dachte man zu stromlinienförmig«, fuhr der Hauptkommissar fort. »Ein Täter, der auf kleine Mädchen stand, fiel als Frauenmörder aus. Einer, der Jungen quälte, kam als Mädchenmörder nicht infrage. Bis wir den ersten Kindermörder schnappten, der zuerst ein Mädchen und dann einen Jungen missbraucht hatte. Und einen Vergewaltiger, der Mädchen und Frauen im Alter von sieben bis achtunddreißig Jahren angefallen hatte.« Wöste hatte sich vor mir auf den Schreibtisch gesetzt. Er wippte mit dem Fuß, konnte kaum verbergen, wie sehr er sich in der Rolle des wissenschaftlich beschlagenen Beamten gefiel.

»Kinderpornografie finden wir auf den Rechnern der angesehensten Bürger«, fuhr er fort. »Auffallend viele Akademiker laden sich dieses Zeugs herunter, vor allem Lehrer. Aber sogar einen Staatsanwalt, einen Verwaltungsrichter, einen Psychiater und einen Bundestagsabgeordneten haben wir schon erwischt. Nicht alle schreiten zur Tat. Aber wenn jemand ein Kind missbraucht, finden wir häufig auf seinem Rechner auch Kinderpornografie.«

Ich war erschöpft. Müde, ausgelaugt, überfordert.

»Frau Rabe«, sagte der Beamte laut, machte eine Pause und sah mich durchdringend an. »Wo ist Ihr Mann?«

»Ich habe keine Ahnung«, antwortete ich, verärgert über das Zittern in meiner Stimme. Ich hatte mich ewig nicht so hilflos gefühlt.

»Wirklich nicht?«, insistierte Wöste.

»Wirklich nicht«, wiederholte ich und senkte den Kopf. Der Ausdruck in den Augen des Polizisten war unerträglich.

»Sie haben gar keine Idee, wo sich Ihr Mann versteckt halten könnte?«

Ich schüttelte den Kopf.

»Frau Rabe!«, donnerte Hauptkommissar Wöste jetzt. »Ihr Mann ist ein Mörder! Er könnte jederzeit wieder zuschlagen. Während Sie hier sitzen und schweigen.«

»Nein, nein, nein.« Meine Stimme überschlug sich. »Ich weiß nicht, wo mein Mann ist! Ich habe mit all dem nichts zu tun!«

Ich wollte aufstehen. Plötzlich legte sich ein schwarzer Schleier vor meine Augen. Meine Beine knickten ein. Ich merkte noch, dass ich zwischen Tisch und Stuhl auf den harten Linoleumboden sackte.

*

Sarah Obermeier saß in der Redaktion an ihrem Schreibtisch und las Zeitung, als ihre beiden Kollegen Sebastian Schellenberger und Matthias Grothe zur Tür hereinkamen. Das dümmliche Grinsen auf ihren Gesichtern ließ Sarah Böses ahnen. Und richtig. Basti, ein hoch aufgeschossener, viel zu dünner Lulatsch, der gern ausgebeulte Sweatshirts, verblichene Jeans und tagaus, tagein – selbst im Hochsommer – eine abgetragene Antiklederjacke trug, die längst aus der Mode gekommen war, trat an ihren Schreibtisch und legte ihr seine schwitzige Hand auf die Schulter.

»Na, Frau Kollegin«, sagte er und beugte sich so tief zu ihr herab, dass sie seine Fahne riechen konnte.

»Nimm deine Flossen weg«, zischte Sarah.

Basti zog seine Hand zurück, als hätte er sich an einer heißen Herdplatte verbrannt. »Na, na, wer wird denn gleich böse werden?«, maulte er.

»Du wirst heute sehr nett zu uns sein müssen«, sprang Matthias, den alle nur Matze nannten, seinem Kollegen bei. Auf seiner roten Kopfhaut perlte der Schweiß. Seine runde Gesichtsform verlieh ihm etwas Kindliches, ein Eindruck, der durch seine kleine, dickliche Statur noch verstärkt wurde. Matze aß wahlweise bei McDonald's oder holte sich aus dem Supermarkt, der gegenüber der Redaktion lag, ein paar Gläser mit Bockwürstchen. Er brauchte weder Teller noch Besteck, angelte sich die Würste mit den Fingern aus dem Glas, schlang sie gierig hinunter. Und wenn er aufgegessen hatte, trank er das Wasser, in dem die Würstchen geschwommen hatten, was Sarah besonders anwiderte.

»Du musst sogar sehr nett zu uns sein«, ereiferte Basti sich nun ebenfalls.

Es war einer dieser Momente, in denen Sarah Obermeier wieder einmal zutiefst bereute, dass sie das Jurastudium abgebrochen hatte, um Journalistin zu werden. Warum hatte sie nicht durchgehalten? So wie ihr alter Freund Lui, der inzwischen Staatsanwalt geworden war. Oder Anton, der mit seiner Kanzlei in einer klassizistischen Villa residierte und als Anwalt wahrscheinlich so viel Schotter verdiente, dass ihr beim Blick auf seine Steuererklärung schwindelig geworden wäre. Aber sie war ja schon nach drei Semestern kläglich gescheitert. Hatte Jura als »entsetzliche Erbsenzählerei« abgetan, um nicht zugeben zu müssen, dass ihr das Zeug zur Juristin fehlte. Die Genauigkeit, mit der die Fälle im sogenannten Gutachtenstil nach dem immer gleichen Schema (nominieren, definieren, subsumieren, konkludieren) Schritt für Schritt geprüft werden mussten, ließ sie verzweifeln. Sarah hasste alles Formalistische, neigte zur Flusigkeit. Eine Eigenschaft, die im Journalismus nicht unbedingt ein Nachteil war, in der juristischen Fallbearbeitung allerdings mit drastischem Punktabzug geächtet wurde. Und dann diese leblose, kalte Sprache. ›Erlaubnistatbestandsirrtum‹ war so ein Wort, das Sarah besonders gruselig fand.

Im Vergleich zum Hörsaal, wo sie ein ums andere Mal über die Fallstricke des bürgerlichen Rechts stolperte, war ihr die Zeitungsredaktion, für die sie am Wochenende vor den Toren Hamburgs über Schützenfeste, Feuerwehrbälle und Kaninchenzüchter berichten durfte, vorgekommen wie ein Paradies. All diese unkonventionellen Leute, die nie vor zehn Uhr morgens anfingen zu arbeiten, was ihrem Naturell als Langschläferin sehr entgegenkam. Vom Praktikanten bis zum Chef duzten sich alle.

Niemals würde Sarah ihren ersten Scoop vergessen. Der Skandal um sechzehn Möwen, die in dem Altölcontainer einer Werkzeugfabrik grausam zu Tode gekommen waren. Nach hartnäckiger Recherche war es Sarah gelungen, aufzudecken, dass der Container mit dem Altöl tagelang offen auf dem Hof der Fabrik gestanden hatte, und zwar entgegen den Vorschriften. Das Konkurrenzblatt hatte sich an die Geschichte nicht recht herangetraut. Schließlich war die Fabrik eine gute Anzeigenkundin. Doch Sarahs Lokalchef, ein fanatischer Tierfreund, der auf seinem Resthof über zwanzig Katzen durchfütterte, hatte *Die wahren Hintergründe des Möwensterbens* mit den Worten »Tiere gehen immer« ins Blatt gehievt.

Tatsächlich entfachte der Artikel einen Sturm der Entrüstung. Vor allem die Fotos von den Möwen, deren Gefieder vom Altöl völlig verdreckt und verklebt war, rührte die Leser zutiefst. Tagelang war die Redaktionssekretärin damit beschäftigt gewesen, die Spendenangebote hilfsbereiter Leser zu notieren. Auch in der Werkzeugfabrik stand das Telefon nicht mehr still, so lange, bis der Pressesprecher den »Skandal« kleinlaut einräumte und dem Tierschutzverein, der sich vergeblich um die Rettung des Federviehs bemüht hatte, eine großzügige Spende garantierte. Natürlich wurde auch das groß im Blatt ›abgefeiert‹.

Sarah hatte sich damals ein bisschen so gefühlt wie ein weiblicher Robin Hood für entrechtete Tiere und andere wehrlose Kreaturen. In wenigen Jahren würde sie noch ganz andere Skandale aufdecken.

»Komm bloß nicht auf die schiefe Bahn«, hatte ihr Exkommilitone Lui sie damals gewarnt. Doch sie hatte, als der Lokalchef ihr ein Volontariat anbot, keine Sekunde gezögert und das Jurastudium an den Nagel gehängt, um Journalistin zu werden. Nach der Ausbildung war sie nach Berlin gegangen, hatte eine Stelle als Pauschalistin beim *Berliner Express* angetreten. Seitdem war sie als ›feste Freie‹, wie es im Redaktionsjargon hieß, nichts weiter als eine moderne Leibeigene. Der Verlag zahlte ihr eine monatliche Pauschale. Sie war nicht fest angestellt, hatte aber jeden Morgen in der Redaktion zu erscheinen und konnte von einem Tag auf den anderen gefeuert werden. Anfangs hatte Lokalchef Hartmut Gnitzke ihr versichert, dass sie eine feste Stelle bekommen würde. Doch davon abgesehen, dass Hartmut seine Versprechen nie zu halten pflegte, stellte der Verlag inzwischen auch niemanden mehr fest an, schmiss sogar altgediente Redakteure raus, um sie als feste Freie zu Dumpinglöhnen wieder einzukaufen. Der Zug, etwas anderes zu machen oder vielleicht sogar zur Juristerei zurückzukehren, war für Sarah längst abgefahren. Sie war achtunddreißig und auch anderswo leistete man sich den Luxus fest angestellter Redakteure kaum noch. Deshalb musste Sarah brav tun, was ihr Chef Hartmut von ihr verlangte. Ein Schicksal, das sie mit Basti und Matze, die ebenfalls feste Freie waren, teilte. Ausgerechnet mit solchen Typen saß sie in einem Boot.

»Wir waren heute früh für dich bei der Alten«, sagte Matze. Sein Ton verriet, dass er ein Lob für seine Opferbereitschaft erwartete.

»Welche Alte?«, blaffte sie ihren Kollegen mit gespielter Ahnungslosigkeit an. Basti und Matze sollten ruhig merken, dass sie die beiden für Untermenschen hielt, die ihrer nicht würdig waren.

Matze hatte gleich nach der Fotografenlehre einen der begehrten Jobs bei der Zeitung ergattert und war vermutlich der einzige Freie, der mit seinem Los zufrieden war. Obwohl er Tag und Nacht den Polizeifunk abhören und rausmusste, sobald es brannte, ein Unfall oder Mord gemeldet wurde.

Ihn störte das nicht. Im Gegenteil. »Wenn Blut fließt, klingelt die Kasse«, pflegte Matze mit einer Kaltschnäuzigkeit zu sagen, die nicht gespielt war. Der Job war sein Leben, eine feste Freundin hatte er nicht. »Ich brauche niemanden, der mir mit dem Arsch vorm Bildschirm rumwackelt, wenn ich Fußball gucken will«, knurrte er, wenn es jemand wagte, ihn auf dieses Thema anzusprechen.

Basti war nicht ganz so ein ungehobelter Prolet wie Matze, trotzdem hatten sich die beiden gesucht und gefunden. Basti, ein abgebrochener Philosophiestudent, war eigentlich ein Schöngeist, den der Journalismus zum Säufer gemacht hatte. Zu lange hatte er sich eingeredet, der Job als ›Zeitungspauschalist‹ sei für ihn nur eine Übergangslösung, bis er seinen ersten Roman veröffentlichen würde. Doch er war nie über Seite dreißig hinausgekommen. Und nun war Sebastian Schellenberger, der früher Hausarbeiten über Kants *Grundlegung zur Metaphysik der Sitten* geschrieben hatte, beim *Berliner Express* der Mann fürs Grobe. Klingelte bei Angehörigen von Mordopfern, kaum dass die Polizei die grausame Nachricht überbracht hatte, um sie nach Fotos von den Toten zu fragen. ›Witwenschütteln‹, nannten Boulevardjournalisten diese Art der Bildbeschaffung. Und während sich alle anderen Kollegen in der Redaktion davor grausten, diesen Job zu erledigen, brauchte Basti nur ein paar Kurze, dann zog er mit Matze im Schlepptau los und besorgte die Fotos. Für solche Fälle hatte Basti immer ein paar *Kleine Feiglinge* in seinem Schreibtisch gebunkert.

»Wir waren bei der Alten, deren Mann die Kleine aus diesem Kaff in Brandenburg …« Basti schnalzte mit der Zunge, anstatt den Satz zu vollenden. Er mimte gern den toughen Reporter, versteckte die Verzweiflung über seinen verpfuschten Werdegang hinter derben Sprüchen und *Kleinen Feiglingen*.

Sarah hätte ihm am liebsten eine gescheuert. Doch die beiden hatten recht: Sie musste nett zu ihnen sein. Denn ihr graute vor solchen Geschichten und sie hatte ein großes Interesse daran, dass ihr Basti und Matze auch in Zukunft die

Drecksarbeit abnahmen, dem Polizeifunk lauschten, Witwen schüttelten oder sich Geschichten von Leuten anhörten, die einen Skandal melden wollten, sich verfolgt oder ungerecht behandelt fühlten. Deshalb musste sich Sarah jetzt einen Ruck geben und den Männern Kaffee kochen, auch wenn ihr das aus frauenpolitischen Gründen zuwider war.

Sarah beschloss, sich nach Feierabend mit einem Friseurbesuch zu belohnen und ihr streichholzkurzes Haar diesmal pechschwarz färben zu lassen, sodass es glänzte wie gelackt. Und ein paar neue Klamotten könnte sie eigentlich auch gebrauchen. Eine gut sitzende, bequeme Jeans mit Stretchanteil und die Desert Boots aus rotem Wildleder, die sie neulich im Schaufenster gesehen hatte. Der Gedanke an die bevorstehende Shoppingtour hellte ihre Laune auf.

»Und?«, schlug Sarah einen versöhnlicheren Ton an, während sie von ihrem Schreibtisch aufstand. »Hattet ihr Erfolg? Konntet ihr mit der Frau sprechen?«

»Nee«, antwortete Matze. »Mit der kann man nicht reden, die ist völlig durch den Wind. Aber wir haben sie ein bisschen durch die Stadt gejagt und abgeschossen.« Er lachte dreckig, so als hätte er einen versauten Witz erzählt. Dabei entblößte er seine schlechten Zähne, von denen einige zu schwarzen Stümpfen verfault waren. Der sonst so abgebrühte Matze hatte Angst vorm Zahnarzt.

Abgeschossen – das hieß, sie hatten die arme Frau verfolgt und sie gegen ihren Willen fotografiert. Als wenn das nötig gewesen wäre.

»Ihr wisst aber schon, dass ihr noch mal hinmüsst?«, fragte Sarah scheinheilig, während sie Kaffeepulver in die Filtertüte löffelte. »Hartmut wird sich nicht damit zufriedengeben, wenn ihr nicht wenigstens mit den Nachbarn dieser Frau gesprochen habt, um ganz sicherzugehen …«

Basti und Matze nickten im Duett und erinnerten Sarah ein wenig an die Wackeldackel, die immer noch manchmal auf den Hutablagen der Autos alter Männer saßen und den anderen Verkehrsteilnehmern zunickten.

»Klar«, antwortete Matze. »Wir bleiben an der Alten dran. Aber erst mal wollen wir einen Kaffee.«

Sarah seufzte. Warum hatte sie bloß ihr Jurastudium abgebrochen?

*

Als ich die Augen öffnete, lag ich auf der Liege in einem weiß getünchten Raum, der aussah wie das gewöhnliche Behandlungszimmer eines Arztes. Ich versuchte aufzustehen.

»Liegen bleiben«, befahl eine Stimme wie aus dem Off. Ein Mann in Weiß stand plötzlich vor mir und hielt mich sachte an der Schulter zurück. *Hilmar Meyer, Sanitäter,* las ich auf dem Namensschild, das an der Brusttasche seines weißen, kurzärmeligen Poloshirts klemmte. Der Sanitäter hatte muskulöse, stark behaarte Unterarme, die mich, wäre mein Vertrauen in das männliche Geschlecht nicht gerade so erschüttert worden, bestimmt auf unsittliche Gedanken gebracht hätten.

»Der Arzt hat Ihnen eine Spritze gegeben, ein kreislaufstärkendes Mittel«, erklärte Hilmar Meyer und lächelte. Obwohl er noch relativ jung war, höchstens Mitte dreißig, hatte er kaum noch Haare auf dem Kopf. Er war groß und kräftig. Die Speckrollen, die sich unter seinem Poloshirt wölbten, verrieten, dass er zur Fettleibigkeit neigte. Dieser Mann war nicht gerade ein Adonis. Doch seine Augen – sie waren grün – verliehen ihm eine Anziehungskraft, der man sich schwer entziehen konnte. Hilmar Meyer hatte den Blick eines Menschen, der eins ist mit sich. Wie ein tiefgläubiger Christ, der in der Gewissheit lebt, dass alles im Leben seine Bedeutung und Richtigkeit hat.

»Wo bin ich hier überhaupt?«, fragte ich matt.

»Sie sind noch immer im Polizeipräsidium«, antwortete Hilmar Meyer. »Beim Polizeiarzt.«

»Ich wusste gar nicht, dass die Polizei einen eigenen Arzt hat«, erwiderte ich.

»O ja. Der Polizeiarzt hat eine ganz normale Praxis im Präsidium und drei Sanitäter noch dazu.« Hilmar Meyer lächelte wieder.

»Ich, ich, möchte gehen.« Nun stotterte ich schon.

»Sie sollten wirklich noch einen Moment liegen bleiben«, insistierte Meyer sanft.

»Aber ich will nach Hause«, erwiderte ich.

»Und was ist, wenn Sie wieder umkippen?« Seine Stimme klang ehrlich besorgt. »Zu Hause kann sich niemand um Sie kümmern. Und so ein Kreislaufzusammenbruch ist kein Pappenstiel.«

Seine gut gemeinte Bemerkung versetzte mir einen Stich. Sogar der Sanitäter wusste, wer ich war – die Frau eines Mörders, der auf der Flucht war.

»Sie können mich nicht gegen meinen Willen festhalten. Ich habe nichts verbrochen!«, antwortete ich heftig.

»Aber natürlich nicht«, lenkte Meyer ein. »Ich meine es wirklich nur gut mit Ihnen.«

So, wie der Sanitäter mich ansah, hatte ich nicht den geringsten Zweifel daran, dass es stimmte. Hilmar Meyer hatte diesen Beruf ergriffen, um den Menschen zu helfen.

»Okay«, sagte Meyer. »Ich telefoniere mit dem Arzt. Mal sehen, was der sagt.« Der Sanitäter zog sein Handy aus der Hosentasche.

Der Arzt war sofort am Telefon. »Ja, hallo, Otto. Hier ist Hilmar«, sagte Meyer. Er duzte seinen Vorgesetzten also. »Sag mal, Frau Rabe ist wieder zu sich gekommen. Es geht ihr besser und sie möchte nach Hause. Ist das in Ordnung? Kann ich sie gehen lassen?« Meyer nickte. »Okay, mach ich«, antwortete er und klappte sein Handy wieder zusammen. »Also, wir messen jetzt noch einmal Blutdruck, und wenn der in Ordnung ist, können Sie gehen.«

Meyer rollte mit seinem Stuhl zum Schreibtisch und griff nach dem Blutdruckmessgerät. Ich zog meinen Blazer aus und krempelte den Ärmel meiner Bluse auf. Behutsam legte mir der Sanitäter die Manschette um den Oberarm und pumpte sie auf. Die ganze Zeit über sahen wir uns nicht an. Die Manschette schloss sich immer fester um meinen Arm. Obwohl das Blutdruckmessen sicherlich für ihn reine Routine war, wirkte Meyer hoch konzentriert.

»Ihr Blutdruck hat sich wieder stabilisiert«, sagte er einen Moment später, während die Luft aus der Manschette wich und der Druck auf meinen Oberarm nachließ.

Plötzlich öffnete sich die Schiebetür des Behandlungszimmers. Im Rahmen stand der kahlköpfige Kommissar, der mich verhört hatte. Ich erschrak, die Härchen auf meinen Unterarmen stellten sich auf wie eine kleine Armee.

»Wollte nur mal schauen, wie es Ihnen geht«, sagte Wöste jovial.

»Also, jetzt reicht's aber!«, rief Meyer. »Sie können hier doch nicht einfach reinplatzen, ohne anzuklopfen.« Meyers Augen verengten sich zu gefährlichen Schlitzen, aus denen alle Warmherzigkeit gewichen war. »Sollte das noch ein einziges Mal passieren, werde ich mich bei Ihrem Vorgesetzten beschweren«, polterte der Sanitäter weiter.

Wöste war so verdattert, dass er keinen Ton herausbrachte.

»Also, nun mal langsam«, versuchte der Kommissar den Sanitäter zu beschwichtigen. »Die Frau ist vor meinen Augen zusammengeklappt. Da werde ich ja wohl noch nachsehen dürfen, wie es ihr …«

»Deshalb haben Sie trotzdem anzuklopfen. Es hätte ja auch sein können, dass sich die Patientin gerade freimacht«, schnitt Meyer dem Kommissar das Wort ab.

»'tschuldigung«, stammelte Wöste und sah mich an. »Alles wieder klar?«, fragte er versöhnlich.

»Ich werde jetzt gehen«, erwiderte ich kühl.

»Aber Sie müssen sich bereithalten«, schnappte der Kommissar zurück.

Nun hatte Meyer genug. Er stand so heftig auf, dass sein Stuhl ein Stück zurückrollte.

»So«, sagte er scharf. »Sie gehen jetzt. Und zwar sofort.«

Ehe der Kommissar etwas erwidern konnte, packte Meyer ihn bei den Schultern und schob ihn auf den Flur hinaus.

»Ist ja gut, ist ja gut«, sagte Wöste, drehte sich um und verschwand.

»Nicht zu glauben«, schnaubte der Sanitäter und zog die Schiebetür wieder zu.

Ich war gerührt, dass Meyer mich beschützte wie ein Löwenvater sein Junges.

»Bullen glauben immer, sie können sich alles erlauben«, sagte er verächtlich. »So, Frau Rabe. Passen Sie gut auf sich auf. Bewegen Sie sich, gehen Sie an die frische Luft, trinken Sie Kaffee oder noch besser: ein Gläschen Champagner.«

»Ich wüsste nicht, worauf«, entgegnete ich, während ich den Ärmel meiner Bluse runterkrempelte und den Blazer überzog.

Meyer ließ sich nicht beirren und streichelte mich noch einmal mit seinem Blick. »Auf das Leben. Auf das Leben an sich«, lächelte er. »Das bringt den Kreislauf wieder in Schwung und hilft allemal besser als die Tropfen, die Ihnen der Doktor jetzt verschreiben würde. Außerdem ist Schampus nicht so bitter wie Medizin.«

Es war das erste Mal seit Tagen, dass ich wieder lächeln konnte. Fast hätte ich geheult, als Hilmar Meyer mir zum Abschied die Hand schüttelte. Er war der erste Mensch, der nett zu mir gewesen war, obwohl er wusste, dass ich die Frau eines Mädchenmörders war.

Als ich die Wohnungstür aufschloss, war der Anflug von Trost, den Hilmar Meyer mir geschenkt hatte, schon wieder verflogen. Wie gerne war ich früher vom Büro nach Hause gekommen. Meistens war Tobias vor mir da gewesen und hatte gekocht. Er kochte gut und gerne, vor allem asiatisch. Mir knurrte der Magen, wenn ich mich an den würzigen Duft erinnerte, der durch unsere Wohnung gezogen war. Nun wartete niemand mehr auf mich. Nur das Chaos, das die Kripo hinterlassen hatte.

Ich würde meine Wohnung jetzt in Ordnung bringen. Und mein Leben.

Ich ging ins Schlafzimmer, zog den schwarzen Hosenanzug aus und hängte ihn in den Kleiderschrank. Dann schlüpfte ich in eine alte Jeans, streifte mir ein schlabbriges T-Shirt über und drehte die Anlage auf volle Lautstärke. *Lullayby* von The Cure. Dann holte ich den Staubsauger aus der Abstellkammer und rückte dem Pulver der Spurensicherung zu Leibe. Zimmer für Zimmer, Tür für Tür, Regal für Regal, Schrank für Schrank. Ich kam nur langsam voran. Nicht nur, weil ich mir immer zuerst einen Weg durch die Sachen am Boden bahnen musste, sondern auch, weil der Staubsauger nur die groben Partikel einsog und einen schmierigen Film zurückließ, der nur mit Schwamm und Seifenlauge zu bezwingen war. Am späten Nachmittag war die Wohnung endlich wieder in Schuss. Erschöpft, aber auch ein wenig stolz darüber, dass ich mich nicht hatte gehen lassen, fasste ich den Entschluss, alles wegzuschmeißen, was mich an die Zeit mit Tobias erinnerte. Das meiste hatte die Kripo ohnehin in Kisten verpackt und mitgenommen: seinen Computer, seine Kleider, einen Großteil seiner Bücher, die Toilettenartikel. Ich würde Kommissar Wöste anrufen und ihm sagen, dass ich die Sachen nicht wiederhaben wollte.

Nur die beiden Fotoalben, Zeugen drei gemeinsamer Jahre, standen noch in unserem Arbeitszimmer. Die Beamten hatten nur kurz darin geblättert und sie zurückgestellt. Ich nahm die Alben aus dem Regal. Eigentlich wollte ich sie sofort nach unten bringen und in die Altpapiertonne vor dem Haus schmeißen. Doch dann konnte ich nicht widerstehen. Ich hockte mich auf den Parkettboden und schlug ein Album auf. Gleich auf der ersten Seite klebte unser Hochzeitsfoto. Wir hatten standesamtlich geheiratet. Tobias trug einen anthrazitfarbenen Anzug, ein weißes Hemd und eine rote Krawatte, im gleichen Ton wie das enge Seidenkleid, das ich mir zur Hochzeit hatte schneidern lassen. Wir hatten allein geheiratet, ohne Trauzeugen, Gäste, ohne Feier. Nur wir beide und die Standesbeamtin. Es war heiß gewesen. Die Standesbeamtin, eine füllige Frau um die fünfzig, hatte eine weiße Rüschenbluse aus knisterndem Polyester angehabt. Ihr mächtiger Busen, der durch die Rüschen noch betont wurde, hob und senkte sich mit jedem Atemzug. Die Frau war von einer routinierten Freundlichkeit, die verriet, dass sie schon viele Tausend Paare getraut hatte. Obwohl Tobias und ich sie ausdrücklich gebeten hatten, bei unserer Trauung keine Rede zu halten, hatte sie es sich nicht nehmen lassen,

»ein paar Worte zu sagen«. Sie ermahnte uns, dass wir immer zueinanderhalten sollten – was sie wohl heute dazu sagen würde?

Nach der Trauung hatten wir für den Fotografen posiert. Tobias lächelte in die Kamera. Als ich mir das Bild nun genauer ansah, fand ich, dass es ein Lächeln ohne Wärme war. Ein Lächeln, das nicht dem Glück, sondern dem Sieg geschuldet war. Ja, Tobias hielt mich im Arm und lächelte wie ein Sieger, der eine Trophäe ergattert hatte.

Und mein Lächeln? Es tat mir weh hinzuschauen. Aber ich zwang mich, meine Züge zu studieren. Verzückt war ich gewesen. Ja, das war das richtige Wort. Verzückt, hatte alles um mich herum vergessen, fühlte mich geliebt, angenommen.

Meine Eltern waren nicht verheiratet gewesen. Mein Vater hatte meine Mutter verlassen, nachdem sie schwanger geworden war. Vermutlich war es der Schock über die Trennung, der mich zu früh hatte zur Welt kommen lassen. Meinen Vater hatte ich nie kennengelernt. Dabei hätte ich ihn wahrlich gebraucht. Solange ich denken kann, war meine Mutter schwer depressiv, zog sich in ihr Schlafzimmer zurück. Schon früh war ich mir selbst überlassen. Ich stellte mir den Wecker, zog mich an und ging zur Schule. Wenn ich mittags heimkam, lag meine Mutter noch immer im Bett. Sie war unnahbar. Ich kann mich nicht erinnern, dass sie mich auch nur einmal in den Arm genommen hätte. Doch sie meinte es nicht böse. Sie war einfach nicht in der Lage, für mich zu sorgen. Sie war nicht geschaffen für das Leben und ich war ihr eine Last. Deshalb bemühte ich mich von klein auf, ihr möglichst keine Arbeit zu machen. Zum Glück gab es Frau Wilhelms, eine Nachbarin, die sich um mich kümmerte. Sie hatte selbst drei Kinder, lud mich regelmäßig zum Mittagessen ein, fütterte mich mit durch, wusch sogar meine

Wäsche. Ohne Frau Wilhelms, die faktisch die Mutterrolle übernommen und sogar einen Schlüssel für unsere Wohnung hatte, wäre ich womöglich auf die schiefe Bahn geraten oder ins Heim gesteckt worden. Frau Wilhelms passte auch auf mich auf, wenn meine Mutter für Wochen in der Psychiatrie verschwand.

Ich begriff früh, dass ich mich anstrengen musste, um den Makel meiner Herkunft auszugleichen. Schon immer fühlte ich mich minderwertig. Als Kind hatte ich nie Markenklamotten besessen, so wie meine Mitschüler, trug das auf, was den Wilhelms-Kindern zu klein geworden war. Ich versuchte, meine Mankos mit guten Noten auszugleichen. Denn nur, wenn ich meine Mitschüler abschreiben ließ, war ich vor ihrem Spott sicher.

Als ich achtzehn war, nahm meine Mutter sich das Leben, vergiftete sich mit einer Mischung aus Schlaftabletten und Alkohol. Frau Wilhelms fand sie tot in ihrem Bett, während ich in der Schule war. Ich weiß, es klingt grausam – aber ich konnte damals nicht einmal weinen, als ich an ihrem Grab stand. Ich war traurig und erleichtert zugleich. Das Leben war für meine Mutter eine Last gewesen. So wie ich. Und nun war sie von beidem erlöst. Ich zog in eine Wohngemeinschaft, bestand kurz darauf das Abitur mit der erstaunlichen Note von 2,0.

Der Sicherheit wegen und weil es damals gerade in Mode kam, fing ich an, Betriebswirtschaftslehre zu studieren. Schnell sattelte ich um auf Germanistik. Doch ich hielt auch dieses Studium nicht durch. Mir fehlte die Kraft und auch das Geld. Deshalb schlug ich zu, als die PR-Agentur, bei der ich ein Praktikum gemacht hatte, mir eine feste Stelle anbot.

Ich verdiente schnell viel Geld und konnte mir endlich all die schönen Sachen kaufen, von denen ich früher nur geträumt hatte. Mein Kleiderschrank füllte sich mit teuren Designerklamotten und Handtaschen, für die ich, ohne mit der Wimper zu zucken, ein Monatsgehalt hinblätterte. Ich war etwas wert. Jeder sollte es sehen. Und zwar auf den ersten Blick. Niemand durfte wissen, dass ich die Tochter einer psychisch kranken Sozialhilfeempfängerin war. Deshalb brach ich alle Brücken hinter mir ab, meldete mich nie wieder bei Frau Wilhelms, obwohl ich ihr so viel zu verdanken hatte. Ich wollte meine Vergangenheit tilgen.

Als ich Tobias heiratete, genoss ich das Gefühl, es endgültig geschafft zu haben. Hatte ich ihn wirklich geliebt? Nein, ich hatte mich verliebt in die Vorstellung, die ich mir von diesem Mann gemacht hatte. Und von einem Leben mit ihm. Ich klappte das Album so heftig zu, dass die Deckel einen dumpfen Laut von sich gaben. Die restlichen Fotos würde ich mir nicht mehr ansehen. Unsere Urlaube auf Hawaii, im Fünfsternehotel mit Schampus am Pool. Die Shoppingtour nach Dubai. Alles langweilige Yuppieurlaube, mit denen Tobias mich überrascht hatte. Selbst seine Urlaubsbräune musste als Gradmesser für Erfolg herhalten.

Auch Tobias machte um seine Vergangenheit ein großes Geheimnis, redete so gut wie nie über seine Kindheit und Jugend. Ich wusste nur, dass sein Vater tot war. Zu seiner Mutter pflegte Tobias schon seit Jahren keinen Kontakt mehr und wollte nicht, dass ich sie kennenlernte. Insgeheim war ich froh gewesen, dass seine Familie ein Tabu war, weil ich dann auch nicht über meine Mutter zu reden brauchte. Heute fragte ich mich, was Tobias eigentlich zu verbergen gehabt hatte.

Ich nahm beide Alben und presste sie an meine Brust. Ich würde die Zeugnisse unserer gemeinsamen Vergangenheit jetzt gleich entsorgen. Weg war weg. Barfuß schlich ich die

Treppen hinunter. Die blaue Altpapiertonne vor unserem Haus war schon fast voll. Doch an der linken Seite tat sich ein Spalt auf, der wie geschaffen war für die Fotoalben. Ich zwängte sie hinein, und als der Deckel einen Moment später zuschnappte, fühlte ich mich erleichtert. Der erste Schritt in ein neues Leben war getan.

Unbehelligt huschte ich zurück durchs Treppenhaus. Doch als ich gerade den Schlüssel ins Schloss stecken wollte, hörte ich plötzlich Stimmen.

Ich spähte durch das Treppengeländer und sah, dass bei der arbeitslosen Bibliothekarin zwei Männer vor der Haustür standen. Ein großer Schlaks und ein kleiner Dicker.

O Gott, die Journalisten von heute Morgen. Gaben die denn nie auf? Unverschämtheit!

Zum Glück hatten diese Aasgeier mich noch nicht bemerkt. Leise schloss ich meine Tür auf. Das metallische Geräusch hallte verräterisch durchs Treppenhaus.

»Da ist sie!«, rief eine Männerstimme. »Los, runter. Frau Rabe, Frau Rabe!«

Ich stürzte in meine Wohnung und schlug die Tür hinter mir zu. Kaum war sie ins Schloss gefallen, bollerte eine Faust gegen den Holzrahmen. Durch das geriffelte Glas konnte ich schemenhaft die Umrisse des schlaksigen Typen erkennen. Dingdongdingdong! Er malträtierte meine Klingel. Was für ein Idiot! Glaubte der wirklich, ich würde ihm öffnen und artig Rede und Antwort über mein Leben stehen? Geistesgegenwärtig griff ich zum Telefon, das neben der Tür platziert war, und wählte die Nummer der Polizei.

»Hallo«, sagte ich so laut, dass die beiden mich hinter der Tür hören mussten. »Kommen Sie bitte schnell in die Mommsenstraße 450. Ich werde bedroht. Ein Mann hämmert mit der Faust gegen meine Tür. Ich habe große Angst.«

Schlagartig verstummten Klopfen und Klingeln. »Hören Sie, hat sich erledigt«, sagte ich leise ins Telefon und legte auf, ohne die Antwort abzuwarten.

Obwohl ich vor dem Schlafengehen fast eine Handvoll Tabletten eingeworfen hatte, die mir in den letzten Tagen wenigstens manchmal zu einem traumlosen Schlaf verholfen hatten, wälzte ich mich in dieser Nacht im Bett von Albtraum zu Albtraum. Ich saß wieder im Polizeipräsidium. Die Bullen nahmen mich in die Mangel, weil sie glaubten, ich wüsste, wo mein Mann steckte. Der glatzköpfige Kommissar warf einen Stapel Fotos vor mir auf den Tisch. »Hier, guck dir das an«, zischte er. Auf einem Porträtfoto war Antonia, so hieß das Opfer, zu sehen. Eine aufblühende Schönheit mit langem, dunklem Haar. Auf einem anderen Foto saß das Mädchen im Schlauchboot und winkte. Wahrscheinlich standen seine Eltern am Ufer und fotografierten ihre Tochter. Tobias war Antonia auf dem Schulweg gefolgt, hatte sie mit Chloroform betäubt und ins Auto gezerrt. Dann war er mit ihr in ein abgelegenes Waldstück gefahren, wo er sie vergewaltigt und ermordet hatte.

»Und das hier.« Der Beamte hielt mir ein anderes Foto so dicht vor das Gesicht, dass ich zurückweichen musste, um zu erkennen, was er mir zeigen wollte. Antonias Leiche, mit gespreizten Beinen und entblößtem Unterleib. Die Strumpfhose, mit der Antonia erwürgt worden war, hing um ihren Hals. Tränen schossen mir in die Augen. Angewidert drehte ich mich zur Seite, würgte, hätte fast auf den Linoleumboden gekotzt.

Dann war ich plötzlich Antonia, lief durch den Wald. Hinter mir ein Keuchen. Mit einem Mal packte mich eine Hand von hinten am Kragen. Schleuderte mich zu Boden.

Mit der ganzen Kraft seines Körpers drückte mich der Fremde auf die Erde. Dicht an meinem Ohr sein Atem. Er stieß mir sein Knie zwischen die Oberschenkel, zwang meine Beine auseinander.

Ich kreischte. Kreischte so laut, dass der pensionierte Oberstudienrat im Erdgeschoss mit dem Besenstil an die Decke hämmerte. Als ich die Augen aufschlug, saß ich aufrecht im Bett. Mein Nachthemd klebte an meinem Körper. Mein Herz raste, ich japste nach Luft.

Ich musste raus hier. So schnell wie möglich. In dieser Wohnung, in der ich mit Tobias, diesem Schwein, zusammengelebt hatte, konnte ich nicht länger bleiben. Plötzlich wunderte ich mich, warum mir der Gedanke nicht früher gekommen war.

Etwa eine Stunde später schlich ich aus meiner Wohnung, um mir am Kiosk eine Zeitung zu besorgen. Getarnt mit einer dunklen Perücke, deren Locken mir tief ins Gesicht fielen. Dazu trug ich eine verspiegelte Sonnenbrille mit großen, runden Gläsern aus den Siebzigerjahren.

Im Treppenhaus war alles still. Für den Fall, dass vor der Tür wieder Journalisten lauerten, würde ich so tun, als sei ich nicht die Frau des Mörders, sondern eine Bekannte, die nach dem Rechten gesehen hatte.

Doch die Luft war rein. Ich ging ein paar Hundert Meter zum Kiosk am S-Bahnhof Savignyplatz, bei dem ich jeden Sonntagmorgen die Zeitung holte. Der Besitzer erkannte mich nicht. Meine Tarnung war offenbar perfekt. Ich beschloss, nun öfter mit der Perücke und diesem Monstrum von Sonnenbrille auszugehen.

Ich kaufte mir eine Tageszeitung und machte mich auf den Rückweg. Noch immer war die Luft rein. Auch im

Treppenhaus war es noch immer still, sodass ich unbehelligt in meine Wohnung zurückkehrte.

Ich ging in die Küche, brühte mir einen Espresso. Tobias hatte die sündhaft teure, chromblitzende Maschine gekauft. Auch so ein Yuppie-Accessoire, mit dem er angegeben hatte. Essen konnte ich nichts. Schon seit Tagen nicht mehr. Meine Beckenknochen traten hervor, man sah jede einzelne Rippe. Mich störte das nicht. Ich hatte Wichtigeres zu tun, als zu essen. Lebte von schwarzem, ungesüßtem Kaffee und meinen Tabletten.

Ich setzte mich mit der Zeitung an den Küchentisch.

Nichts würde ich mitnehmen. Mir einen Nachmieter suchen, der diese Wohnung mit all dem kalten Designerschnickschnack übernehmen würde. Bloß weg damit. Das meiste hatte Tobias ausgesucht. Die Corbusier-Sessel aus Leder, die jede Empfangshalle geschmückt hätten, aber keine Gemütlichkeit ins Wohnzimmer zauberten. Und dann diese Einbauküche aus kaltem, gebürstetem Stahl, in der man beim Gemüseputzen fast ein schlechtes Gewissen bekam.

Lauter Möbel ohne Seele. Unsere Wohnungseinrichtung war ein Sammelsurium teurer Beutestücke kinderloser Yuppies. Eine Wohnung, die jederzeit als Motiv für *Schöner Wohnen* hätte herhalten können. Meine Antiquitäten, darunter eine Chaiselongue aus den Fünfzigern und ein liebevoll aufgearbeitetes Küchenbüfett, hatte Tobias – ohne mich zu fragen – den Möbelpackern, die seine Designerstücke anlieferten, mitgegeben.

So war Tobias. Er hatte mich übergangen, kaufte nur das Beste und Teuerste. Nicht, weil ihm die Sachen gefielen, sondern weil er damit auf Weihnachtsfeiern angeben konnte. Tobias mimte bei solchen Gelegenheiten gern den Schöngeist, fachsimpelte über Literatur, Kunst und Design, wollte verhindern, dass ihn die vermeintlich »ach so schicken Leute« aus der PR-Agentur für einen drögen Mathematiker hielten.

Ich konnte mich nicht daran erinnern, wann wir das letzte Mal privat eingeladen worden waren. Tobias ging den Leuten auf die Nerven, vor allem denen, die sich nicht von ihm blenden ließen und merkten, dass er sich sein Wissen aus den gleichen Zeitungsfeuilletons zusammenschusterte, die sie selbst lasen.

Freunde hatten wir sowieso keine. Wir waren moderne Nomaden, denen der Job das Leben diktierte. Umzogen, wenn der Beruf es befahl. Beziehungen nur pflegten, wenn sie förderlich für die Karriere waren. Sich für echte Freundschaften keine Zeit nahmen. Dabei hätte ich jetzt ein paar Freunde gut gebrauchen können.

Fast den ganzen Vormittag saß ich in der kalten Stahlküche und studierte Wohnungsanzeigen. Vorsichtig hatte ich den Lokalteil aufgeblättert. Seit mich die Polizei abgeholt hatte, hatte ich es vermieden, Zeitung zu lesen. Heute schrieb die lokale Tageszeitung nichts über Antonia. Auch das Telefon schwieg. Es klingelte nicht mehr an der Tür. Die Journalisten hatten aufgegeben, sodass ich endlich in Ruhe mein neues Leben planen konnte. Und das würde mit einer neuen Wohnung beginnen. Ich wollte die Zeitung schon weglegen und mich im Internet auf die Suche machen, als mir eine Anzeige ins Auge sprang: *Drei Zimmer, 80 Quadratmeter, Altbau 1910, Vollbad, Balkon, Stuck, Parkett, frisch renoviert, Besichtigung heute 15 Uhr.* Perfekt, eine unverbindliche Besichtigung, keine Not, den Vermieter schon in einem Vorgespräch am Telefon zu bezirzen. Ich sah auf die schwarz gelackte Küchenuhr an der Wand. Dreizehn Uhr. Ich hatte noch genug Zeit, mich in Schale zu werfen und mir die Verzweiflung aus dem Gesicht zu schminken.

Die Wohnung lag in einer Seitenstraße, die von der Frankfurter Allee abging. Eine vierspurige Straße, laut und dreckig, die von Berlin-Mitte nach Friedrichshain führte. Ein Stadtteil, in dem ich schon immer lieber gewohnt hätte als im schicken, langweiligen Charlottenburg, wo sich Tobias so wohlfühlte.

Ich sah mich schon in der Simon-Dach-Straße vor einer Kneipe über meinen Texten brüten. In Friedrichshain würde mich niemand erkennen, und selbst wenn, wäre ich den Leuten egal.

Obwohl die Seitenstraße direkt von der Frankfurter Allee abging, über die Tag und Nacht der Verkehr donnerte, war es ruhig hier, was mich angenehm überraschte. Im Haus lebten acht Parteien, die Fassade war altrosa gestrichen. Eine Farbe, die perfekt zu den Jugendstilschnörkeleien passte und dem Haus eine warme Ausstrahlung verlieh. Das Treppenhaus hingegen war heruntergekommen. Graffiti an den Wänden, abgetretene Holzstufen, verbeulte Briefkästen im Hausflur. Tobias hätte auf dem Absatz umgedreht. Mir gefiel dieser morbide Charme.

Vor der geöffneten Wohnungstür stand eine Kiste mit blauen Plastiksäckchen, die man sich über die Schuhe streifen sollte, um das Parkett nicht zu zerkratzen.

Der Makler, ein junger Schnösel in grauem Anzug, beachtete mich kaum. Er redete gerade auf eine Frau mittleren Alters ein, die sich für die Lärmschutzdämmung des Hauses interessierte.

Mir war das ganz recht, weil ich so die Wohnung erst mal allein erkunden konnte. Die Zimmer gingen von einem langen Flur ab. Das Bad war klein, wie bei fast allen Altbauwohnungen, aber es war frisch gekachelt und verfügte über eine Wanne. Auf dem Balkon würde es, wenn zwei Leute darauf säßen, eng werden. Das war mir egal. Schließlich konnte ich mir nicht vorstellen, je wieder mit einem Mann auf einem Balkon zu frühstücken.

Die Wände, die bestimmt vier Meter hoch waren, strahlten weiß. Von den Stuckdecken grüßten die Putten. Das Parkett war frisch versiegelt und glänzte. Sonnenlicht fiel durch die großen Fenster. Die Wohnung war wie geschaffen für meine Bedürfnisse. Nicht zu groß, nicht zu klein. Frisch renoviert, sodass ich sofort einziehen konnte. Zentral gelegen, eine U-Bahn- und eine S-Bahn-Station in der Nähe. Zur Agentur würde ich vielleicht zwanzig Minuten brauchen.

In Gedanken richtete ich mir schon mein neues Leben ein. Ich müsste natürlich ganz von vorne anfangen, auf Flohmärkten nach ausgefallenen Stücken stöbern. Nur ein paar Möbel, die die Wohnung nicht erdrückten. Und Bücher würde ich mir kaufen. Bücher über Bücher. Tobias hatte meine, kaum dass ich sie gelesen hatte, bei *amazon* verhökert, weil sie zu viel Platz wegnahmen. Seine Bücher dagegen waren heilig, vor allem seine Krimis. Wahrscheinlich waren sie für ihn eine Art Lehrbuchsammlung gewesen, dachte ich zynisch.

Immer mehr Leute kamen, um die Wohnung zu besichtigen. Verstohlen musterte ich meine Konkurrenz. Ein intellektuell wirkender Typ mit Nickelbrille und ausgebeulten Jeans, der nicht aussah, als könne er sich die Wohnung leisten. Ein junges Paar mit Kind. Auch keine Konkurrenz. Für eine Familie war die Wohnung ein bisschen zu klein. Die ältere Frau, die den Makler, nachdem er ihre Fragen zum Lärmschutz erschöpfend beantwortet hatte, nun mit irgendwelchen Details zu den Nebenkosten nervte, manövrierte sich selbst ins Abseits. Vermutlich würde die dunkelhaarige Frau im roten Kostüm, die ihre Pumps in der Hand hielt, weil ihre Pfennigabsätze sich – mit oder ohne Plastikschutz –

gnadenlos ins Parkett gebohrt hätten, meine stärkste Konkurrentin sein. Sie sah aus wie eine gut verdienende Karrierefrau ohne Mann und Kind. Vermieter liebten solche Frauen. Sie verdienten genug, zahlten pünktlich ihre Miete, engagierten Putzfrauen, die die Wohnung in Schuss hielten, waren viel unterwegs, machten keinen Lärm. Die Frau war jenseits der vierzig, würde also aller Wahrscheinlichkeit nach auch kein Kind mehr bekommen. Karrierefrauen wurden nur noch von Beamten geschlagen, für deren Einkommen der Staat garantierte. Alleinstehende Männer hatten in der Regel bei Vermietern schlechte Karten, weil sie Küche und Bad versiffen ließen. Wenn zwei Karrierefrauen sich um eine Wohnung bewarben, entschieden Gehaltshöhe und Aussehen. Blond schlug dunkel – so viel stand schon mal fest. Die Schnepfe konnte also gleich wieder abziehen.

Eine Wand im Wohnzimmer würde ich mit Büchern tapezieren. Schräg davor müsste ein bequemes Lesesofa stehen, von dem aus ich immer wieder ins Regal greifen könnte. Brauchte ich einen Tisch? Einen kleinen vielleicht, möglichst aus Glas. Holztische wirkten oft wie Barrieren. Ein Glastisch wäre dagegen so gut wie unsichtbar.

Ich war so vertieft in meine Pläne, dass ich nicht bemerkte, wie die anderen Interessenten sich im Wohnzimmer versammelten. Sie tuschelten, starrten mich an und schüttelten den Kopf. Selbst der Makler und die ältere Frau unterbrachen ihr Gespräch und sahen in meine Richtung. Am kalten Blick des Maklers erkannte ich, dass es keinen Sinn haben würde, einen Bewerbungsbogen auszufüllen. Und auch in den Gesichtern der anderen Leute las ich, dass sie wussten, wer ich war. Der Typ mit der Nickelbrille stand mit halb offenem Mund da, staunte mich an mit einer Mischung aus Faszination und Entsetzen, als sei ich ein gefährliches Tier im Zoo. Die Schnepfe im Kostüm hielt ihre Pumps dicht an den Körper gepresst wie einen Schutzschild. Der Makler beugte sich zu der älteren Dame hinab und flüsterte ihr etwas ins Ohr. Die Frau nickte.

Es gab keinen Zweifel. Sie hatten mich erkannt. Alle. Aber wie war das möglich? In einer Millionenstadt wie Berlin? Oder bildete ich mir das nur ein? War ich verrückt geworden?

Raus hier. Ich drängte mich an den Leuten vorbei aus dem Wohnzimmer, wäre im Flur mit den Plastikschonern fast auf dem Parkett ausgerutscht. Polterte die Treppen hinunter. Meine Schritte hallten laut durch den Hausflur.

Unten auf dem Treppenabsatz lag der *Berliner Express.* Ich blieb stehen, bückte mich und hob die Zeitung auf. Die Überschrift: *Mädchenmörder Tobias Rabe. Exklusiv: Sein Leben in Bildern. Seine Hochzeit. Seine Urlaube. Er flog mit seiner hübschen Frau zum Shoppen nach Dubai. Sonnte sich auf Hawaii.*

Ich schnappte nach Luft, spürte das Pochen meines Herzschlags bis in die Kehle. Die Fotoalben! Auf der Suche nach Spuren aus unserem Leben hatten die Reporter die Altpapiertonne vor unserem Haus durchwühlt und waren auf die Alben gestoßen. Ich zerknüllte die Zeitung, pfefferte sie auf den Boden und lief den Hausflur entlang. Ich riss die Tür auf, lief hinaus auf die Straße, rannte, ohne darauf zu achten, welche Richtung ich einschlug.

Ich stieß mit einem Kind zusammen, das an der Hand seiner Mutter um die Ecke bog. Ohne mich zu entschuldigen, hetzte ich weiter, drehte mich nicht mal um, als die Mutter mir etwas hinterherrief. Rannte und rannte, bis meine Lunge schmerzte und ich einfach nicht mehr konnte. Keuchend stand ich auf dem Bürgersteig, hatte keine Ahnung, wo ich war. Schemenhaft erkannte ich Jugendstilfluchten, Kastanienbäume, Kopfsteinpflaster. Mein Hals war so trocken, dass er brannte. Mein Herz hämmerte.

»Entschuldigen Sie bitte«, sprach mich ein junger Mann an.

Sofort schnellte mein Puls wieder in die Höhe. »Lassen Sie mich in Ruhe!«, kreischte ich so laut, dass die Passanten auf der gegenüberliegenden Straßenseite stehen blieben und zu uns herübersahen.

»Ich habe nichts getan!« Meine Stimme überschlug sich. »Ich kann nichts für meinen Mann, hören Sie. Ich kann nichts dafür!«

Der Mann zuckte zusammen, ließ sich aber nicht aus der Ruhe bringen. »Entschuldigen Sie bitte«, sagte er noch einmal. »Ich kenne Ihren Mann gar nicht. Ich wollte Sie nur darauf hinweisen, dass Sie da was an den Füßen hängen haben. Nicht, dass Sie darüber stolpern.« Der Mann nickte mir noch einmal zu und ließ mich stehen.

Ich sah auf meine Füße hinunter. Tatsächlich hingen die Plastiktütchen in Fetzen an meinen Fesseln. Es war ein Wunder, dass ich nicht längst darüber gestolpert war. Mein Gesicht glühte. Beschämt sah ich auf, doch der freundliche Herr war nicht mehr zu sehen.

Irgendwie musste ich den Weg nach Hause gefunden haben. Aber ich kann mich beim besten Willen nicht mehr erinnern, ob ich in die S-Bahn stieg, zum Auto zurückfand oder mir ein Taxi nahm.

Ich war so durcheinander wie nie zuvor in meinem Leben. Der Schock, ein Gefühlscocktail aus Wut, Verzweiflung, Trauer, Scham, Fassungslosigkeit und unbeschreiblicher Enttäuschung, vernebelte mir die Sinne. Krampfhaft versuchte ich, die Balance zu halten. Alles, an das ich geglaubt hatte, war falsch gewesen. Ich hatte auf Sand gebaut.

Vielleicht hätte ich mich damals – bei der Polizei hatte man mir dazu geraten – in therapeutische Behandlung begeben sollen. Aber das hätte an meinem Selbstbild von der erfolgreichen Frau gekratzt, die alles im Griff hatte.

Nachdem ich die Wohnungstür hinter mir geschlossen hatte, versagten meine Beine ihren Dienst. Ich rutschte auf den Boden, blieb in einer Art verunglücktem Schneidersitz im Dunklen hocken. Ich war am Ende. Selbst zum Weinen fehlte mir die Kraft. Ich musste Berlin verlassen. Eine Auszeit nehmen, vielleicht ein halbes Jahr. Ich würde eben eine Weile von meinen Ersparnissen leben, wenn die Agentur mir mein Gehalt nicht weiterzahlte. Ich weiß nicht, wie lange ich so dasaß. Irgendwann schlief ich ein.

Als ich aufwachte, war es Nacht und ich kauerte noch immer auf dem Boden vor der Haustür. Ich stand auf, schleppte mich ins Schlafzimmer und ließ mich – so wie ich war – aufs Bett fallen. Mein Nacken schmerzte. Ich tastete im Dunkeln nach meinen Tabletten, drückte mir ein paar aus der Packung in die Hand, würgte sie ohne Flüssigkeit hinunter und schlief sofort ein.

Erst gegen Mittag wachte ich auf, hatte geschlafen wie eine Tote. Traumlos, ohne dass die Bilder der Tat mich heimgesucht hatten. Vermutlich war das nicht nur den Tabletten geschuldet, sondern vor allem meiner grenzenlosen Erschöpfung.

Als ich mich halb im Bett aufsetzte, den Rücken an das Gestell gelehnt, sah ich es sofort. Die Schubladen der Kommode neben dem Bett waren halb herausgezogen. Dabei war ich sicher, dass ich sie gestern nach dem Anziehen wieder geschlossen hatte. Schlagartig wurde ich wach, sprang aus dem Bett, lief ins Wohnzimmer. Auch die Schublade des

Vertikos stand halb offen. Und die hatte ich doch gestern nicht einmal berührt.

Es gab keinen Zweifel. Jemand war während meiner Abwesenheit hier gewesen. Die Balkontür war verschlossen. Und auch an der Haustür waren keine Einbruchspuren zu sehen. Ich lief zurück ins Schlafzimmer. In der Kommode hatte ich in einem chinesischen Seidentäschchen meinen Schmuck versteckt. Ich wühlte unter der Bettwäsche, glitt mit den Fingerkuppen über den zarten Seidenstoff, zog das Täschchen heraus und klappte es auf. Das schwere, goldene Gliederarmband, das ich mir von meinem ersten Gehalt gekauft hatte, mit Abstand das wertvollste Stück, das ich besaß, fiel mir in die Hände. Gott sei Dank. Auch all meine Ohrringe, Perlen, die kleinen Brillanten, goldene und silberne Kreolen, waren noch da. Nur der Schmuck, den Tobias mir geschenkt hatte, war verschwunden. Der Ring aus Rotgold war weg. Auch die Kette, ein filigraner Strang, geflochten aus Silber und Gold, fehlte. Das goldene Collier, das Tobias mir zu Weihnachten geschenkt hatte – weg. Ich hatte es ohnehin nie getragen, weil es mir zu protzig schien. Mir wurde ganz mulmig. Da wir keinem Nachbarn je unseren Haustürschlüssel anvertraut hatten, gab es nur eine Möglichkeit: Tobias war in der Wohnung gewesen. Und er hatte sich den Schmuck zurückgeholt. Aber warum?

Es schellte an der Tür. Ich zuckte zusammen. Auf Zehenspitzen schlich ich zum Wohnzimmerfenster und spähte nach draußen auf die Straße. Unten vor der Haustür stand der Postbote. Erleichtert ging ich zur Wohnungstür und drückte auf den Summer. Der Postbote polterte die Treppen hinauf. Ich öffnete.

»Guten Tag, Frau Rabe. Ich habe ein Einschreiben für Sie.« Obwohl meine Wohnung im ersten Stock lag, war der

Bote völlig aus der Puste. Er reichte mir den Brief. »Ich brauche eine Unterschrift«, sagte er und hielt mir ein kleines elektronisches Gerät und den dazugehörigen Stift hin. Mit der freien Hand wischte er sich den Schweiß von der Stirn.

Ich klemmte das Einschreiben unter meinen linken Oberarm und kritzelte meinen Namen auf das Display des Gerätes.

Der Postbote nickte zufrieden. »Schönen Tag noch«, sagte er, drehte sich um und lief die Treppe wieder hinunter. Hatte der Postbote, der auch Tobias kannte, nicht gelesen, was passiert war? Jedenfalls hatte er sich – ganz Profi – nichts anmerken lassen. Die Deutsche Post stieg in meiner Achtung.

Während ich die Tür mit dem Fuß zuschob, riss ich den Umschlag auf und fingerte das Schreiben aus dem Kuvert.

Der Briefkopf der Agentur kam zum Vorschein. Mit zittrigen Händen faltete ich das Schreiben auseinander und las:

Sehr geehrte Frau Rabe.

Warum siezten mich die Kollegen denn plötzlich?

Wir bedauern, Ihnen mitteilen zu müssen, dass wir das Arbeitsverhältnis mit Ihnen nach § 626 BGB Abs. 1 fristlos kündigen. Da Sie mehr als drei Tage unentschuldigt im Büro gefehlt haben, sehen wir leider keine Möglichkeit, Sie weiter zu beschäftigen. Wir danken Ihnen für die Zusammenarbeit und wünschen Ihnen für Ihre Zukunft alles Gute.
Mit freundlichen Grüßen
Lorenz Schmidt, Saskia Terlinden

Ich schnappte nach Luft. Saskia, diese Schlange. Sie hatte mich in eine Falle gelockt. Diese Hexe! Natürlich war ich als

Ehefrau eines Mörders nicht mehr tragbar für die PR-Agentur. Aber da ich fest angestellt war, hätte mich die Geschäftsleitung, zu der ja auch Saskia gehörte, nicht so ohne Weiteres feuern können. Schließlich hatte ich mir nie etwas zuschulden kommen lassen. Die Agentur hätte nicht mal Gründe für eine Abmahnung gehabt. Ein schmutziger Trick war gefragt und jemand, der sich dafür hergab. Und das war natürlich – wie immer – Saskia gewesen.

Wutentbrannt griff ich zum Telefon und drückte die Taste, unter der Saskias Handynummer gespeichert war. Tatsächlich ging sie gleich ran.

»Schämst du dich nicht?«, schrie ich ins Telefon.

Einen Moment lang war es still am anderen Ende. Ich dachte schon, Saskia würde einhängen, doch sie räusperte sich nur, suchte nach Worten.

»Ich bitte dich, Mädchen«, sagte sie schließlich. »Wie lange warst du nicht in der Agentur?« Ihre Stimme klang tadelnd wie die einer Lehrerin. »Wir mussten so handeln. Auch wenn es uns leidtut«, sagte die Schlange und legte auf.

Hauptkommissar Wöste sah mich mitleidig an.

»Frau Rabe, Ihr Mann war nicht in Ihrer Wohnung. Das bilden Sie sich ein.«

Seine herablassende Art machte mich wütend.

»Ach so!«, fauchte ich. »Ich soll also glauben, dass ein Einbrecher sich zielsicher den Schmuck herauspickt, den mein Mann mir geschenkt hat, und die wirklich wertvollen Stücke liegen lässt? Das glauben Sie doch wohl selbst nicht!«

Nun schlug Wöste einen väterlichen Ton an. »Frau Rabe, Sie sind sehr durch den Wind, das habe ich Ihnen neulich schon gesagt. Vielleicht haben Sie den Schmuck in Ihrer ersten Wut weggeworfen und können sich jetzt nicht mehr daran erinnern. Das ist nichts Ungewöhnliches. Stresshormone, wie zum Beispiel Adrenalin oder Cortisol, können Nerven und Synapsen bei zu großer Anspannung schädigen. Das wirkt sich mitunter auf das Erinnerungsvermögen aus.«

Aha, der Kommissar hatte seine Schmach bei dem Sanitäter noch nicht vergessen und rächte sich jetzt, indem er mich behandelte wie eine Geisteskranke.

»Verdammt noch mal«, keifte ich so laut, dass mir Spucketröpfchen aus dem Mund flogen. »Ich werde verfolgt. Mein Mann, der Kindermörder, bricht bei mir ein und bestiehlt mich. Ich bin ständig auf der Flucht vor Journalisten. Und Sie legen die Hände in den Schoß!«

Der Kommissar seufzte betont laut, stand auf, ging um den Schreibtisch herum, setzte sich aber nicht auf seinen Stuhl, sondern stützte seine Arme auf den Schreibtisch, beugte sich vor und sah mich an. Seine Körperhaltung hatte etwas Provozierendes.

»Frau Rabe«, sagte er dann belehrend im Ton, so als sei ich eine Grundschülerin, die ihre Matheaufgabe auch nach dem fünften Erklärungsversuch nicht begreifen wollte. »Ihr Mann war ganz sicher nicht in Ihrer Wohnung.«

Dass er mich dauernd beim Namen nannte, unterstrich seinen Hohn.

»Eigentlich darf ich Ihnen das gar nicht sagen, Frau Rabe. Aber obwohl wir die Wahrscheinlichkeit, dass Ihr Mann sich nach Hause zurückwagt, als gering einstufen, observieren wir das Haus. Rund um die Uhr. Wir hätten Ihren Mann gesehen und ihn verhaftet, noch bevor er auch nur Ihre Tür erreicht hätte.«

»Und wer war dann in meiner Wohnung?«, giftete ich.

Der Polizist ließ sich nicht beeindrucken. Er fing doch tatsächlich an zu lachen, prustete los, als hätte ich einen

Witz zum Besten gegeben. Ein gackerndes Lachen, das eher zu einem Schuljungen gepasst hätte als zu einem Kommissar. Trotzdem traf mich jeder Ton wie eine Ohrfeige.

»Die Journalisten vielleicht«, wieherte er.

Daran hatte ich nicht gedacht. Ich überlegte einen Moment. Diese Aasgeier hatten immerhin auch unseren Altpapiercontainer durchwühlt. Aber einen Einbruch würden sie wohl kaum riskieren. Nein, es war Tobias gewesen. Ganz sicher. Niemand außer ihm hätte zwischen den Schmuckstücken, die er mir geschenkt und die ich mir selbst gekauft hatte, unterscheiden können.

»Liebe Frau Rabe …« Der Kommissar redete noch immer mit mir, als wäre ich nicht ganz dicht. »Ich habe gleich noch einen Vernehmungstermin. Aber ich werde den Kollegen vor Ort sagen, dass sie ein Auge auf Sie und Ihre Wohnung werfen sollen. Das verspreche ich Ihnen. In Ordnung?« Der Kommissar grinste blöde, ging zur Tür und öffnete sie.

Ich hatte verstanden. Er wollte mich loswerden. Ohne ihm die Hand zu schütteln, eilte ich nach draußen. Dieser Typ konnte mich mal. Ich hatte sowieso keine Zeit mehr. Ich musste zum Anwalt.

Dr. Anton Zimmer residierte in einer klassizistischen Villa mit Blick auf die Spree. Er war einer der renommiertesten Anwälte Berlins, vertrat viele Prominente und große Firmen. Es wunderte mich fast ein bisschen, dass ich ohne Probleme einen Termin bei ihm bekommen hatte. Seine Sekretärin war am Telefon sogar sehr nett zu mir gewesen. Aber wahrscheinlich hatte sie mich nur als Klientin angenommen, weil ich die Frau eines stadtbekannten Mörders war.

Die Empfangshalle war beeindruckend. Marmorböden, schwarze Ledermöbel, holzvertäfelte Wände. Nachdem mich die Empfangsdame gebeten hatte, noch einen Moment Platz zu nehmen, ließ ich mich in einen der eleganten Ledersessel fallen. Gedankenverloren nahm ich mir eine Illustrierte vom Tisch, blätterte darin. Plötzlich blickte ich in mein Gesicht. Neben mir lächelte Tobias in die Kamera. Unser Hochzeitsfoto. Daneben das Bild von Antonia. Diese dunklen, unschuldigen Augen …

Mir wurde schwindelig. Wenn der Sessel mich nicht geborgen hätte, wäre ich umgekippt. Die Aasgeier vom *Berliner Express* mussten die Fotos, die sie aus unserer Mülltonne geklaubt hatten, nach ihrer Veröffentlichung an *Die Illustrierte* weiterverkauft haben. Ich überflog den Artikel, merkte, wie meine Hände beim Lesen schweißnass wurden und am Papier klebten. *Ein Mädchenmord schockiert Deutschland*, las ich. Die Buchstaben verschwammen vor meinen Augen. Wollte ich mir das wirklich noch einmal antun? Unwillkürlich blieb ich am letzten Absatz hängen.

»Ich verstehe das alles nicht«, sagt die Ehefrau des Mörders. Die überaus attraktive Blondine arbeitet als PR-Agentin bei einer namhaften Agentur. »Mein Mann war so ein lieber Mensch. Wir wollten Kinder.«

Ich schloss die Augen und atmete tief durch. Ich musste mich zusammenreißen. Am liebsten hätte ich dieses Mistblatt auf den Marmorboden geschleudert und wäre darauf rumgetrampelt. Aber das musste Dr. Zimmer für mich erledigen, auf elegantere Art. Nach ein paar tiefen Atemzügen hatte ich mich wieder im Griff.

Mein Blick fiel auf die Autorenzeile unter dem Artikel. *Claudia von Samtleben.* Von Samtleben? Ich überlegte. Irgendwie kam mir der Name bekannt vor. Plötzlich fiel es mir wieder ein. Von Samtleben – so hieß doch die Journalistin, die mir am Telefon ins Ohr gesäuselt hatte, ich müsse keine Angst haben, sie wolle nur mit mir reden. Ich hatte ihren Namen zwar nicht richtig verstanden, glaubte mich aber jetzt dunkel an den Adelstitel zu erinnern.

So recherchierte Claudia von Samtleben also ihre Artikel: Weigerte man sich, ihr Rede und Antwort zu stehen, legte sie ihren Opfern einfach in den Mund, was sie ohnehin zu schreiben gedachte.

»Frau Rabe?« Eine Männerstimme riss mich aus meinen Gedanken. Vor mir stand ein auffallend gut aussehender Mann Ende vierzig. Mittelgroß, schlank. Er hatte volles, eisgraues Haar und blaugraue Augen. Sein Blick war ein Frontalangriff auf die Standfestigkeit weiblicher Knie. Seine Brauen, die dunkel geblieben waren, verliehen seinem Gesicht einen markanten Zug. Sein schwarzer Anzug saß tadellos.

Nur die Schatten unter seinen Augen verrieten, dass er seine Nächte wahrscheinlich in seiner Kanzlei verbrachte und zu viel arbeitete.

Der Anwalt lächelte, streckte mir seine rechte Hand entgegen.

»Rabe«, stellte ich mich unbeholfen vor, obwohl der Anwalt meinen Namen natürlich kannte.

»Zimmer. Guten Tag. Wenn Sie mir dann bitte folgen wollen«, sagte er freundlich, drehte sich um und führte mich über die Marmortreppe in den ersten Stock, wo sein Büro lag.

Aus Dr. Zimmers Bürofenster sah man auf die Spree und ins Grüne. Eine Aussicht, die ohne gediegenes Mobiliar auskam. Das Büro war nüchtern, fast eine Spur zu kühl eingerichtet. Grau lasierter Parkettboden, ein schlichter Schreibtisch mit dunkel gebeizter Platte, die von Beinen aus Metall getragen wurde, eine Designerlampe aus Aluminium, ein schwarz lackiertes Bücherregal, in dem Gesetzeskommentare standen. Als ich mich setzte, bemerkte ich das riesige Bild gegenüber der Fensterfront, das der Spree die Show stahl. Moderne Kunst. Expressiver Realismus. Eine Stilrichtung, die mich faszinierte, weil sie mit der Grenze zwischen realer Darstellung und abstrakter Kunst spielte. Das Bild zeigte den Mond hinter Bäumen. Doch die Baumstämme waren schwarz, nur angedeutet und ihrer Kronen beraubt. Im Hintergrund strahlten Felder in Orange, Blutrot, Grün, Türkis und Lila. Wie Feuer. Brannte der Wald? Ein rätselhaftes Motiv. Die Farben waren dick aufgetragen, wie mit einem Spachtel. Und der Mond hatte ein paar Kratzer. *Landscape with Moonscratch – Dagmar Calais 2006,* entzifferte ich den hingeworfenen Schriftzug in der rechten unteren Ecke des Bildes.

»Interessieren Sie sich für moderne Kunst?«, wollte Dr. Zimmer wissen.

»Oh, Entschuldigung.« Es war mir peinlich, dass ich so ungeniert auf das Bild starrte, aber ich konnte mich nicht davon lösen.

»Ja, ich mag vor allem diesen halb abstrakten Stil, der sich nicht entscheidet zwischen abstrakter Kunst und gegenständlicher Malerei«, antwortete ich. »Das lässt so wunderbar viel Raum für Interpretationen. Gegenständliche Kunst langweilt mich.« Kaum dass ich den Satz beendet hatte, merkte ich, wie sehr er nach Möchtegern-Bildungsbürgerin geklungen hatte.

Dr. Zimmer, der sich inzwischen hinter seinem Schreibtisch verschanzt hatte, lächelte. »Das ist wohl wahr«, antwortete er höflich.

»Was kann ich für Sie tun?«

»Ich möchte mich scheiden lassen«, sagte ich und schob Dr. Zimmer die aufgeschlagene *Illustrierte* über den Schreibtisch.

Zimmer nahm das Heft, sah mich jedoch irritiert an.

»Die Frau auf dem Hochzeitsbild, das bin ich.«

Zimmer warf einen Blick auf den Artikel. »Äh, Sie sind …« Er brach den Satz ab. Vermutlich, weil er merkte, dass er kein höflich formuliertes Ende zuließ.

»Die Ehefrau eines flüchtigen Kindermörders«, ergänzte ich kühl.

Es wunderte mich ein wenig, dass der Anwalt nicht zu wissen schien, wer ich war. Schließlich war seine Sekretärin offenbar im Bilde gewesen. Zimmer schwieg, blickte noch immer irritiert auf die Zeitschrift.

»Die Journalisten kamen vom *Berliner Express,* haben die Bilder aus unserer Altpapiertonne geklaubt und sie an *Die Illustrierte* weiterverkauft. Ich hatte meine Fotoalben entsorgt und nicht damit gerechnet, dass Reporter sogar im Müll auf Spurensuche gehen.«

Dr. Zimmer schüttelte den Kopf. »So, so«, sagte er.

»Natürlich war ich unvorsichtig. Aber muss ich deshalb … Ich meine, dürfen die Journalisten …« Ich sprach viel zu schnell, verhedderte mich, stolperte über meine Worte.

»Natürlich nicht«, half mir Dr. Zimmer. »Sie haben ein Recht am eigenen Bild. Außerdem könnte es streng genommen sogar Diebstahl sein, wenn die Journalisten die Fotos tatsächlich aus der Altpapiertonne geklaubt haben.« Noch immer studierte er den Text. »Haben Sie mit jemandem von der Illustrierten geredet?« Zimmer sah mich fragend an.

»Nein«, presste ich hervor, um nicht loszuheulen. Zimmer war – so gut er auch aussah – kein Mann, an dessen Schulter sich eine Frau ausweinen wollte. Ihn umgab eine unüberbrückbare Distanz, die er vermutlich zu all seinen Mandanten wahrte.

»Dieses Zitat ist also erfunden?«, hakte der Anwalt nach.

Wieder nickte ich nur.

Zimmer schüttelte den Kopf. »Wir werden denen verbieten, Ihre Fotos weiter zu veröffentlichen, geschweige denn zu verkaufen. Außerdem muss *Die Illustrierte* drucken, dass die Redakteurin nie mit Ihnen gesprochen hat. Sie werden sehen: Bald haben Sie Ihre Ruhe.«

»Danke sehr«, sagte ich.

»Auch die Scheidung kriegen wir sicher schnell durch«, fuhr Dr. Zimmer fort.

Ich nickte matt: »Neben der Sache mit meinem Mann habe ich ein weiteres Problem. Ich habe meinen Job verloren.« Ich zog das Kündigungsschreiben aus meiner Handtasche und gab es Dr. Zimmer.

Der Anwalt überflog die Zeilen. »Haben Sie wirklich unentschuldigt gefehlt?«, fragte er.

»Nein, die Geschäftsleitung hat mir angeboten, eine Auszeit zu nehmen. Frau Terlinden hat mich sogar weggeschickt, als ich wieder arbeiten wollte«, sagte ich mit bebender Stimme.

»Gab es über diese Auszeit eine schriftliche Vereinbarung?«, fragte Dr. Zimmer.

Ich schüttelte den Kopf. »Nein. Leider nicht.«

Zimmer legte die Stirn in Falten.

»Also«, sagte er dann. »Es wird kein Problem sein, Ihnen die Journalisten vom Hals zu schaffen. Aber das mit der Kündigung …« Zimmer sprach den Satz nicht zu Ende. »Die Agentur wird sich darauf berufen, dass Sie tagelang ohne ärztliches Attest gefehlt haben. Wir werden natürlich vortragen, dass die Geschäftsführerin Ihnen ausdrücklich erlaubt hat, eine Auszeit zu nehmen. Aber, wenn die Auszeit nicht schriftlich vereinbart worden ist, wird es schwierig.«

»Die haben mich in die Falle gelockt«, wandte ich verzweifelt ein.

»Das mag ja sein«, entgegnete Dr. Zimmer. »Nur müssen wir vor Gericht glaubhaft machen, dass es tatsächlich so war. Ich will Ihnen nicht das Blaue vom Himmel versprechen. Dass unentschuldigtes Fehlen ein triftiger Grund für eine fristlose Kündigung sein kann, hat auch das Bundesarbeitsgericht klargestellt.«

»Aber das ist gelogen.« Meine Stimme überschlug sich.

»Frau Rabe«, sagte Dr. Zimmer und trommelte nervös mit den Fingern auf seine lederne Schreibtischunterlage. »Wir müssen den Tatsachen ins Auge blicken. Ihren Job werden Sie wahrscheinlich nicht wiederbekommen. Aber wir können sicher durchsetzen, dass Ihre Kündigung von einer fristlosen in eine ordentliche Kündigung umgewandelt wird. Und eine Abfindung rausschlagen. Natürlich werde ich für Sie tun, was ich kann. Aber ich fürchte, Ihren Job sind Sie los. So leid es mir tut.«

Frustriert verließ ich die Kanzlei. Ich fühlte mich nackt wie ein gerupftes Huhn. Ohne Mann. Ohne Job. Ohne respektables Leben. Alles hatte ich verloren. Zwar hegte ich keinen Zweifel daran, dass Dr. Zimmer alles Erdenkliche für mich tun würde, aber er hatte ja bereits gesagt, wie düster die Aussichten waren. Natürlich würden Lorenz und Saskia mich nicht wieder einstellen, nachdem sie diesen miesen Trick ersonnen hatten, um mich loszuwerden.

Es war zum Verrücktwerden.

*

Dr. Anton Zimmer schüttelte den Kopf. Was für eine hübsche Frau, dachte er und dann so neben der Spur.

Zimmer wählte die Nummer vom *Berliner Express* – die

Durchwahl von Sarah Obermeier, seiner alten Kommilitonin, die das Jurastudium abgebrochen hatte, um Journalistin zu werden. Zimmer hatte das nie verstanden. Für ihn gab es keinen schöneren Beruf als den des Anwalts. Er stritt sich für sein Leben gern. Und als Anwalt verdiente er sogar noch Geld damit.

Schon im Kindergarten war er keinem Streit aus dem Weg gegangen, hatte sogar selbst welchen angezettelt, den er allerdings grundsätzlich nie mit Fäusten, sondern ausschließlich mit Argumenten ausfocht. Wenn er nicht beteiligt war, schlug sich Anton Zimmer auf die Seite des Kindes, dessen Position ihm am aussichtslosesten erschien. Deshalb wunderte sich niemand, als der kleine Anton im Teenageralter verkündete, dass er Jura studieren und Anwalt werden wolle.

Doch während viele seiner Kommilitonen hehre Ziele verfolgten, »den Rechtsstaat gestalten«, »Konflikte professionell lösen« und »Menschen zu ihrem Recht verhelfen« wollten, hatte Anton Zimmer immer nur ein Ziel vor Augen gehabt: Er wollte viel Geld verdienen und reich werden. Sehr zum Leidwesen seiner Eltern, die sich einen idealistischeren Sohn gewünscht hätten. Seine Eltern, die Zimmer sehr liebte, waren Gymnasiallehrer. Nette, linke Gutmenschen. Zimmer war aufgewachsen zwischen meterhohen Bücherregalen, Yuccapalmen und politisch korrekt geflochtenen Korbmöbeln. Sein Vater unterrichtete Geschichte, seine Mutter Deutsch, Sozialkunde und Politik. Kaum, dass Anton laufen konnte, hatten seine Eltern ihn auf jede Anti-AKW-Demo mitgeschleppt und ihm *Gorleben soll leben*-Buttons an die selbst gestrickten Pullis gesteckt. Nie hatte Zimmer seine Mutter anders gesehen als in langen Batikkleidern oder Pluderhosen. Sie lief auf flachen Schuhen, die vorne breit waren wie Froschmäuler. Hochhackige Pumps und Miniröcke hielt sie für Verrat an der Frauenbewegung. Sein Vater hätte dergleichen auch nie verlangt; zumal er selbst keinen sonderlich großen Wert auf Äußerlichkeiten legte. Er kombinierte seine Breitcordhosen mit weiten Holzfällerhemden und Sandalen, in denen er sich sommers wie winters mit dicken Wollsocken gegen die Witterung schützte.

Anton Zimmer liebte Maßanzüge und handgenähte Budapester. Er sammelte moderne Kunst, die seinen Designermöbeln Seele einhauchen sollte. Außerdem hatte er eine Schwäche für Frauen, die in Miniröcken und auf Stilettos in sein Leben stöckelten. Sein Ziel hatte er längst erreicht. Er wohnte in einer Villa, fuhr Porsche, vertrat viele Prominente und große Firmen.

So war diese Sache eigentlich ein paar Nummern zu klein für ihn. Aber seine Sekretärin hatte sich am Telefon von Frau Rabe erweichen lassen, weil die so unendlich verzweifelt geklungen hatte. Na ja, das würde halt einer seiner ›Charity-Fälle‹ werden, mit denen er bei seinen Eltern punkten konnte. Die Scheidung konnte er einem seiner angestellten Anwälte aufdrücken.

Ihren Job würde Xenia Rabe sicher nicht wiederbekommen. Aber vielleicht konnte er eine Abfindung rausholen. Geld brauchte diese bedauernswerte Frau sicher dringend. Aber diese Geschichte mit der Illustrierten und den Journalisten, die sie ihm erzählt hatte … Ohne Worte …

Zimmer schüttelte den Kopf. Völlig durch den Wind diese Frau, keine Frage.

Sarah Obermeier ging in der Redaktion nicht ans Telefon. Zimmer versuchte es auf ihrem Handy und hatte Glück.

»Sarah, meine Liebe. Geht's dir gut?« Zimmer hatte sich angewöhnt, die Leute nicht zu fragen, wie es ihnen ging, sondern sich nur danach zu erkundigen, ob es ihnen gut ginge.

Das verkürzte den Pflichtteil der Konversation enorm. Zeit war Geld und besonders seine Zeit war teuer.

»Ja, danke, und dir?«

»Auch gut«, antwortete Zimmer knapp. »Hör mal, meine Liebe, sagt dir der Name Xenia Rabe etwas?«

Sarah Obermeier stöhnte. »O ja, die Geschichte, hör mir bloß auf ...«

*

Sebastian Schellenberger fühlte sich wie neugeboren. Er hatte seit Tagen keinen Tropfen Alkohol mehr angerührt. Dafür gab es den schönsten Grund, den man sich wünschen konnte – Basti war verliebt. Diese undankbare Geschichte mit der Rabe hatte sich für ihn als glückliche Fügung entpuppt. Kristina wohnte ein Stockwerk über den Rabes. Basti hatte sie kennengelernt, als er im Haus die Nachbarn abgeklappert hatte, um sie ein bisschen über das Ehepaar auszuhorchen. Ein unangenehmer Job. Basti hasste solche Aufträge, pflegte ein paar *Feiglinge* zu kippen, bevor er sich mit Matze auf den Weg machte. Er hatte keine Wahl, brauchte den Job. Zumindest so lange, bis er es geschafft hatte, seinen ersten Roman zu veröffentlichen. Inzwischen war er auf Seite neunundsechzig.

Matze und er waren damals systematisch vorgegangen. Im Erdgeschoss war niemand zu Hause gewesen. Die Rabe hatte sich zwar in ihrer Wohnung aufgehalten, durch ihre Tür war laute Musik zu hören gewesen. Sie hatte aber nicht geöffnet.

Also waren sie die Treppen zum zweiten Stock hinaufgegangen. *Nötzelmann* stand auf dem Schild neben der Klingel. Matze zeigte auf den Namen und wieherte lautlos, so wie er es immer tat, wenn er sich über etwas lustig machte, ohne dass es jemand hören sollte. Es war ein geheimes Ritual. Nachdem Basti jedoch den Klingelknopf gedrückt hatte, waren ihre Mienen wie auf Kommando ernst geworden. Nötzelmann – dieser Name hatte sie ein altes Mütterlein erwarten lassen.

Und dann stand plötzlich Kristina in der Tür. Sie war barfuß gewesen, das war Basti als Erstes aufgefallen, hatte kleine, niedliche Füße und zartrosa lackierte Zehennägel. Sie trug ein kurzes Kleidchen. Ihre blonden Locken waren zum Pferdeschwanz gebunden. Und obwohl Kristina Brillenträgerin war und Bastian bebrillte Frauen eigentlich nicht ausstehen konnte, war er sofort verzaubert gewesen. Kristina hatte eine süße Stupsnase und lächelte. Sie mochte Ende zwanzig sein, also gut zehn Jahre jünger als er.

Selbst nachdem sich Basti und Matze vorgestellt hatten – »Guten Tag, wir kommen vom *Berliner Express* und haben ein paar Fragen …« –, war ihr Lächeln nicht eingefroren. Normalerweise schlugen die Leute ihnen die Tür vor der Nase zu, sobald sie begriffen, dass sie Journalisten vor sich hatten. Doch Kristina schien angenehm überrascht zu sein. Selbst als er und Matze nur Sekunden später, wie von der Tarantel gestochen, die Treppe hinuntergestürmt waren, weil die Rabe wie aus dem Nichts aufgetaucht war, blieb Kristina oben auf dem Treppenabsatz stehen und sah interessiert zu. Als die Rabe die Polizei holen wollte, hatte Kristina ihn und Matze sogar wieder zu sich hochgewunken und »Schnell, schnell!« geflüstert.

Das hatten sich Matze und er nicht zweimal sagen lassen. Dieser blonde Schutzengel gewährte ihnen Asyl. Normalerweise pöbelten die Leute sie an und drohten ihrerseits mit der Polizei. Matze und er waren also wieder nach oben gestürmt und in Kristinas Wohnung gehuscht.

»Wollt ihr 'n Tee?«, fragte Kristina.

Basti und Matze nickten.

»Einen Moment, ich ziehe mir noch schnell was über«, lächelte Kristina. Dabei fand Basti, dass sie bestens angezogen war.

»Setzt euch ruhig«, forderte Kristina sie auf und deutete mit dem Kopf auf eine Tür.

Im Wohnzimmer ließen sich die beiden auf das alte, durchgesessene Sofa fallen.

Kurz darauf kehrte Kristina zurück. Sie hatte sich eine verwaschene Jeans angezogen und hielt in beiden Händen ein Tablett, auf dem Becher, eine Teekanne und ein Teller mit Schokoladenkeksen standen.

»Ich hoffe, ihr mögt grünen Tee?«

Matze und Basti nickten beflissen.

»O ja, super, danke«, sagte Basti artig, obwohl er grünen Tee hasste und sicher war, dass auch Matze lieber ein Bier gezischt hätte.

Als Kristina ihnen aus der bauchigen Kanne Tee in die Becher schenkte, stierten Matze und Basti ihr ungeniert in den Ausschnitt. Kristina trug einen pinkfarbenen BH aus Spitze. Basti war entzückt. Gleichzeitig dachte er an die *Feiglinge*, die er nach dem Kaffee, den Sarah Obermeier gekocht hatte, heimlich auf der Redaktionstoilette gekippt hatte. Er bedauerte jedes Fläschchen, weil er sicher eine Fahne hatte.

Kristina ließ sich auf einem Sitzkissen nieder.

»Und ihr seid echte Journalisten?«, fragte sie mit einer Bewunderung in der Stimme, die nicht zu überhören war.

Diese Bewunderung tat gut. Soooo guuut. Basti hatte sich in den vergangenen Jahren immer wieder für seinen Beruf rechtfertigen müssen. Vor seinen Eltern, die Ärzte waren und die schwer geschluckt hatten, als ihr Sohn nicht mal das in ihren Augen ohnehin minderwertige Philosophiestudium gepackt hatte. Vor seinen Freunden, die alle politisch eher links waren, Wallraff gelesen hatten und Basti anmoserten, weil er Boulevardjournalist geworden war. Selbst seine Ex-kommilitonen, diese arbeitslosen Philosophen, die mit über dreißig noch immer in WGs lebten, weil sie ihre Miete nicht allein bezahlen konnten, sahen auf ihn herab. Manchmal kam es Basti vor, als ob selbst raffgierige Banker und Spekulanten mehr Ansehen genossen als Boulevardjournalisten. Deshalb war Kristinas Anerkennung Balsam für seine geschundene Journalistenseele.

»Wir machen das schon ein paar Jahre«, sagte Basti und bemühte sich, möglichst abgeklärt zu klingen.

»Toll«, antwortete Kristina. »Und wie seid ihr da rangekommen? Ich meine, viele Leute wollen doch Journalisten werden; das ist doch ein Traumberuf. Aber es ist nahezu aussichtslos, ein Volontariat zu kriegen.«

Bei dem Wort ›Traumberuf‹ wurde Basti ganz warm ums Herz. Doch er ließ sich nichts anmerken, sagte betont cool: »Ja, ja, die Konkurrenz ist groß. Aber man muss halt dranbleiben und gut sein, dann geht das schon.« Natürlich dachte Basti nicht dran, dieser jungen Schönheit auf die Nase zu binden, dass er gar kein Volontariat absolviert oder eine Journalistenschule besucht hatte, sondern als Freier in den Beruf hineingeschlittert und, streng genommen, ein ungelernter Journalist ohne Studium oder anderweitige Ausbildung war.

»Ich wollte auch mal Journalistin werden«, offenbarte sich Kristina. Die feine Röte, die sich plötzlich auf ihre Wangen legte, verriet, dass ihr dieses Geständnis ein bisschen peinlich war. »Aber ich hab's nicht mal zur Praktikantin gebracht«, fügte sie geknickt hinzu.

»Ach«, winkte Basti ab. »Der Beruf hat auch seine Schattenseiten. Man ist viel unterwegs, hat kaum Zeit für Freunde. Was hast du gemacht, nachdem es mit dem Journalismus nichts wurde?«

»Bibliothekswesen studiert und mich auf eine Karriere als Arbeitslose vorbereitet.« Kristina klang nicht wirklich verzweifelt, denn sie lächelte. »Ich jobbe ab und an im Buchhandel. Außerdem gehört meinem Alten diese Bude, sodass ich keine Miete zahlen muss.«

Matze beteiligte sich nicht an dem Gespräch. Er mampfte ungeniert die Schokoladenkekse, die Kristina auf den Tisch gestellt hatte, und schlürfte seinen Tee.

»Trotzdem haben wir schon einen echt geilen Beruf«, nahm Basti den Faden wieder auf. »Wir lernen die schrillsten Leute kennen, können uns öffentlich über Dinge aufregen.«

»Und was ist so euer Spezialgebiet?«, wollte Kristina wissen.

»Blut und Sperma«, platzte Matze mit halb vollem Mund heraus. Dabei rieselten Krümel aus seinem Mund aufs Parkett. Basti hätte ihn erwürgen können. Da interessierte sich endlich mal jemand ernsthaft für ihren Job, himmelte sie geradezu an, und Matze, dieser Proll, musste wieder alles kaputt machen.

Doch Kristina lachte nur. Ein glockenhelles, sehr fröhliches Lachen. »Ein bisschen genauer bitte! Das klingt jetzt richtig interessant.«

»Also, wir sind zuständig für die harten Geschichten«, beeilte sich Basti mit der Antwort, bevor Matze ihm mit einer dummen Bemerkung die Tour vermasseln konnte. »Mord, Totschlag, Rotlicht, Schicksal. Das ist anspruchsvoller, als es auf den ersten Blick wirkt.«

Matze verschluckte sich fast, riss die Augen weit auf.

Basti ignorierte seinen Kollegen einfach und sprach schnell weiter. »Ich habe früher Philosophie studiert, das war dröge und viel zu theoretisch. Als Journalist lernt man viel mehr über das Leben als im Hörsaal oder aus Büchern. Mich haben menschliche Abgründe immer interessiert, und bei den Philosophen fand ich keine rechte Antwort auf meine Fragen. Als ich mich für den Journalismus entschieden habe, war mir schnell klar, dass ich Polizeireporter werden wollte.«

Matze blähte die Wangen, unterdrückte mit knapper Not ein Prusten. All das war natürlich glatt gelogen. In Wirklichkeit hatte Basti, nachdem er über ein Praktikum als Freier beim *Berliner Express* hängen geblieben war, brav machen müssen, wozu sich die Redakteure zu fein fühlten. Doch Kristina schien völlig egal zu sein, welche Motive Basti in den Job getrieben hatten. Als verhinderte Journalistin war sie fasziniert von dem unverhofften Besuch, der ihr einen Blick in eine Welt erlaubte, die ihr verwehrt geblieben war.

»Ich schreibe auch«, gestand sie schüchtern.

»Toll«, lobte Basti sie. »Was schreibst du denn?«

Matze nahm den letzten Schokoladenkeks vom Teller.

»Ach, nicht der Rede wert«, druckste Kristina herum.

»Nun sag schon. Wir sind ja in gewisser Weise Kollegen.«

Kristina strahlte, als hätte Basti sie gerade heiliggesprochen. »Nee, nee, nicht so wichtig«, zierte sie sich immer noch. Ihre Wangen glühten.

»Na, komm schon«, ermunterte Basti sie.

»Einen Roman.« Kristina flüsterte fast.

»Boah, super!«, heuchelte Basti Begeisterung. In Wirklichkeit hatte er sich so was gedacht. »Handlung?«

»Betriebsgeheimnis«, konterte Kristina.

Basti nickte anerkennend. »Ich habe auch einen angefangenen Roman in der Schublade. Aber der Job lässt mir einfach keine Zeit«, stöhnte er. »Wenn du willst, können wir uns ja mal austauschen, abends beim Wein.« Basti wunderte sich über seine plötzliche Kühnheit. Eigentlich war er kein Draufgängertyp, sondern wartete, bis die Frauen die Initiative ergriffen – was allerdings schon seit Jahren nicht mehr vorgekommen war. Doch er war binnen kürzester Zeit süchtig geworden nach der Bewunderung, die Kristina ihm so großzügig spendierte.

»Gerne«, antwortete Kristina prompt. »Das machen wir. Aber sagt mal, was wollt ihr eigentlich von der Rabe?«

»Mit ihr reden. Über ihren Mann«, antwortete Basti. Ihm war schlagartig wieder eingefallen, warum er in Kristinas Wohnung saß. »Kennst du die Rabe und ihren Mann näher?«

Kristina schüttelte den Kopf. »Guten Tag und guten Weg. Sie ist scheu wie ein Reh. Ging jeden Morgen immer wie aus dem Ei gepellt aus dem Haus, teure Handtasche über der Schulter, Designersonnenbrille im Haar. Grüßte knapp, eilte weiter. Ich habe mal versucht, mit ihr ins Gespräch zu kommen, als ich mit dem Laptop unten im Garten saß und an meinem Roman schrieb. Aber sie wirkte irgendwie hochnäsig, wie viele dieser Karrierezicken, die meinen, sie seien was Besseres, nur weil sie Glück gehabt haben und der Generation Praktikum gerade noch rechtzeitig entwachsen sind. Aber jetzt ist sie ja schon eine Weile zu Hause, schleicht durchs Treppenhaus, meidet den Kontakt, wirkt völlig neben der Spur. Wie ausgewechselt.«

»Und er?«, wollte Basti wissen.

»Er ist noch arroganter als sie, grüßt kaum. War immer sehr gut angezogen, fuhr einen schicken Wagen, einen schwarzen BMW. Beide kamen abends immer erst sehr spät nach Hause. Fast jeden Tag musste ich irgendwelche Pakete für die annehmen. Trotzdem tauten die nicht auf, haben sich nur kühl bedankt, als wäre ich ihre Dienstmagd. Gut situierte Doppelverdiener ohne Kinder halt.«

»Was waren denn das für Pakete?« Basti hatte den Block herausgeholt, fing an, sich Notizen zu machen.

»Die meisten kamen von Edelversandhäusern. Sie ließ sich Kaschmirschals und Pullover schicken. Das weiß ich deshalb so genau, weil die Werbeaufschrift auf den Paketen nicht zu übersehen war. Er bekam Weine aus Italien und Frankreich geliefert. Einmal war allerdings ein sehr merkwürdiges Paket darunter, völlig mit Packpapier verklebt, so als sollte um jeden Preis verhindert werden, dass die Verpackung kaputtgeht. Die Sendung war ein Irrläufer, der ursprünglich an die Packstation von Tobias Rabe geliefert werden sollte. Aber aus welchen Gründen auch immer wurde sie hier zugestellt. Fand ich interessant, dass Herr Rabe eine Packstation für merkwürdige Sendungen hatte, von denen seine Frau nichts wissen sollte. Na ja, ich habe dann, weil ich so neugierig war, ein kleines Loch in das Paket geschlitzt.«

Kristina kicherte wie ein kleines Mädchen. »Ich weiß, das ist nicht korrekt, aber ...«

»Ach«, zwinkerte Basti ihr zu. »Als verhinderte Journalistin geht das schon in Ordnung.«

»Ich habe dann meinen Zeigefinger vorsichtig durch das Loch geschoben, um zu fühlen, was in dem Paket war.« Kristina machte eine geschickte Pause, um Basti und Matze, die ganz hellhörig geworden waren, auf die Folter zu spannen.

»Und?«, drängte Basti.

»Ich musste eine kleine Taschenlampe nehmen, um was erkennen zu können.« Kristina hatte offenbar Spaß daran gefunden, ihren unverhofften Besuch zappeln zu lassen.

»Nun mach's nicht so spannend«, quengelte Basti.

»Also, in dem Paket waren DVDs. Obwohl ich die Filmtitel nicht erkennen konnte, habe ich mir schon damals gedacht, dass der sich irgendwelchen Schweinekram kommen ließ, von dem seine Frau nichts wissen sollte. Aber mehr habe ich mich nicht getraut. Das Loch habe ich wieder sorgsam verklebt. Ob der Rabe was gemerkt hat, weiß ich nicht. Reagiert hat er sehr merkwürdig, als ich ihm das Paket runterbrachte, wurde knallrot, obwohl er sonst vor Selbstbewusstsein nur so strotzte. Hat nur schnell den Karton entgegengenommen, kurz genickt und mir die Tür vor der Nase zugemacht.«

Klar, dachte Basti. Der hat sich Kinderpornos an seine Packstation schicken lassen und war schockiert, dass die Sendung ihn zu Hause erreichte.

»Sonst weiß ich nichts über die beiden«, schloss Kristina.

Basti nickte. Plötzlich klingelte sein Handy. Sarah Obermeier war dran. Wie immer, wenn etwas passiert war, meldete sie sich hektisch, sodass Basti durchs Telefon sehen konnte, wie auf ihrem Hals rote Flecken blühten. Auf dem Berliner Ring, der A 10, hatte es eine Massenkarambolage mit mehreren Toten gegeben.

»Sorry, aber wir müssen wieder«, sagte Basti zu Kristina.

»O schade.« Kristina klang ehrlich enttäuscht. »Aber das Angebot, dass wir über unsere Romanversuche reden, steht?«

»Aber klar doch.« Basti holte sein Portemonnaie aus der Hosentasche, zückte seine Visitenkarte und reichte sie Kristina. Das heißt, er gab ihr die Visitenkarte mit der Verlagsanschrift, unter die er mit der Hand seinen Namen und seine Handynummer geschrieben hatte. Alle Freien bekamen solche entwürdigenden Visitenkarten, die sofort verrieten, dass sie nicht richtig zum Verlag gehörten und jederzeit ersetzbar waren.

Doch Kristina sah ihn an, als sei Basti John Grisham persönlich, der ihr gerade ein Autogramm gegeben und sie zum Abendessen eingeladen hatte.

Seither trafen sie sich. Schon am ersten Abend, drei Tage nachdem er Kristina kennengelernt hatte, war es zur Sache gegangen. Sie hatten zwei Flaschen Rotwein getrunken und waren übereinander hergefallen wie zwei Ausgehungerte. Basti hatte davor das letzte Mal mit einer Prostituierten geschlafen. Und dieses bezahlte Schäferstündchen lag schon über zwei Jahre zurück. Kristina hatte eine Reihe unbefriedigender Affären mit verheirateten Männern hinter sich. Nun hatten sie sich gefunden und hielten es kaum bis zu Bastis Feierabend aus. Ihre Sehnsucht war so stark, dass Basti sich sogar fast in jeder Mittagspause loseiste, um schnell zu Kristina zu fahren. Dass ihre Zeit knapp war, weil Basti zurück in die Redaktion musste und Matze unten im Auto auf ihn wartete, gab ihrem Tête-à-Tête am Mittag einen besonderen Reiz.

Meist schrieb Basti Kristina eine SMS: *Bin gleich bei dir.*

Kann es kaum erwarten, blinkte es zurück.

»Kristina wartet«, sagte er dann zu Matze und die gute Seele fuhr ihn stets kommentarlos zu Kristinas Adresse und blieb allein im Wagen vor der Tür zurück.

Schon während Basti die Treppe hinauflief, zwei Stufen auf einmal nehmend, spürte er, wie sein Glied in seiner engen Jeans pulsierte. Kristina stand meist schon oben an der Tür und erwartete ihn. Sie trug nur ein kurzes Kleidchen und keinen Slip. Atemlos zog er sie mit beiden Händen zu sich heran. Sie schlang ihre Arme um seinen Hals. Während sie sich küssten, gab er der Wohnungstür mit dem Fuß einen heftigen Stoß, sodass sie ins Schloss fiel. Einmal waren sie ineinandergekeilt zu Boden gegangen, hatten gelacht und auf dem Holzparkett gevögelt. Kristina war nicht zimperlich, stöhnte laut auf, schien jeden Stoß auf dem harten Boden zu genießen. Meistens jedoch trieben sie es auf Kristinas Schreibtisch, wie ein lustiger Abgesang auf ihre gescheiterten Schriftstellerkarrieren. Über ihre Romanversuche hatten sie nie geredet.

Das Ganze dauerte meist nur wenige Minuten. Hastig zog Basti den Reißverschluss seiner Hose hoch. »Schatz, ich muss wieder los«, sagte er.

Kristina hielt ihn am Gürtel fest. »Ich lasse dich nur gehen, wenn du mir versprichst, dass du wiederkommst.«

»Worauf du dich verlassen kannst«, lachte er.

»Warte mal, ich hab was für dich«, sagte sie dann, sprang vom Schreibtisch, knuffte ihn in die Seite und lief in die Küche. Kurz darauf kam sie mit einer Tupperdose zurück. »Hier, ein Lunchpaket – wenn du schon keine Zeit hast, mit mir zu essen.«

Basti nahm die Dose und drückte Kristina einen Kuss auf die Stirn. Diese Frau würde er heiraten, so viel stand fest.

Welch ein Glück, dass aus Kristina keine Journalistin geworden war. Sonst wäre sie heute womöglich eine dieser zickigen Redaktionshexen, denen er jeden Tag im Verlag ausgeliefert war. Alles gut aussehende Frauen zwischen dreißig und vierzig mit Gucci-Brillen im Haar und Prada-Täschchen über der Schulter. Bestens ausgebildet. Gut verdienend. Unglücklich. Einem Mann die Tupperdose für unterwegs zu bestücken, wäre für sie wahrscheinlich ein Akt politischer Unterdrückung gewesen. Allein schon, wie sie mittags in der Kantine zum Salatbüfett stöckelten und zu ihren Kolleginnen Sätze sagten wie: »Ab fünfzehn Uhr darf ich keine Stärke mehr zu mir nehmen.«

Zum Abgewöhnen, diese Weiber. Der Umgang mit ihnen glich einem Gang über vermintes Gelände. Zickig, immer auf Kriegspfad, jedes Wort ein Schuss. Kein falsches Wort, kein sexistischer Witz, sonst drohten sie mit dem Betriebsrat, der Frauenbeauftragten, Amnesty International oder dem Menschenrechtsrat der UNO.

Sie gaben jedem Mann das Gefühl, ohne ihn auszukommen, und wunderten sich, dass sie keinen abkriegten, diese vertrockneten Pflaumen. Benahmen sich wie Königinnen, die Hof hielten. Kein Mann war ihnen gut genug. Sie glaubten an den Märchenprinzen, wie einst ihre Großmütter. So als hätte es die Emanzipation nie gegeben. Hatten völlig überzogene Vorstellungen, wie ihr *Mister Right* auszusehen hatte. Ein kleiner Mann hatte kaum eine Chance. Die Körpergröße eines Mannes spielte für diese Frauen im wahrsten Sinne des Wortes eine überragende Rolle. Gutes Aussehen war Pflicht. Schlank, muskulös und durchtrainiert. Bauchansatz verboten. Selbstverständlich musste der Mann ihrer Träume studiert haben, am besten sogar promoviert sein. Und keine Altlasten, bitte. Weder Exfrau noch Kinder, die erschütterten nur den Glauben an die Einzigartigkeit dieser Damen. Ach ja, und reich sollte *Mister Right* bitte schön auch noch sein. Oder wenigstens viel, viel Geld verdienen. Und ein repräsentatives Auto fahren.

Manchmal kam es Basti so vor, als suchten diese Frauen gar keinen Partner, mit dem sie das Leben genießen konnten, sondern ein Aushängeschild, das ihrem Selbstbild als erfolgreicher Frau den letzten Schliff geben würde. Doch kaum ein Mann erfüllte all diese Voraussetzungen. Wenn diese Karriereschicksen dann die vierzig überschritten hatten und die biologische Uhr tickte und tickte und kein Mann in Sicht war, der auch nur annähernd ihre Einstellungskriterien erfüllte, entwickelten sie sich zu tragischen Figuren. Trugen grelle Farben, die wirkten wie Hilfeschreie. Oder sie kleideten sich betont jugendlich, quälten sich in zu enge, tief sitzenden Jeans und bauchfreie Tops, die nur jungen Mädchen standen. Latschten in albernen Teenie-Turnschuhen durch ihr freudloses Leben. Wollten nicht wahrhaben, dass diese Outfits ihr Alter unterstrichen, weil ihre Kleider die Lachfältchen in ihren Gesichtern grotesk zur Geltung brachten.

Basti war diesen Karriereschicksen natürlich nie gut genug gewesen. Sie hatten auf ihn herabgesehen, weil er ja noch nicht mal fest angestellter Redakteur war, geschweige denn ein tolles Auto fuhr oder viel Geld verdiente.

Aber nun hatte er ja Kristina.

Die Schicksen würden Augen machen, wenn sie ihn zur nächsten Verlagsfeier begleitete.

*

Während Basti bei Kristina war, saß Matze unten im Auto und bohrte genüsslich in der Nase. Er popelte für sein Leben gern, scherte sich nicht um die gesellschaftliche Ächtung dieses seiner Meinung nach überaus effektiven Reinigungsrituals. Neulich erst hatte er der Obermeierin sogar vorgeschlagen, doch mal was über die Kulturgeschichte des Popelns zu schreiben.

Aber sie hatte nur schallend gelacht. »So eine Idee kann auch nur von dir kommen.«

Matze war gerade dabei, mit dem Fingernagel ein besonders widerspenstiges Exemplar von seiner Nasenwand zu schaben. Er empfand beim Popeln eine tiefe Befriedigung, weil sich die Erfolgserlebnisse so schnell einstellten wie bei sonst kaum einer Tätigkeit.

Einmal hatte er sich den Spaß gemacht und bei Wikipedia nachgeschaut. Er konnte den Text auswendig aufsagen, für den Fall, dass es jemand wagte, ihn zurechtzuweisen:

Bei Menschen und anderen Primaten verfestigt sich im Bereich der Nasenlöcher, der verstärkt der Austrocknung ausgesetzt ist, ein Teil des Sekrets und kann nicht mehr von alleine abfließen. Dieses angetrocknete Sekret muss dann, z. B. mithilfe eines Fingers, entfernt werden, um wieder eine freie Atmung durch die Nase zu ermöglichen.

Mit anderen Worten: Popeln war überlebenswichtig!

Matze zerrieb seine Beute mit Inbrunst zwischen Daumen und Zeigefinger. In der Regel wurde die Benutzung eines Taschentuchs empfohlen, hatte der Wikipedia-Autor noch angemerkt.

Allerdings haben die meisten Menschen auf der Nasenschleimhaut deutlich mehr Erreger als auf den Fingern. Außerdem ist das angetrocknete Nasensekret häufig so fest angekrustet, dass ein bloßes Ausblasen der Nase nicht zum Ziel führt.

Genau.

Und dann hatte der Autor noch eine Studie zitiert, die eindrucksvoll belegte, dass einundneunzig Prozent aller Menschen in der Nase popelten. Das war doch mal eine unabhängige Recherche. Die FAZ hätte diese Erkenntnisse sicher unterschlagen. Popel eigneten sich sogar als Nahrungsergänzungsmittel:

Bei der Mukophagie (von griechisch mukos: *Schleim,* phagein: *essen) wird das entfernte Sekret gegessen. Dies unterliegt, obwohl ebenfalls verbreitet, einem noch stärkeren Tabu. Hier sei allerdings erwähnt, dass ein Großteil des Nasensekrets ohnehin über den Nasen-Rachen-Gang in den Rachen gelangt und dabei anschließend unwillkürlich heruntergeschluckt wird.*

Na also. Die Popel gelangten über Schleichwege sowieso an ihren Bestimmungsort: den Magen.

Matze drehte seinen Scanner, den er immer bei sich trug und mit dem er den Polizeifunk abhörte, etwas leiser. Es war sowieso nichts los. Sommerloch.

Matzes zweites, ebenfalls gesellschaftlich geächtetes Hobby war das Pupsen. Er pflegte dieses Hobby, wo er gerade ging und stand, nahm keine Rücksicht auf seine Mitmenschen, da es aus seiner Sicht medizinisch nicht zu verantworten war, das Furzen auch nur eine Sekunde zu unterdrücken. Man bekam doch Bauchweh, wenn man den Weg nicht frei machte für die Luft, die sich durch den Darm drückte. Und was für eine Erleichterung, wenn die Luft aus dem Körper wich. Haaaach. Und dieses Odeur …

Matze lehnte sich ein bisschen zur Seite, hob seinen Allerwertesten an. Geburtshilfe für Pupse, nannte er das. Wenn Basti gleich von Kristina zurückkam, sollte er zur Strafe ruhig ein bisschen im Nebel sitzen. Zwar war Basti sein Kollege. Sie waren wie eine Streifenwagenbesatzung, fuhren immer zu zweit raus, weil jede Geschichte einen Schreiber und einen Fotografen brauchte. Aber ein bisschen Strafe musste schon sein. Denn auch wenn Matze es niemals zugegeben hätte, beneidete er seinen Kollegen glühend. Basti hatte nun eine Frau, die ihn in der Mittagspause beglückte, ihm Lunchpakete packte (die meistens Matze verdrückte) und abends auf ihn wartete.

Matze hatte schon sehr lange keine Freundin mehr gehabt. Wenn er nach der Arbeit nach Hause kam, pflanzte er sich vor den Computer, surfte stundenlang im Internet, vertrieb sich seine Lebenszeit mit Ballerspielen oder saß sie vor dem Fernseher ab. Dabei löffelte er Dosensuppe und zischte ein Bier nach dem anderen, bis er irgendwann, wenn der Morgen graute, besoffen ins Bett fiel. Oder er ging noch ins *Kap Hoorn,* seine Stammkneipe, aß dort eine Currywurst mit Pommes, zischte ein Bier nach dem anderen, bis er irgendwann im Morgengrauen nach Hause torkelte.

Matze konnte mittlerweile keine Currywurst mit Pommes mehr sehen, Ballerspiele langweilten ihn. Auch wenn er in der Redaktion gern den einsamen Wolf aus Überzeugung mimte, litt er sehr unter dem Alleinsein. Sicher war er nicht gerade ein Traumexemplar von Mann. Aber die Weiber waren auch alle so zickig, jedenfalls die, die ihm so im Verlag über den Weg stöckelten. Er brauchte eher so einen Typ Frau zum Pferdestehlen. Könnte auch ruhig ein bisschen molliger sein. Matze hasste diese ausgehungerten, bärbeißigen Zicken.

Das Einzige, womit Matze in seinem Leben wirklich zufrieden war, war sein Job. Basti und die Obermeierin, diese abgebrochenen Akademiker, fühlten sich ja insgeheim zu Höherem berufen. Die Texte, für die der *Express* sie immerhin mit einer ordentlichen Pauschale entlohnte, waren natürlich unter ihrer Würde. Matze fehlte für diesen Hochmut wirklich jedes Verständnis. Andere Leute schufteten in Fabriken, leerten Mülltonnen, fuhren Taxi oder saßen den ganzen Tag in muffigen Büros und erledigten langweiligen Schreibkram. Journalisten waren dagegen immer da, wo gerade was los war. ›Am Puls der Zeit‹, wie Basti schwülstig formulieren würde. Er und die Obermeierin waren ja heimliche Weltverbesserer, die nun darunter litten, so wenig erreichen zu können. Matze hatte dagegen ein recht schlichtes Motiv für seine Berufswahl gehabt: Neugierde. Ja, er konnte sich nicht helfen. Wenn immer irgendwo ein Mord geschehen war, wollte er wissen, was da genau passiert war, wie das Opfer aussah und der Täter. Und natürlich auch, was den Täter getrieben hatte. Basti faselte immer etwas von »menschlichen Abgründen«, die »viel über den Zustand der Gesellschaft verrieten«. Abgehobenes Geschwafel. Matze wollte einfach nur wissen, was passiert war. Und warum. Mehr nicht.

Damit, dass Journalisten wie er am Leid anderer Leute verdienten, hatte er nicht das geringste Problem. Schließlich verdienten auch Bestattungsunternehmer ihr Geld mit dem Tod. Boulevardjournalisten kamen außerdem nur den Bedürfnissen ihrer Leser entgegen. Die gierten nämlich regelrecht nach Katastrophen. Auch wenn sie sich über Journalisten empörten, entlarvten die Leseranalysen diese Heuchler regelmäßig. Denn Berichte über Katastrophen, Morde, Unfälle und Gerichtsverfahren wurden am häufigsten gelesen. Und dass Schaulustige Polizei und Feuerwehr den Weg versperrten, erlebte Matze fast jedes Mal, wenn er und Basti zu einem Einsatz ausrückten. Neugier gehörte nun mal zur menschlichen Natur …

Außerdem fand Matze, dass er es weit gebracht hatte. Gleich nach der mittleren Reife hatte er sein Hobby, das Fotografieren, zum Beruf gemacht. Und während seine ehemaligen Lehrkollegen jetzt Hochzeiten, Einschulungen und Konfirmationen knipsten, war er aus der Provinz nach Berlin gegangen und Pressefotograf geworden.

Der einzige seines Jahrgangs. Auf den Klassentreffen der Berufsschule war er der viel bewunderte Star. Ihn umwehte der Nimbus des großen Abenteuers. Matze konnte nicht leugnen, dass er diese Bewunderung genoss. Außerdem verdiente er viel mehr als seine Kollegen, und das, obwohl er nicht fest angestellt war.

Fehlte zu seinem Glück nur noch die richtige Frau. Matze seufzte durch seine befreite Nase. Ob er es mal übers Internet versuchen sollte? Oder über eine Kontaktanzeige? So weit war es schon gekommen, dass er sich auf den Restpostenmarkt der Liebe umschauen musste, um ein Weib abzukriegen. Und wenn er eine Frau finden wollte, musste er ja wohl auch lernen, sich zu benehmen. Oder? Dürfte nicht mehr popeln und furzen ... Wollte er das wirklich?

Aber vielleicht gab es ja auch Frauen, die nach Herzenslust rülpsten, furzten und in der Nase bohrten. Aber wollte er so eine? Mit der würde er sich ja nur blamieren. Denn zu den Redaktionsfeiern wollte er sie schon mitnehmen können. Aber wenn sie gut im Bett war und kochen konnte, würde das schon wieder einiges aufwiegen.

Plötzlich öffnete Basti die Wagentür und riss Matze aus seinen Tagträumen. Atemlos ließ sich sein Kollege auf den Beifahrersitz fallen.

»Alter, das wurde aber auch langsam Zeit«, zischte Matze. »Wir müssen zurück in die Redaktion. Die Obermeierin kriegt einen Herzinfarkt.« Sein Ton geriet eine Spur schärfer als gewollt.

»Hab dich nicht so«, antwortete Basti ruhig. Er war viel zu entspannt, als dass er sich jetzt von Matze provozieren ließ. Außerdem ahnte er, dass sein Kumpel neidisch auf ihn war.

»Du warst eine halbe Stunde weg«, knurrte Matze und ließ den Wagen an. So war das immer, dachte er bitter. Weiber verfügten über magische Kräfte, verhexten Männer, dass sie nicht mehr wiederzuerkennen waren. Sobald eine Frau ins Spiel kam, war man seinen Kumpel los. Das hatte er nun schon ein paar Mal erlebt. Doch wenn Basti fremdging, konnte er das auch.

Er würde sich auch auf die Suche nach einer Frau machen. Im Internet. Heute Abend noch.

*

Mitten in der Nacht schreckte ich aus dem Schlaf hoch. Im Treppenhaus waren Schritte zu hören. Es dauerte einen Moment, bis sich meine Augen an die Dunkelheit gewöhnt hatten und ich schemenhaft die Umrisse der Möbel erkennen konnte.

Da. Wieder. Die Holzstufen knarrten leise im Abstand mehrerer Sekunden, so als würde derjenige, der durchs Treppenhaus schlich, zwischen den Schritten lauschen, ob sich im Haus etwas regte. Und erst nachdem alles still blieb, bedächtig den Fuß auf die nächste Stufe setzen.

Ich saß aufrecht im Bett und horchte. Die Wand des Schlafzimmers grenzte ans Treppenhaus. Wieder ächzte die Holztreppe. Mein Atem ging schneller. Ausgeschlossen, dass einer der Nachbarn so leise die Treppen hinaufging, um niemanden zu wecken. Die arbeitslose Bibliothekarin pflegte selbst zu nachtschlafender Zeit mit ihren wechselnden Liebhabern die Treppe hochzujagen, um sich mit ihnen, kaum dass ihre Tür mit einem lauten Knall ins Schloss gefallen war, geräuschvoll auf dem Fußboden des Flurs zu verausgaben. Und der Oberstudienrat aus dem Erdgeschoss war gehbehindert, mied jede Treppe, selbst die, die in den Keller hinabführte.

Die Journalisten schieden ebenfalls aus. Obwohl diese Aasgeier noch immer nicht aufgegeben hatten. Den Schlaks hatte ich in den letzten Tagen ein paarmal um die Mittagszeit aus dem Haus kommen sehen, während sein dicker Freund im Auto auf ihn wartete. Doch sie würden wohl kaum ihre Nachtruhe opfern, um endlich mit mir ins Gespräch zu kommen.

Ich hatte mich in den letzten Tagen in meiner Wohnung verkrochen. Ich aß immer noch nichts, trank nur literweise ungezuckerten Kaffee, lag auf dem Bett, starrte an die Decke oder dämmerte vor mich hin, betäubt von den Tabletten.

Da war es wieder. Dieses lang gezogene Ächzen, wie ein Klagelaut. Kein Zweifel: Jemand schlich durchs Treppenhaus. Und er war entweder auf dem Weg zu mir oder zu der Bibliothekarin im zweiten, was ich allerdings nicht glaubte. Mit klopfendem Herzen schlüpfte ich unter meiner Decke hervor. Vorsichtig, damit die Federn der Matratze nicht quietschten, stand ich auf, legte mein Ohr gegen die Wand zum Treppenhaus. Nichts. Ich wartete einen Moment. Und dann war wieder das leise Ächzen zu hören, es klang ganz nah. Der nächtliche Besucher musste direkt hinter der Wand stehen. Auf Zehenspitzen tapste ich aus dem Schlafzimmer, setzte meine Schritte genauso bedächtig wie der nächtliche Besucher, um zu verhindern, dass mich das Knarren des Parkettbodens verriet.

Die großen Fenster ließen auch nachts viel Licht in die Wohnung, sodass die Umrisse der Möbel leicht auszumachen waren. Die Geräusche kamen näher. Ob ich die Polizei rufen sollte? Ach was, die würden mich ohnehin nicht ernst nehmen. Das hatte ich ja neulich erlebt, als ich dem Kommissar von Tobias' Einbruch und dem geklauten Schmuck erzählt hatte.

Ich stellte mich im Flur direkt neben den Lichtschalter und heftete meinen Blick auf die Wohnungstür. Hinter dem geriffelten Glas war es schwarz. Es knackte. Ein Mal, zwei Mal. Mein Herz raste, ich atmete so laut, dass ich meinte, mich zu verraten. Ich spürte, wie meine Hände feucht wurden. Am liebsten hätte ich geschrien, doch ich zwang mich zur Ruhe, lauschte angestrengt, was da draußen vor sich ging. Im Moment war alles still. Plötzlich heulte draußen ein Motor auf. Scheinwerfer erhellten die Straße. Ein Auto fuhr langsam an dem Haus vorbei. Das Scheinwerferlicht fiel durch das Jugendstil-Glasmosaik über der Eingangstür in den Flur. Für den Bruchteil einer Sekunde war im Kegel des Lichtscheins der Schatten eines Mannes zu erkennen. Er stand direkt vor meiner Wohnungstür. Der Schreck durchzuckte mich wie ein Blitz. Geistesgegenwärtig drückte ich auf den Lichtschalter. Im Flur meiner Wohnung wurde es hell. Draußen im Treppenhaus war es nachtschwarz. Die Gestalt blieb im Schutz der Dunkelheit unsichtbar wie ein Rabe im Keller.

In der nächsten Sekunde polterte jemand die Treppe hinunter. Mein Herz raste. Ich schaltete das Licht im Flur wieder aus und lief zurück ins Esszimmer. Vom Fenster konnte ich nach unten auf die Straße sehen. Die Laterne auf dem Gehweg brannte. Doch die Eingangstür war geschlossen. Niemand zu sehen. Ich rannte zurück in den Flur, legte mein Ohr an die Wohnungstür und lauschte. Nichts. Im Hausflur war es dunkel und still.

Ich überlegte. Die Person war die Treppe hinuntergelaufen. Das hatte ich gehört. Möglich, dass sie unten im Erdgeschoss am Treppenabsatz auf mich lauerte. Das würde mir erlauben, die Tür vorsichtig zu öffnen, um zu gucken, wer es war. Denn selbst wenn der nächtliche Besucher wieder raufkommen würde, bliebe mir genügend Zeit, um die Tür hinter mir wieder zuzuschlagen.

Vorsichtig drückte ich die Türklinke runter. Meine Knie zitterten. Lautlos zog ich die Tür auf, nur einen Spalt. Ein kühler Luftzug wehte mir entgegen. Ich nahm all meinen

Mut zusammen, öffnete meine Wohnungstür noch ein Stück weiter, sodass ich mich hinauslehnen konnte. Gleichzeitig tastete ich mit der rechten Hand nach dem Lichtschalter neben meiner Wohnungstür und legte ihn um. Mit dem Klacken des Schalters wurde es taghell im Hausflur. Vorsichtig wagte ich mich einen Schritt nach draußen. Auch auf der Treppe war niemand. Das leise Surren der altersschwachen Deckenlampe war zu hören. Ich machte zwei weitere Schritte. Die Holzdielen knarrten unter meinen Füßen. Vorsichtig beugte ich mich übers Geländer. Und dann sah ich es. Die Kellertür stand sperrangelweit offen. Der nächtliche Besucher kannte sich offenbar gut aus im Haus, wusste, dass man durch den Keller nach draußen in den Garten fliehen konnte. Oder er lauerte noch unten im Keller.

Kawumm! Meine Wohnungstür fiel mit lautem Knall ins Schloss. Mist. Das gekippte Fenster im Schlafzimmer. Ich hatte mich ausgesperrt! Es klackte. Die Zeitschaltuhr war abgelaufen. Das Licht im Flur erlosch. Um mich herum wurde es Nacht.

*

»Ey, Matze, alter Freund, aufwachen.« Uwe Horn rüttelte Matze an der Schulter. Sein Stammkunde hatte nach acht Weizenbieren und sechs Kurzen seinen kahlen Schädel auf den Tresen gebettet und war eingepennt. Nun war es drei Uhr morgens, die letzten Gäste, eine Skatrunde, die heute besonders hartnäckig durchgehalten hatte, waren gegangen. Und jetzt wollte Horn seine Kneipentür endlich hinter sich schließen und ins Bett.

Doch Matze stöhnte nur, drehte nicht mal den Kopf und schlief weiter.

»Aufwachen!«, rief Horn etwas lauter und klopfte Matze mit der Hand auf die Schulter. Doch sein schlafender Gast antwortete nur mit unverständlichem Gemurmel.

Horn seufzte. Warum bloß war er Kneipenwirt geworden? In seinem nächsten Leben würde er Sachbearbeiter im Liegenschaftsamt werden. So viel stand fest. Geregelte Arbeitszeiten, von acht bis siebzehn Uhr, jeden Monat pünktlich das Gehalt auf dem Konto und keine Besoffenen, die ihm täglich ihr Leid klagten.

So wie Matze, der ihn heute mit einem verpatzten Date vollgelallt hatte.

Horn schüttelte den Kopf und grinste. Wie konnte man nur so blöd sein, im Internet auf Weibersuche zu gehen? Mann, Mann, musste Matze es nötig haben. Dabei mimte er doch immer den überzeugten Junggesellen, der nur für seinen Job lebte.

Matze schlief unschuldig wie ein Baby. Horn nahm ein Glas aus dem Wandregal, drehte den Hahn auf und füllte es mit Wasser. Er näherte sich dem Höhepunkt des heutigen Abends. Er beugte sich vor und kippte dem Schlafenden das Wasser über den Kopf. Matze schreckte hoch, schüttelte seinen Schädel, dass die Tropfen flogen. Und stöhnte.

»Matze, alter Freund, Zeit, nach Hause zu gehen«, lachte Horn.

Grummelnd rutschte Matze vom Barhocker. Dabei musste er sich mit einer Hand am Tresen festhalten.

»Soll ich dir ein Taxi rufen?«, fragte Horn versöhnlich.

Doch Matze lallte nur: »Nee, nee, lass mal.« Er hob seine Hand zum schlappen Gruß und schwankte wie ein Schiff bei schwerem Seegang hinaus zur Tür.

»Mach's gut Kumpel!«, rief Horn ihm hinterher. Doch Matze, der schon halb zur Tür hinaus war, antwortete nicht mehr.

Vor der Kneipe blieb er einen Moment stehen und genoss die kühle Nachtluft. Sie tat seinem Kopf gut. Den Gedanken, dass er in sieben Stunden wieder in der Redaktion sein musste, schob Matze beiseite. Arbeit konnte wirklich eine unerträgliche Zumutung sein.

Meine Güte, was war das für ein beschissener Abend gewesen, dachte er und setzte den ersten Schritt nach vorn auf den Bürgersteig. Na bitte, ging doch. Zwar schwankte er bedenklich, aber er würde es schaffen, schließlich war er es gewohnt, sich auch betrunken zielstrebig fortzubewegen. In ein paar Minuten würde er in sein Bett fallen, das er schon seit Wochen nicht mehr frisch bezogen hatte, und den Abend unter ›Lebenserfahrung‹ abhaken.

Wie hatte er nur so blöd sein können?

Gleich nach Feierabend hatte er sich an den Computer gesetzt, um seinen Plan, übers Internet eine Frau kennenzulernen, in die Tat umzusetzen.

Nur Sekunden nachdem er die Stichworte: *Single, Berlin, kostenlos* in den Computer getippt hatte, hatte ihm *Google* seitenweise Portale und Foren beschert, in denen Frauen und Männer auf Partnersuche unterwegs waren. Matze entschied sich für das Angebot eines *kostenlosen Single-Treffs für Individualisten in und um Berlin.* So weit käme es noch, dass er für die Weibersuche Geld ausgeben würde, dachte er und klickte auf *gratis anmelden.*

Auch der Rest schien ein Kinderspiel zu sein. Matze tippte ein falsches Geburtsdatum und jene E-Mail-Adresse in die Tastatur, die Basti und er unter falschen Namen für Recherchezwecke angelegt hatten. Einen Moment lang überlegte Matze, welchen Nickname er für das Forum wählen sollte. Etwas Besseres als *Frecherbengel* fiel ihm nicht ein. Nachdem er seine Daten mit *ok* bestätigt hatte, öffnete sich auf dem

Bildschirm eine Galerie mit Bildern attraktiver Frauen, die angeblich alle noch zu haben waren. Sie nannten sich *KleinesLuder, Sweetbaby* oder *Zaubermaus.* Und alle, aber auch wirklich alle, hatten ihr Foto ins Netz gestellt. *KleinesLuder* räkelte sich in weißer Jeans und einem knappen, schwarzen Top auf einem wuscheligen Flokati. Matze grinste. Nicht schlecht die Puppe. Aber zu jung. *Frau 19 Jahre,* stand über ihrem Foto. Was für eine passende Beschreibung für eine Fleischbeschau, dachte Matze und musste grinsen. Die Frauensuche im Netz fing an, ihm zu gefallen. *Frau, 30, Berlin* tippte er in das Suchfeld. Das wäre genau die Richtige für ihn. Sieben Jahre jünger, also nicht zu jung und nicht zu alt. Keine, der er noch das Leben erklären musste. Sofort spuckte der Computer die nächste Bildergalerie männersuchender Kandidatinnen aus. Unfassbar, wie einfach das ging, freute sich Matze und hebelte mit den Zähnen den Kronkorken seiner Bierflasche auf. Er beherrschte die Technik, die Flasche mit den Zähnen zu öffnen, ohne dass der Schmelz brach, perfekt. Man musste nur zwei oder drei Zacken nacheinander in einem bestimmten Winkel nach oben biegen. Matze liebte das Knirschen seiner rebellierenden Zähne. Der Kronkorken ploppte vom Flaschenhals, fiel auf den Boden und gesellte sich zu seinen Geschwistern, die zwischen Schreibtisch und Bett eine Kolonie gegründet hatten.

Matze nahm nicht mehr wahr, was für ein trostloser Ort seine Wohnung geworden war. Die Bettwäsche strömte einen muffigen Geruch aus. Seine schmutzige Wäsche hortete Matze in der Ecke neben dem Fernseher, auf dessen Mattscheibe ein dicker Staubfilm klebte, der jetzt in der Abendsonne gut zur Geltung kam. Auf dem abgeschabten Nadelfilz lagen zwischen getragenen Jeans, Hemden und T-Shirts leere Bierflaschen und ein paar zerlesene Werner-Comics.

Was für andere Leute der Goethe, war für Matze Brösels Werner. Er liebte diese Comics aus der Provinz. Nicht etwa, weil er selbst ein Landei war. Matze konnte die Leiden des jungen Werner, der als Lehrling unter seinem Meister Röhrich litt, nur zu gut nachvollziehen. Schließlich war auch er einmal Azubi gewesen. Außerdem konnte er diese Comics wieder und wieder lesen. Jedes Mal lachte er an den gleichen Stellen. Obwohl er jeden Gag auswendig kannte, nutzten sich die Witze einfach nicht ab. Allein schon diese Sprache. *Tass Kaff, Flasch Bier, Bölkstoff.* Selbst Basti hatte ein Faible für Werner-Comics. Werner sei »Wortkunst«, hatte er angefangen zu dozieren, nachdem er die Hefte auf Matzes Fußboden entdeckt hatte. Matzes verständnisloser Blick hatte Basti natürlich sofort dazu animiert, einen kleinen Vortrag aus dem Stegreif zu halten, in dem er einen Zusammenhang zwischen dem expressionistischen Dichter August Stramm, dem Dadaismus, der Sprachskepsis um 1900 und Werner konstruierte. Typisch Basti. Natürlich musste er mal wieder den verhinderten Schöngeist raushängen lassen. Anstatt einfach nur herzlich über Werners Abenteuer zu lachen, verpasste Basti dem Comic einen intellektuellen Anstrich, um seine heimliche Vorliebe für Triviales zu kaschieren. Man musste Basti halt labern lassen, wenn er wieder mal zeigen wollte, dass er kein grobschlächtiger Polizeireporter war, sondern ein gebildeter Feingeist, der eigentlich zu Höherem berufen war.

Seine Turnschuhe, von denen Matze fünf Paar besaß, weil er ohnehin nichts anderes trug, waren einzeln in der Wohnung verstreut. Matze entledigte sich seiner Sneaker nach Feierabend gern in hohem Bogen. Auch, dass er manchmal morgens länger suchen musste, bis er in dem Gewirr ein Paar an seinen Füßen zusammenführen konnte, brachte ihn nicht auf die Idee, diese Technik des Schuhausziehens zu überdenken.

In seiner Küche, die eine Durchreiche zum Schlaf- und Wohnzimmer hatte, schimmelten Essensreste auf den ungewaschenen Tellern, die sich auf der Spüle stapelten wie der Schiefe Turm von Pisa. Den Gedanken, dass er nicht nur aufräumen, sondern auch abwaschen musste, wenn eine Frau zu Besuch kommen würde, schob Matze beiseite. Erst einmal scrollte er sich von einer Lady zur nächsten.

Hinter ihm rauschte der Scanner. Alles ruhig. Die Bullen hatten wenig zu tun, lungerten wahrscheinlich in der Hitze in ihren Streifenwagen rum oder saßen auf der Wache und sahen fern.

Kaum zu glauben, dass all diese gut aussehenden Frauen noch zu haben waren. Neben den Bildern konnte man verschiedene Möglichkeiten anklicken: *Profil lesen, E-Mail schreiben* oder sogar *jetzt chatten.* Das allerdings setzte voraus, dass die jeweilige Frau online war, was durch ein blinkendes Sternchen über dem Bild angezeigt wurde.

Die Frau an seiner Seite durfte nicht zu schön sein, überlegte Matze. Eine schöne Frau wünschte sich was Besseres als einen Mann wie ihn, da war er sich sicher.

Matze blieb am Foto einer dunkelhaarigen Allerweltsfrau hängen, die herzlich in die Kamera lachte. Sie hatte dunkle Augen, feiste Pausbäckchen. *Knuddelchen453* sah aus wie eine Frau zum Pferdestehlen. Matze klickte auf *Profil lesen.* Tatsächlich hatte *Knuddelchen453* sorgsam ihr Leben in Tabellenform für den Rest der Welt im Internet aufbereitet. Matze war erstaunt. Wie konnten Frauen nur so unvorsichtig sein, Details aus ihrem Leben ins Netz zu stellen? Diese Seiten mussten doch ein Eldorado für Spinner, Spanner und potenzielle Frauenmörder sein.

Geschlecht: weiblich, Alter: 30, Wohnort: Berlin, Körpergröße: 160 cm, Gewicht: 68 Kilo, Figur: Rubens, las Matze im Profil von *Knuddelchen453. Haarfarbe: dunkle Kirsche ...* Dunkle Kirsche – nur Frauen konnten auf die Idee kommen, ihre Haarfarbe so zu beschreiben. *Politisches Weltbild: neutral, Religion: konfessionslos, Schulabschluss: mittlere Reife, Beruf: Altenpflegerin, Herkunft: Bayern ...* Eine Bayerin in Berlin. Interessant. *Wohnverhältnisse: zur Miete in Zweizimmerwohnung, Kinder: keine. Familienstand: ledig, Hobbys: Tanzen ...* Mmh. Dass Weiber so gerne tanzten, würde Matze nie verstehen. Das Sternchen über dem Foto verriet, dass *Knuddelchen453* gerade online war. Matze klickte auf *jetzt chatten.* Ein rotes Herz platzte auf seinem Bildschirm und hinterließ ein Feld, in dem Matze seinen Text schreiben sollte.

Hallo, Knuddelchen, schrieb er, weil ihm nichts anderes einfiel.

Etwa eine halbe Minute lang geschah nichts. Matze glaubte schon, *Knuddelchen453* sei offline, als plötzlich ihre Antwort aufblinkte.

Hallo, Freches Bengelchen, was verschafft mir die Ehre?

Obwohl ihn niemand sehen konnte, lief Matze rot an. Er hatte keine Ahnung, was er antworten sollte und überlegte. Minuten vergingen. *Haaaallllllooooo,* hakte *Knuddelchen453* nach. *Mir gefällt dein Lachen auf dem Foto,* schrieb Matze schließlich. Während er den Satz eintippte, fühlte er sich so blöd wie lange nicht mehr.

Knuddelchen453 antwortete sofort. *Aber ich bin eine Rubensfrau,* schrieb sie mit entwaffnender Ehrlichkeit. Matze gefiel das. *Aussehen ist mir nicht so wichtig,* log er. *Ich will keine Superfrau, sondern eine, mit der ich durch dick und dünn gehen kann,* tippte er ins Nachrichtenfeld und drückte auf *senden.*

Knuddelchen453 antwortete prompt. Ihre Nachricht war kurz: eine Handynummer.

Matze schluckte. Boah. Er war keine halbe Stunde im Netz unterwegs auf Frauenfang und schon hatte er die erste Handynummer. So schnell hatte das noch in keiner Disco geklappt, wenn er überhaupt mal erfolgreich gewesen war. Aber sollte er diese fremde Frau jetzt wirklich anrufen?

Matze nahm einen kräftigen Schluck Bier aus der Pulle. Was hatte er schon zu verlieren? Er musste ja nicht gleich seinen Namen verraten. Und außerdem, wenn er an Basti dachte … Matze nahm sein Telefon und tippte die Nummer vom Bildschirm ab. Es tutete genau einmal, schon war *Knudelchen453* dran.

»Hallo«, schnurrte sie in den Apparat.

»Hallo«, antwortete Matze. Seine erste, wenn auch nicht gerade sehr originelle Frage hatte er sich vorher überlegt. »Verrätst du mir deinen richtigen Namen?«

»Mona«, parierte *Knuddelchen543.*

»Das ist dein richtiger Name?«, hakte Matze nach. Sein Herz klopfte. Er kam sich immer noch ziemlich blöd vor. Gleichzeitig genoss er den Reiz, mit einer völlig unbekannten Frau zu telefonieren.

»Ramona – ob du es glaubst oder nicht. Mein Papa wollte, dass ich so heiße«, erzählte *Knuddelchen453.*

Sie hatte eine sehr volle, warme Stimme, die Matze – aus welchen Gründen auch immer – an die Farbe Rot denken ließ. Ein tiefes, dunkles Bordeauxrot.

»Dein Papa hat einen guten Geschmack«, schwindelte Matze, denn eigentlich fand er den Namen Ramona altbacken.

»Und wie heißt du?«, wollte Mona wissen.

Matze war auf diese Frage gefasst und hatte sich einen Künstlernamen zurechtgelegt. »Stefan«, log er.

»Und was machst du beruflich?«, fragte Mona weiter.

Aha, dachte Matze, typisch Weib. Checkt erst mal die Eckdaten ab und entscheidet dann, ob's passt oder nicht. Wenn er jetzt »Hilfsarbeiter« hätte sagen müssen, wäre das Gespräch ein paar Höflichkeitsfloskeln später beendet. Weiber waren berechnende Biester.

»Ich bin Journalist«, antwortete Matze.

»Journalist.« Monas Stimme schoss am Ende des Wortes in die Höhe, was Überraschung oder heimliche Bewunderung verriet. Genau wie neulich bei Kristina Nötzelmann, die nur wenig später Bastis Freundin geworden war. Obwohl der Beruf des Journalisten bei Umfragen in der Achtung der gemeinen Bevölkerung noch hinter Versicherungsvertretern rangierte, reagierten die Leute nicht selten mit unverhohlener Neugier, wenn sie Journalisten begegneten, weil der Beruf eben doch nicht so alltäglich war wie Bäcker, Schlachter oder Bankkaufmann.

»Ja, ich bin Fotojournalist«, ergänzte Matze.

»Cool. Echt cool«, sagte Mona. »Und für wen arbeitest du?«

»Das erzähle ich dir doch nicht am Telefon«, konterte Matze.

»Umso besser«, gab Mona zurück. »Ich halte sowieso nicht viel vom Telefonieren. Was hältst du davon, wenn wir gleich Nägel mit Köpfen machen und uns treffen?«

Matze, der sich gerade wieder die Flasche an den Mund gehalten hatte, verschluckte sich fast; das Bier rann ihm in die Nase, so erschrocken war er. Zum Glück sprach Mona weiter, hörte nicht, wie Matze schnaufte.

»Natürlich können wir jetzt stundenlang reden, uns erzählen, welche Hobbys wir pflegen, welche Vorlieben und Abneigungen wir haben«, plauderte sie munter drauflos. »Aber ob es funkt oder nicht, wissen wir erst, wenn wir uns gegenübersitzen. Glaub mir, ich habe da Erfahrung. Es gab schon Typen, mit denen habe ich Stunden am Telefon gequatscht, war ganz begeistert und dachte: Der ist es. Aber als er mir dann gegenüberstand ...« Mona sparte sich den Rest des Satzes.

Matze, der in Ermangelung eines Taschentuches, das Bier in seine Hand geschnäuzt und diese an seinem Bettzeug abgewischt hatte, wusste nur zu genau, was sie meinte. Wahrscheinlich war auch er ihr zu klein, zu dick, zu hässlich. Auf der anderen Seite sah Mona auch nicht gerade aus wie Penélope Cruz. Und für diese kleine Altenpflegerin war er als *Express*-Fotograf vielleicht gar keine so schlechte Partie.

»Okay«, hörte Matze sich sagen. »Wann und wo?« Diese Erwiderung hatte ihm sein Beruf, in dem er oft gezwungen war, ein Pokerface aufzusetzen, vorschnell diktiert. Na ja, er konnte sich die Sache trotzdem noch mal durch den Kopf gehen lassen.

Doch Mona sagte: »In anderthalb Stunden. 21 Uhr. Im *Exil.*«

Ups. Die war aber von der ganz schnellen Truppe. Matze kannte das *Exil,* eine Kneipe im Siebzigerjahrestil mit futuristisch geformten Ledersesseln und einer grellbunten Plastikverkleidung an den Wänden, die an Schmetterlingsflügel erinnerte.

»Okay«, sagte Matze noch einmal, der inneren Stimme des hartgesottenen Polizeireporters gehorchend. »Bis 21 Uhr.«

»Bis dann«, gab Mona zurück. Es klickte. Das *Knuddelchen* hatte aufgelegt.

Der Countdown lief.

Keine Minute nach dem Telefonat stand Matze unter der Dusche. Anschließend schrubbte er sein marodes Gebiss mit einer Intensität, die seinem Zahnarzt, der ihn bei jedem Besuch mahnte, mehr Wert auf Mundhygiene zu legen, die Freudentränen in die Augen getrieben hätte. Er musste sich vor seinem Rendezvous noch an irgendeiner Tankstelle *Fisherman's Friend* besorgen. Die scharfen Pfefferminzbonbons würden seine Bierfahne überdecken.

Vor seinem Kleiderschrank, in dem die meisten Sachen wild durcheinander in den Fächern lagen, überlegte Matze nicht lange. Nicht nur, weil er keine Lust hatte, im Gewühl seiner Wäsche nach der geeigneten Garderobe zu suchen. Er besaß ohnehin nur Jeans und Hemden. Er angelte sich ein kariertes Holzfällerhemd, das kein Bügeleisen brauchte, aus dem Kleidergewirr. Die Jeans, die er tagsüber getragen hatte, war noch verhältnismäßig frisch. Schließlich begutachtete Matze sich im Spiegel. Eigentlich sah er gar nicht so schlecht aus. Zwar war er eher klein und auch ein bisschen füllig. Sein blondes Haar hatte er raspelkurz geschoren, denn seine Platte breitete sich auf seinem Schädel aus wie eine Wüste, die sich immer weiter durch eine Landschaft fraß. Aber irgendwie war er ein kerniger Typ. Ja, das war er. Er war ein Mann, auf den Verlass war.

Selbstzufrieden machte er sich auf den Weg ins *Exil.*

Als er sich eine halbe Stunde später der Kneipe näherte, verließ ihn der Mut. Ihm war flau im Magen.

Mona saß draußen an einem Tisch und blätterte im Stadtmagazin *Tip.* Matze erkannte sie sofort. Mona sah besser aus als auf dem Foto. Süß, ein bisschen rundlich zwar, unter ihrem engen T-Shirt quollen entzückende Speckröllchen. Sie trug eine schwarze Hose, vielleicht, weil diese Farbe im Ruf stand, ein Schlankmacher zu sein. Ihr lockiges Haar war zum Zopf gebunden. Mona war ungeschminkt, wirkte ganz natürlich. Eine Frau zum Pferdestehlen, genau wie Matze sie sich gewünscht hatte.

Doch obwohl er angenehm überrascht war, brachte er es nicht fertig, zu Mona an den Tisch zu gehen. Matze kam sich in seinem groben Holzfällerhemd und der ausgeblichenen Jeans, deren Marke nicht besonders angesagt war, plötzlich vor wie ein Bauer aus der Provinz. Und dann fielen ihm seine Zähne wieder ein. Matze sah es schon vor sich, wie Mona aufstehen und schreiend davonrennen würde. Oder sie würde sitzen bleiben und vielsagend ihre Brauen hochziehen.

Zum Glück hatte er ihr gegenüber einen entscheidenden Vorteil. Er wusste, wie sie aussah. Mona aber wusste nicht mal seinen richtigen Namen. Das versetzte ihn nun in die vorteilhafte Lage, sich unbemerkt aus dem Staub machen zu können.

Wie ein geprügelter Hund war er am *Exil* vorbeigeschlichen. Er hatte Mona sitzen gelassen, war geradewegs ein paar Straßen weiter zu Uwe ins *Kap Hoorn* gegangen, um sich solange volllaufen zu lassen, bis er am Tresen einschlief.

Inzwischen hatte Matze schon ein gutes Stück des Heimwegs geschafft. Er war ein erbärmlicher Feigling, das wurde ihm jetzt bewusst. Er hatte Angst, sich zu binden. Deshalb soff er so viel, verdaddelte seine Feierabende vor dem Computer oder hing im *Kap Hoorn* bei Uwe am Tresen.

Als er die Tür zu seiner Wohnung öffnete, schlug ihm der muffige Geruch von ungewaschener Wäsche entgegen, gepaart mit einem Stich Fäulnis, der von dem ungespülten Geschirrturm in der Küche herüberwehte. Matze hätte am liebsten auf seinen schmuddeligen, abgeschabten Nadelfilz gekotzt. Nicht etwa wegen des Alkohols, sondern weil er sein Leben plötzlich so erbärmlich fand. Morgen würde er endlich mal wieder Wäsche waschen und Geschirr spülen.

Matze schleppte sich ins Schlafzimmer. Das Karussell in seinem Kopf drehte sich nicht mehr ganz so schnell. Er streifte seine Turnschuhe von den Füßen. Heute war er zu schwach, um sie im hohen Bogen durch die Luft zu befördern. Im Hintergrund rauschte der Scanner. Nichts los in dieser Nacht, dachte Matze noch und schlief ein.

*

Wie gelähmt stand ich in der Dunkelheit. Durch das Glasmosaik über der Eingangstür fiel nur ein fahler Lichtschein, der einen gespenstischen Schleier auf die Stufen hauchte, zu schwach, um das Treppenhaus zu erhellen. Ich konzentrierte mich darauf, tief durchzuatmen, um die aufkommende Panik zu bezwingen. Irgendjemand war im Haus und hatte versucht, mich zu überfallen.

Nach einer Weile gewöhnten sich meine Augen an das Dämmerlicht und ich konnte schemenhaft das Geländer erkennen. Es war ganz still. Nicht mal das Rauschen des Verkehrs drang durch die Mauern.

Dann – ein dumpfer Schlag. Im Keller. Ich wollte das Licht wieder einschalten, hätte mich nur halb zur Seite umdrehen müssen. Doch ich konnte mich nicht rühren, stand wie angewurzelt in der Dunkelheit. Der dumpfe Laut verwandelte sich in ein leises, hinterhältiges Knarren. Kein Zweifel. Der nächtliche Besucher kehrte zurück. Meine Knie fingen an zu zittern, mein Körper gehorchte mir noch immer nicht. Da. Wieder: ein Schritt. Und gleich noch einer. Das Knarren wurde lauter. Der nächtliche Besucher musste die Kellertür erreicht haben. Ich vernahm ein leises Tappen, so als wenn der Eindringling über den Steinboden im Hausflur schleichen würde. Es knarrte wieder. Er war auf dem Weg zu mir!

Ich öffnete den Mund, holte tief Luft, versuchte zu schreien. Aus meiner Kehle löste sich kein Laut. Ich war wie gelähmt. Das Knarren kam näher. Schrittweise. Der Eindringling musste schon die halbe Treppe hochgekommen sein. Angestrengt starrte ich ins Dunkel, versuchte, ruhig zu atmen. Mit dem nächsten Geräusch schob sich ein Schatten die Treppe hinauf. Mein Herz raste, pumpte Adrenalin durch meinen Körper.

»Hiiillllllllllllllffffeeeeee!!«, gellte mein Schrei durchs Haus.

Der Schatten polterte die Treppe wieder hinunter. Im zweiten Stock ging das Licht an. Die Wohnungstür von Kristina Nötzelmann flog auf, im Flur wurde es taghell und meine Nachbarin kam heruntergelaufen. Sie trug ein dünnes, rosafarbenes Nachthemd, der Schlaf hatte ihre blonden Locken verwirrt. Ohne Brille wirkte ihr Gesicht sehr weich.

»Frau Rabe!«, rief sie mit einem Anflug von Panik in der Stimme. »Was ist denn los?!«

Ich wollte ihr gerade antworten, als ich bemerkte, dass ihr dieser schlaksige Typ von der Zeitung folgte. Das konnte ja wohl nicht wahr sein! Was wollte der denn hier?

Die Überraschung über seinen plötzlichen Auftritt ließ mich für einen Moment den Schock vergessen. Der Typ trug ein ausgeleiertes T-Shirt und Boxershorts. Seine langen, dürren Beine erinnerten an einen Storch. Er kam ebenfalls direkt aus dem Bett, und zwar aus dem von Frau Nötzelmann.

Auch unten im Erdgeschoss ging die Tür auf. Der Oberstudienrat schlurfte in Hausschuhen und Bademantel aus seiner Wohnung, blieb am Geländer stehen und rief hoch: »Alles in Ordnung?«

Was für eine Frage!

»Frau Rabe, was ist denn los?«, fragte Kristina Nötzelmann wieder und legte mütterlich ihren Arm um meine Schultern.

Ich wollte sie wegstoßen, doch der Schock machte mich wehrlos. »Da war jemand, da war jemand«, stammelte ich nur.

»O Gott, Sie zittern ja am ganzen Körper.« Die Nötzelmann drückte mich fester an sich.

Nun hatte sich auch der Oberstudienrat trotz seiner Gehbehinderung die Treppen heraufgequält. Seine nackten Füße, die übersät waren mit geplatzten Äderchen, steckten in ausgelatschten Filzpantoffeln.

»Einbrecher?«, fragte er heiser.

»Da war jemand an meiner Wohnungstür. Ich bin raus, dann ist die Tür hinter mir zugefallen und das Licht ging aus. Ich war so starr vor Schreck, dass ich mich nicht rühren konnte. Als ich schrie, ist der Kerl runter in den Keller.« Ich war völlig außer Atem, als hätte ich gerade einen Marathonlauf absolviert.

»Okay, wir gucken mal im Keller nach«, übernahm der Schlaks das Kommando. Sein Ton erinnerte an den eines zupackenden Hausmeisters.

Der Oberstudienrat nickte stumm, protestierte merkwürdigerweise nicht dagegen, dass ihm ein Fremder die Hausmeisterrolle streitig machte. Stattdessen folgte er dem Journalisten leise stöhnend, Stufe für Stufe, nach unten in den Keller. Dass er zu mir heraufgezockelt war und nun mit dem Schlaks wieder nach unten in den Keller ging, um nach dem Rechten zu sehen, rührte mich. Vor allem, weil er bisher immer nur mit dem Besenstiel an die Decke geklopft hatte, wenn ich zu laut gewesen war.

»Wir müssen einen Schlüsseldienst rufen«, riet Kristina Nötzelmann. Sie schlug einen fürsorglichen, fast mütterlichen Ton an, der nicht passte zu der Frau, die ich für ein kleines Flittchen gehalten hatte.

Ich nickte.

»Wollen Sie mit hochkommen? Ich könnte Ihnen einen Tee kochen«, bot sie an.

Ich schüttelte energisch den Kopf. »Nein danke, geht schon wieder.« Auf keinen Fall wollte ich riskieren, dass ich dem Schlaks auf ihrem Sofa gegenübersitzen musste und seinen Fragen ausgeliefert war. Mir fehlte auch die Kraft, ihn wegen der Veröffentlichung unserer Fotos zur Rede zu stellen. Das würde ich Dr. Zimmer überlassen.

Die Männer kamen aus dem Keller zurück. Der Schlaks war voller Tatendrang, nahm zwei Stufen auf einmal, ohne Rücksicht auf den Oberstudienrat, der sich Stufe für Stufe wieder nach oben mühte.

»Also, unten ist niemand«, meldete der Reporter.

»Wahrscheinlich ist der Einbrecher durch den Keller nach hinten raus in den Garten«, gab ich zu bedenken.

Der junge Mann schüttelte den Kopf. »Die Kellertür haben wir kontrolliert, sie ist abgeschlossen. So wie auch die anderen Türen, die in die einzelnen Kellerräume führen. Es kann sich unten also auch niemand mehr versteckt halten.« Er sprach jetzt fachmännisch wie ein Kripokommissar.

Tobias, schoss es mir durch den Kopf. Natürlich. Der nächtliche Besucher war niemand anderes als Tobias. Wahrscheinlich war es den vielen Tabletten geschuldet, dass ich nicht gleich darauf gekommen war. Nur er hatte einen Schlüssel und war in der Lage, die Kellertür hinter sich wieder abzuschließen, bevor er nach draußen durch den Garten geflohen war. Wahrscheinlich war er gekommen, um auch mich umzubringen.

»Vielleicht sollten wir die Polizei rufen«, schlug die Nötzelfrau vor. Sie hatte ihren Arm inzwischen wieder von meiner Schulter genommen.

Ich schüttelte den Kopf. »Die glauben mir sowieso nicht.«

Die drei sahen mich an. Ihre Blicke verrieten, dass auch sie mir nicht recht glaubten, obwohl sie sich nichts anmerken lassen wollten.

»Ich ruf dann mal den Schlüsseldienst«, beschied der Schlaks, wieder ganz Hausmeister, nickte mir zu und ging nach oben. Ein wenig wunderte ich mich darüber, wie hilfsbereit dieser Schmierfink war und dass er so gar keine Anstalten machte, mich zu interviewen.

»Ich gehe dann mal wieder schlafen«, entschied der Oberstudienrat. »Wenn Sie Hilfe brauchen, Frau Rabe, klingeln Sie einfach.«

Ich nickte matt, obwohl ich diesen alten, gehbehinderten Mann sicher nicht aus dem Bett klingeln würde.

Der Oberstudienrat schlurfte mit gebeugtem Rücken nach unten in seine Wohnung.

»Vielleicht sollten Sie in Zukunft einen Schlüssel bei mir deponieren«, schlug Kristina Nötzelmann vor.

Das fehlte noch, dachte ich. Vor allem jetzt, wo die sich mit der Presse eingelassen hatte, dieses mannstolle Luder. Mal sehen, wie lange das dieses Mal gut ging. Hatte ja sonst alle paar Wochen einen neuen Kerl.

Ich nickte nur und antwortete ausweichend: »Ja, ja, vielleicht sollte ich das tun.«

Der Schlaks kehrte zurück. Er hatte sich eine Jeans übergezogen, die seine dürren Storchenbeine gnädig verhüllte. »Der Schlüsselnotdienst kommt gleich«, verkündete er. »Wollen Sie nicht solange mit zu uns hochkommen?«

Zu uns? Wohnte der etwa schon bei der Nötzelmann? »Nein, danke«, sagte ich höflich, aber bestimmt. »Ich möchte lieber hier im Treppenhaus warten.«

»Aber es macht uns wirklich nichts aus«, insistierte Kristina Nötzelmann. »Ich koche Ihnen gerne einen Tee. Sie frieren doch.« Sie strich mir zärtlich über meinen nackten Oberarm.

Ich zuckte zurück. Nicht im Traum würde ich mit nach oben zu ihr in die Wohnung gehen, in die Fänge des Reporters. »Nein, nein, ich möchte Ihnen wirklich keine Umstände bereiten«, sagte ich.

In diesem Moment klingelte es unten an der Tür. Der Schlüsseldienst hatte keine zehn Minuten gebraucht.

»Ich geh schon!«, rief Kristina Nötzelmann, lief die Treppe hinunter, um dem Monteur die Haustür zu öffnen. Der würde sicher angenehm überrascht sein von der kleinen Fee, die ihn im zarten Hemdchen empfing. Schade, dass ich seinen Blick nicht sehen konnte. Ich heftete meine Augen demonstrativ auf den Fußboden, um dem Schlaks keine Gelegenheit zu geben, mir ein Gespräch aufzuzwingen. Zum Glück kam die Nötzelfrau mit dem Monteur im Schlepptau keine Minute später schon wieder die Treppe hoch.

»Morgen«, knurrte der Monteur. Ein bulliger Mann mit dem Gesicht eines alten Weibes. Hängebäckchen, langes, zotteliges Haar, runtergezogene Mundwinkel. Sein Atem roch faulig, verriet, dass der Mann aus dem Bett gestürzt und sich nicht die Zeit genommen hatte, die Zähne zu putzen. Er trug einen gewaltig aussehenden Werkzeugkoffer, aus dem er eine Art Hebel herausholte. Bevor sich der Mann ans Werk machte, stellte er sich mit dem Rücken so zu uns, dass wir nicht genau sehen konnten, wie er es anstellte, die Tür zu öffnen. Nur Sekunden später schnappte das Schloss auf.

»So«, brummte er. »Das war's.«

»Vielen Dank«, sagte ich erleichtert, aber auch ein wenig erschrocken darüber, wie einfach es war, eine Wohnungstür aufzubrechen. »Was bekommen Sie?«

»Sechshundertfünfzig Euro«, knurrte der Monteur.

Hatte ich mich verhört? »Sechshundertfünfzig Euro?«, wiederholte ich ungläubig.

Die Nötzelmann und der Zeitungsschlaks, die schon auf dem Weg zurück in ihre Wohnung waren, blieben auf halber Treppe stehen.

»Ja, macht sechshundertfünfzig Euro«, wiederholte der Mann und baute sich vor mir auf. »Schließlich ist es mitten in der Nacht. Natürlich können Sie mit EC-Karte bezahlen.« Er grinste.

»Das ist entschieden zu viel!«, entgegnete ich.

»Das ist Ihre Meinung«, gab der Monteur ungerührt zurück. »Wer mitten in der Nacht den Schlüsseldienst holt, muss halt dafür zahlen. Und wenn Sie nicht zahlen wollen, rufe ich die Polizei. So einfach ist das.« Er hatte den Hebel längst wieder eingepackt, verschränkte die Arme vor seiner massigen Brust und sah mich provozierend an.

Ich war sprachlos.

»Moment«, hörte ich plötzlich die Stimme des Schlakses.

Der Monteur drehte sich verwundert zu ihm um.

»Ich glaube, ich sollte mich mal vorstellen. Mein Name ist Sebastian Schellenberger. Ich bin Reporter beim *Berliner Express.* Wir rufen gern die Polizei. Dann kann Frau Rabe nämlich gleich Anzeige gegen Sie erstatten wegen Wuchers. Und ich kann über den Fall berichten. Keine gute Werbung für Sie. So einfach ist das.«

Der Monteur wurde bleich. »Äh, äh«, stotterte er. »Also, äh, Ich kann Ihnen ja, äh, gerne entgegenkommen. Äh, geben Sie mir ’n Hunni und die Sache ist erledigt.«

Ich nickte und verschwand in meiner Wohnung, um meine Geldbörse zu holen. Hundert Euro für einen Mann, der mir seine Nachtruhe geopfert hatte, schien mir ein durchaus fairer Preis.

Der Schlaks und die Nötzelfrau warteten im Treppenhaus, bis ich zurück war.

»Sie müssen mich auch verstehen«, warb der Handwerker kleinlaut um Verständnis für seinen Versuch, mich übers Ohr zu hauen. »Ich war siebenunddreißig Jahre lang als Schlosser in einer Firma beschäftigt, bei der ich auch gelernt habe. Aber dann ging das Unternehmen pleite und ich wurde arbeitslos. Nun muss ich mich als Selbstständiger über Wasser halten, indem ich Tag und Nacht rausfahre, um den Leuten die Türen zu öffnen.«

Den Reporter rührte das nicht. »Das gibt Ihnen noch lange nicht das Recht, solche Wucherpreise zu verlangen und die Notlage dieser armen, wehrlosen Frau auszunutzen«, hörte ich ihn sagen, während ich das Portemonnaie aus meiner Handtasche kramte. Ich war also eine ›arme Frau‹.

Der Monteur blieb nun still.

Wortlos drückte ich ihm zwei Fünfziger in die Hand. Er verabschiedete sich mit einem stummen Nicken, sah mir nicht in die Augen, huschte wie ein getretener Hund die Treppe hinunter.

»Danke, das war wirklich nett von Ihnen«, sagte ich zu dem Schlaks, von dem ich nun wusste, dass er Schellenberger hieß. Er hatte den Arm um die Nötzelfrau gelegt.

»Keine Ursache«, antwortete Schellenberger und lächelte.

Plötzlich fand ich ihn sympathisch, kaum vorstellbar, dass er mich mit seinem dicklichen Kollegen gejagt, den Müll durchwühlt und meine Privatfotos veröffentlicht hatte.

»Wenn noch was ist, zögern Sie nicht zu klingeln«, ergänzte Kristina Nötzelmann.

Ich nickte, obwohl ich wusste, dass ich von diesem Angebot nie Gebrauch machen würde, und schloss die Tür.

Ich ging nicht zurück ins Bett, sondern packte meine Sachen, warf wahllos Jeans, T-Shirts, Pullis, Toilettenartikel und Kosmetika in meinen Koffer.

Ich wollte weg. Weg aus Berlin. Weg, bevor Tobias wiederkommen und mich womöglich umbringen würde. Weg aus dieser Wohnung, in der mich alles an Tobias erinnerte. An unser Leben. An seine Tat. Weg von meinem neuen Nachbarn, diesem Journalisten, der, auch wenn er mich vor dem Monteur beschützt hatte, sicher weiter auf eine Gelegenheit wartete, mich auszuhorchen.

Im Haus war noch alles still, als ich im Morgengrauen meinen Koffer die Treppen hinunterschleppte. Die Kellertür stand nun sperrangelweit offen, gab den Blick frei auf den finsteren Gang, der ins Untergeschoss führte. Wie eine Drohung. Ich fröstelte.

Auf den Straßen waren nur wenige Autos unterwegs, sodass ich schon bald die Stadtgrenze Berlins passierte. Ziellos fuhr ich über Brandenburgs Landstraßen, durch dichte Alleen, trostlose Dörfer, vorbei an grauen Fassaden, ungemähten Wiesen, Stoppelfeldern, auf denen Krähen hockten. Eine Landschaft voller Wehmut.

Das Autofahren beruhigte meine Nerven. Das war schon immer so gewesen. Kuppeln, schalten, auf den Verkehr achten, bei mäßiger Geschwindigkeit wirkte das fast wie Meditation. Das Fahren versetzte mich in einen tranceähnlichen Zustand, spülte versunkene Erinnerungen vom Grund meines Unterbewusstseins an die Oberfläche.

Ich dachte an Peter, den ersten Mann in meinem Leben. Diakon unserer Kirchengemeinde.

Als ich ein kleines Kind war, kamen die Kirchenleute oft zu uns nach Hause, um meiner Mutter zu helfen. Sie kauften ein, erledigten Behördengänge, wuschen ab, wenn Frau Wilhelms keine Zeit hatte. Sie ließen nichts unversucht, meine depressive Mutter ins Leben zurückzuholen.

Es waren einige sehr merkwürdige Leute darunter. Ein Mann mittleren Alters, der immer einen viel zu weiten, grellbunten Wollpulli trug, den ihm seine Frau gestrickt hatte. Der Pullover war ein kleines Kunstwerk mit aufwendigem Muster. In den Kragen war ein Stern gestrickt, sodass der Kopf des Mannes wie bei einem Harlekin von Zacken umrahmt war. Es war der Pullover eines Kindes, der an einem Erwachsenen einfach nur lächerlich wirkte.

Aber diese Kirchenleute waren lieb, das musste man ihnen lassen. Nie vergaßen sie, mir eine Kleinigkeit mitzubringen. Süßigkeiten, eine Kinderbibel oder ein anderes Buch. Doch so rührend sie sich auch um uns bemühten, es war aussichtslos. Meine Mutter zog sich immer mehr zurück, bis sie eines Tages die Tür nicht mehr öffnete, wenn der Mann mit dem Kinderpulli klingelte. In gewisser Weise war es ein Witz, dass sich ausgerechnet Leute der Kirche um uns kümmerten. Denn meine Mutter lehnte die Kirche ab, sie glaubte nicht an Gott, regte sich sogar über das Glockengeläut auf, das sie sonntags aus dem Bett holte.

»Das ist ruhestörender Lärm«, fluchte meine Mutter und beschimpfte die Kirche wahlweise als Verein, Jesus-Fanklub oder Sekte. Einmal, als sie sah, wie ich in der Bibel las, die der Mann mit dem Kinderpulli mir geschenkt hatte, sagte sie: »Wenn es einen Gott gibt, dann ist er ein Sadist, der sich am Leid der Menschen ergötzt.«

Ich hörte nicht auf meine Mutter, sie war eine kranke Frau. Für mich wurde die Kirche zu meiner Familie, ließ mich vergessen, was für eine Behelfskindheit ich führte. Ich ging regelmäßig zum Spielkreis und später zur Jugendgruppe. Meine Mutter fragte nie, was ich tat, war froh, wenn ich mich zu Hause nicht blicken ließ. Dass wir in der Gruppe christliche Lieder sangen und viel von Jesus die Rede war, störte mich nicht. Hier fragte niemand, woher ich kam. Es schien keine Rolle zu spielen, dass meine Mutter eine depressive Sozialhilfeempfängerin war, die ein Schattendasein in ihrem Bett führte. Während ich die Verachtung meiner Klassenkameraden, die während meiner ganzen Schulzeit über mir hing wie eine drohende Gewitterwolke, nur verhindern konnte, indem ich gute Noten bekam und sie abschreiben ließ, schien in der Kirche niemand etwas von mir zu verlangen.

Als Dank dafür, dass ich so selbstverständlich in diese Christenfamilie aufgenommen worden war, bemühte ich mich, besonders lieb zu sein. Ich war immer nett zu allen und machte mich nützlich, wann immer es ging. Ich deckte den Tisch in der Teestube. Wusch freiwillig ab. Und zwar jedes Mal. »Lasst mal, ich mache das doch gerne«, log ich. Mein Lächeln diente mir als Schutzschild. Ich lächelte so gut wie nie aus Freundlichkeit, sondern allein aus Furcht, die einem tiefen Gefühl der Minderwertigkeit entsprang. Mein Lächeln war ein Zeichen der Unterwerfung. Ich schickte es voraus, um mein Gegenüber gnädig zu stimmen.

Während Gleichaltrige mich trotzdem ablehnten, weil sie intuitiv spürten, dass ich mich vor ihnen duckte, kam meine Art bei den Erwachsenen gut an. Wenn ich in der Adventszeit bei der Aufführung der Weihnachtsgeschichte die Maria spielen sollte, der alte Diakon fragte mich drei Jahre lang hintereinander, lehnte ich mit Rücksicht auf die anderen Mädchen ab. Für sie war es wichtig, in der Hauptrolle zu glänzen, weil die ganze Familie im Publikum saß. Die Eltern mit der Oma, manchmal fieberten sogar Tanten und Onkel im Gemeindehaus der Geburt Jesu entgegen. Meine Mutter kam sowieso nie in die Vorstellung. Warum also sollte ich die Hauptrolle spielen? Ich begnügte mich mit Statistenrollen unwichtiger Engel, die den Rand der Bühne schmückten.

Solange ich denken kann, feierten wir zu Hause kein Weihnachten. Meine Mutter hatte für den von mir so geliebten Jesus nur Spott übrig: »Jesus war der größte Sektenführer aller Zeiten«, fauchte sie verächtlich, als ich sie einmal fragte, ob wir nicht seinen Geburtstag feiern wollten.

Obwohl meine Mutter vorgab, dass ihr Weihnachten nichts bedeutete, wirkte sie über die Feiertage immer besonders deprimiert, spülte ihre Tabletten mit viel Wein hinunter, sodass sie schon am Nachmittag völlig weggetreten war und im Tiefschlaf in ihrem Bett lag. Neben ihr auf dem Fußboden die leeren Weinflaschen. Ihren pfeifenden Atem im Ohr, schloss ich leise die Wohnungstür hinter mir, ging allein in die Kirche. Anschließend holte mich Frau Wilhelms zu sich nach oben in ihre Wohnung, wenn sie ihre Kinder beschert hatte. Ich durfte dann mit der ganzen Familie essen. Unterm Christbaum lag immer auch eine Kleinigkeit für mich, meistens ein Buch, ein Schal oder ein warmer Pullover, den ich gut gebrauchen konnte.

Als ich dreizehn Jahre alt war, löste Peter den alten Diakon ab, der in Rente ging. Peter übernahm die Jugendgruppe und gab Konfirmandenunterricht, wenn der Pfarrer keine Zeit hatte. Wir durften Peter duzen, worauf wir alle sehr stolz waren. Während wir mit dem alten Diakon meist in der Teestube gesessen und brav über christlich gefärbte Themen diskutiert oder das Krippenspiel vorbereitet hatten, fuhr Peter mit uns ins Theater oder ins Museum, nahm uns mit auf Lesungen, wo wir den Schriftstellern Fragen stellten, die wir uns vorher in der Teestunde überlegt hatten. Wir feierten Feten, auf denen wir zu vorgerückter Stunde auf dem Boden knieten und zur Musik von AC/DC unsere Köpfe hin und her warfen wie im Wahn. Anschließend brach Peter mit uns zu einer Nachtwanderung in den Wald auf und brachte uns das Morsealphabet bei, sodass wir uns in der Dunkelheit durch das Blinken unserer Taschenlampen verständigen konnten.

Pfarrer und Kirchenvorstand waren zunächst alles andere als begeistert. Vor allem unser nächtlicher Ausflug brachte Peter, obwohl wir alle wohlbehalten zurückgekehrt waren, viel Ärger ein. Doch er hatte enormen Zulauf, vielleicht, weil er in der örtlichen Presse ausdrücklich zum *Offenen Treff für Jugendliche* einlud. Und als immer mehr Eltern ihre Kinder zum Konfirmandenunterricht bei Peter anmeldeten und deshalb nachträglich in die Kirche eintraten, hatte Peter in der Gemeinde Narrenfreiheit. Nur die Nachtwanderungen ließ er sich fortan von den Eltern genehmigen.

Wie alle Mädchen himmelte ich ihn an. Nicht nur, weil er so gut aussah. Obwohl er schon Mitte dreißig war, hatte er etwas von einem Lausbuben. Sein blondes Haar stand immer leicht strubbelig vom Kopf ab, weil sich seine widerspenstigen Naturlocken der Bürste widersetzten. In seinen brauen Augen lag eine Güte, wie nur Christenmenschen sie ausstrahlen können. Und obwohl Peter sicher über einen Meter neunzig groß war, hatte seine Größe nichts Einschüchterndes, sie wirkte auf mich eher beschützend.

Ich war bald so etwas wie Peters rechte Hand. Jedenfalls fühlte ich mich so. Der alte Diakon war immer sehr nett zu mir gewesen, hatte mir ab und an über den Kopf gestreichelt, wenn ich abgewaschen und das Geschirr weggestellt hatte. Aber er hatte nie einen Zweifel daran gelassen, dass er der Diakon war, und wahrte immer eine gewisse Distanz.

Peter dagegen behandelte mich nicht wie ein Kind, sondern wie eine Erwachsene, eine ebenbürtige Freundin.

In den Teestunden hielt ich mich bei Diskussionen über gesellschaftspolitische Themen zunächst zurück. Still saß ich am Tisch, umklammerte mit beiden Händen meinen Becher Tee und sagte nichts, ich wollte ja nicht auffallen. Ich war froh, dabei sein zu dürfen. Denn ich zahlte nie einen Pfennig. Egal ob Theater, Museum oder Ausstellung – die Kirche lud mich immer ein.

Doch Peter ließ keinen Versuch aus, mich einzubeziehen. Der Gruppe vor Augen zu führen, dass ich da war. Wichtig war. Dazugehörte.

»Und was meinst du dazu, Xenia?«, fragte Peter mich wieder einmal. Wir diskutierten gerade über das Wettrüsten. Ich war knallrot geworden und hatte, weil ich so verdutzt gewesen war, nur gestammelt. Doch als die anderen anfingen zu kichern, wies Peter sie zurecht.

Danach war ich nie wieder um eine Antwort verlegen. In der Schule kriegte ich ja auch den Mund auf, allein schon, weil für mich gute Noten in gewisser Weise überlebenswichtig waren. Ich studierte also in der Schulbibliothek die Zeitungen und machte Peter Vorschläge, über welche Themen wir diskutieren konnten. Erst schüchtern, doch nachdem Peter meine ersten Vorschläge begeistert aufgegriffen hatte, gänzlich eigenständig.

Fortan hatte ich den anderen Jugendlichen gegenüber einen entscheidenden Vorteil. Ich wusste, worüber Peter mit ihnen diskutieren würde, und war bestens vorbereitet, während die anderen Jugendlichen sich aus dem Stegreif eine Meinung bilden mussten. Nun meldete ich mich oft zu Wort, plapperte munter nach, was ich in Zeitungskommentaren gelesen hatte. Nicht etwa, weil ich das Bedürfnis hatte, meine Meinung zu sagen, ich wollte Peter beeindrucken. Und es gelang mir auch.

»Du bist sehr weit für dein Alter«, sagte er nach einer Teestunde zu mir, während ich die Tassen und Teller in den Geschirrspüler räumte, der auf Peters Drängen hin angeschafft worden war. »Du steckst die anderen alle in die Tasche.« Er legte mir die Hand auf die Schulter.

Ich sagte kein Wort. Aber ich war stolz. Peters Hand fühlte sich an wie ein Ritterschlag. Ein erwachsener Mann nahm mich ernst, hielt mich für schlauer als die anderen in der Jugendgruppe. Fortan setzte ich noch mehr daran, Peter zu gefallen. Ich nahm ihm Teile der Organisation ab, sammelte Geld für geplante Veranstaltungen ein, führte Teilnehmerlisten, kaufte ein. Zum Dank ließ mich Peter bei jeder Gelegenheit wissen, dass er mich für etwas Besonders hielt.

»Xenia«, sagte er einmal, als wir allein waren, und strich mir eine Haarsträhne aus dem Gesicht. »Xenia ist so ein schöner Name.«

Als es auf Weihnachten zuging, stand wie jedes Jahr die Besetzung des Krippenspiels zur Debatte. Alle redeten durcheinander, schlugen sich, wie sie es vorher heimlich abgesprochen hatten, gegenseitig für die besten Rollen vor. Peter, der dieses Spiel natürlich durchschaute, schüttelte den Kopf. Er wollte die Vorschläge der Gruppe gar nicht hören. »Du spielst in diesem Jahr die Maria, Xenia«, sagte Peter in einem Ton, der keinen Widerspruch duldete, und zeigte mit dem Finger auf mich. Die anderen verstummten.

»Aber ich, äh, ich …«

»Du machst das«, sagte Peter entschieden. »Wir fangen gleich mit den Proben an.«

Ich war verblüfft, fügte mich aber. Ich wollte keinen Streit.

»Du bist doch die Einzige, die das wirklich kann«, sagte Peter später zu mir, als wir allein waren. Wieder strich er mir über die Wange, ganz sanft und zärtlich, wie er es schon ein paar Mal getan hatte.

»Ich bin mir da nicht so sicher«, gab ich zurück.

»Ich glaube an dich«, antwortete Peter. Er legte mir den Arm um die Schulter und zog mich zu sich heran. Ein warmes Gefühl durchflutete mich.

Ich war unglaublich stolz und wollte Peter auf keinen Fall enttäuschen. Also paukte ich den Text vor dem Spiegel und mimte die Maria bei der Aufführung so, als hätte ich nie eine andere Rolle gespielt. Natürlich kam meine Mutter nicht. Aber das war mir egal. Denn ich spielte für Peter. Für ihn ganz allein. Dass die Leute aufstanden und klatschten, als ich nach der Vorstellung die Bühne betrat, interessierte mich nicht.

Doch Peter ließ mich zappeln. Zunächst äußerte er sich gar nicht zu meinem Spiel. Erst als die anderen alle gegangen waren, drückte er mich an sich. »Du warst großartig. Ich habe gewusst, dass du es packen wirst«, lobte er. Und dann küsste er mich. Auf den Mund.

Die ganze Nacht konnte ich nicht schlafen. Peter hatte mich geküsst. Ob er das Gleiche für mich empfand wie ich für ihn? Natürlich hatte ich mich in ihn verliebt. Ich fühlte mich bei ihm geborgen. Er gab mir die Wärme, die ich sonst so schmerzlich vermisste. Und nun, nachdem ich schon ein kleines bisschen davon gekostet hatte, wollte ich mehr. Ich war bereit, alles zu tun, nur um seine Wärme nicht wieder zu verlieren.

Im Sommer fuhren wir mit der Jugendgruppe ein paar Tage an die Nordsee. Wir wohnten in einem Tagungs- und Erholungsheim, in dem die Kirche Fortbildungsseminare für

Erwachsene veranstaltete. Das Haus war viel komfortabler als eine gewöhnliche Jugendherberge, verfügte über geräumige Doppelzimmer, in die wir zu zweit ziehen sollten. Peter kannte den Betreiber, nur deshalb waren wir dort untergekommen. Schon im Bus legte Peter die Zimmergenossen fest. Das war ungewöhnlich, denn eigentlich überließ er uns sonst die Wahl. Doch er meinte, das gehöre zum Lernziel dieser Reise, auf der wir üben sollten, uns auf jemanden einzulassen, den Peter für uns aussuchte.

Wir waren dreizehn Jungen und Mädchen. Es war klar, dass einer übrig bleiben würde. Durfte etwa jemand mit Peter das Zimmer teilen? Insgeheim hoffte ich, dass die Wahl auf mich fallen würde. Jedes Mal, wenn Peter ein neues Duo zusammengewürfelt hatte, war ich froh, dass mein Name nicht gefallen war. Ganz anders als sonst, wenn ich meine Tränen hinunterschlucken musste, weil die anderen mich nie freiwillig in ihre Volleyballmannschaft wählten oder ich selbst dann immer bis zum Schluss übrig blieb, wenn wir uns in Paaren zusammenschließen sollten. Denn obwohl ich mich immer bemühte, nett zu allen zu sein, blieb ich eine Außenseiterin, die die anderen nur notgedrungen duldeten, weil wir eine kirchliche Jugendgruppe waren.

Tatsächlich blieb ich übrig. Aber diesmal freute ich mich insgeheim, weil ich hoffte, mit Peter das Zimmer teilen zu dürfen.

Doch er sagte: »Nun habe ich noch ein Doppelzimmer, in das Xenia ziehen darf. Und zwar ganz allein.« Nina, ein Mädchen, das schon sauer gewesen war, weil Peter mir die Rolle der Maria im Krippenspiel zugeteilt hatte, maulte, warum »ausgerechnet *die* ein Einzelzimmer bekommt«.

Peter wies sie zurecht. Ganz laut, sodass alle es hören konnten, sagte er: »Das hat Xenia sich verdient. Sie hat sich sehr in die Gruppe eingebracht und gerade in der letzten Zeit alles für euch organisiert. Das ist schon lange ein kleines Dankeschön wert.«

Der Stolz über dieses Lob ließ mich die Enttäuschung darüber vergessen, dass ich nun doch nicht in Peters Zimmer schlafen durfte. Es war ja auch eine etwas naive Hoffnung gewesen.

Mein Zimmer hatte ein Fenster mit Blick aufs Wasser und ich konnte das Rauschen der Nordsee hören. Tagsüber wanderten wir im Watt, abends grillten wir an einer abgelegenen Stelle am Strand, obwohl es eigentlich verboten war. Peter hatte seine Gitarre dabei. Wir sangen Lieder aus der *Mundorgel,* die wir allesamt auswendig kannten, und fielen abends todmüde ins Bett. Mit dem Rauschen der Nordsee im Ohr schlief ich ein.

Irgendwann in der Nacht wachte ich auf, weil mich jemand küsste. Meine Stirn, die Wange, den Mund, den Hals. Sehr zärtlich – Peter. Sein Bart kratzte, sein Atem roch nach Rotwein und Zigarettenqualm. Er lag halb auf meinem Bett, sein Oberkörper war nackt.

Peter sagte kein Wort. Als er merkte, dass ich wach geworden war, verschloss er mir den Mund mit Küssen, schob mir seine Zunge in den Mund. Und ich … erwiderte seine Küsse. Ich hatte ja beim Flaschendrehen in der Schule gelernt, wie das ging. Während ich sonst so gut wie nie irgendwo mitmachen durfte, war ich bei diesem Spiel gefragt, weil es zu viele Mädchen gab, die sich zierten.

Peter kroch zu mir unter die Decke, drückte sich an mich, sodass ich seine Erregung spürte. Nun erschrak ich doch. Ich war zwar kein Kind mehr, aber meine Liebe zu Peter hatte etwas Unschuldiges. Ich fühlte mich noch viel zu jung, um mit einem Mann zu schlafen.

Peter schob mein Nachthemd hoch, fuhr mit seiner Hand in meinen Slip. Streichelte mich. Ich spürte nichts. Peter drängte sich dicht an mich, zerrte meinen Slip hinunter, half mit dem Fuß nach, um ihn von meinen Beinen zu streifen. Ich ließ ihn gewähren. Stöhnend öffnete er seine Jeans und schob sie hinab. Ich erschrak, als ich seinen erigierten Penis zwischen meinen Beinen spürte. Doch noch immer ließ ich ihn gewähren. Ich lag da, war mucksmäuschenstill.

Peter legte sich auf mich. Ich spürte seinen Atem an meinem Ohr. »Ich liebe dich«, flüsterte er, während er seine Knie zwischen meine Oberschenkel zwängte. Ich stöhnte leise unter seinem Gewicht. Es tat weh, als Peter in mich eindrang, brannte bei jedem Stoß. Aber mir kam kein Laut über die Lippen. Ich biss die Zähne zusammen, konzentrierte mich auf Peters Keuchen. Wenn er glücklich war, war ich es auch. Ich würde ihm geben, was er brauchte, um ihn nicht zu verlieren.

Nein, ich fühlte mich nicht missbraucht. Ich fühlte mich wie eine Königin. Auserwählt. Auch wenn es im Schritt brannte wie Feuer, wenn Peter mit mir schlief, was er fortan regelmäßig tat. Wir sprachen nie. Nicht ein einziges Wort. Wenn er kam, war es so, als würde er in mir aufs Klo gehen. Ich stellte ihm meinen Körper zur Verfügung, um das, was ich für seine Liebe hielt, nicht zu verlieren. Weil Peter der erste Mensch war, der mir sagte, dass ich einzigartig sei. Und schön.

Peter gab mir Geld für Klamotten, freute sich, wenn ich mir enge Tops und Jeans kaufte. Meine erste Wrangler, damals heiß begehrt, war ein Geschenk von Peter. Ich fing an, mich zu schminken. Schluckte die Pille, weil Peter es verlangte. Ich tat alles für ihn. Peter stachelte mich in der Schule zu Höchstleistungen an. Ich paukte sogar Mathe, nur um ihn zu beeindrucken. Ich war stolz, wenn die anderen Mädchen Peter anhimmelten, weil ich wusste, dass er nur mir gehörte. Peter hatte mir ja versichert, dass er mich liebte. Und zwar nur mich.

Mit siebzehn verliebte ich mich in einen Jungen aus meiner Klasse. Ich merkte, wie viel schöner es war, mit einem Gleichaltrigen zusammen zu sein, und verlebte wohl zum ersten Mal eine glückliche Zeit in meinem Leben. Von einem Tag auf den anderen war mir Peter egal geworden. Ja, ich ekelte mich vor diesem Mann.

Peter reagierte jedoch erstaunlich gelassen. »Ich werde dich nie vergessen«, flüsterte er mir zu und strich über meine Wange. »Ich wusste immer, dass ich eigentlich zu alt für dich bin und dass eines Tages ein Jüngerer kommen würde. Danke für die Zeit, die ich mit dir verbringen durfte. Ich hoffe sehr, dass du dir das Schöne, das wir miteinander hatten, nie in den Schmutz ziehen lassen wirst.« Seine Worte klangen wie einstudiert.

Wenig später wurde er in eine andere Gemeinde versetzt. Ganz plötzlich, von einem Tag auf den anderen.

Es dauerte Jahre, bis ich hinter der vermeintlichen Liebesbeziehung die Fratze des sexuellen Missbrauchs erkannte. Bis mir klar wurde, dass viele Täter es gar nicht nötig hatten, ihre Opfer mit brachialer Gewalt gefügig zu machen. Dass sie sich eines viel subtileren Mittels bedienten: sich das Vertrauen ihrer Opfer erschlichen, ihnen das Gefühl gaben, geliebt zu werden. Wie ich erkannten viele Opfer den Missbrauch gar nicht, sondern taten ›freiwillig‹, was die Täter von ihnen verlangten. Die Folgen offenbarten sich erst Jahre später.

Ich las, dass sich die Täter sehr oft in der Jugendarbeit engagierten und sich ihre Opfer gezielt aussuchten. Kinder und Jugendliche, die zu Hause vernachlässigt wurden, so wie ich, waren leichte Beute. Uns fehlte das Fundament im Leben, ein stabiles Elternhaus. Deshalb fielen wir Leuten wie Peter zum Opfer. Männern, die unsere Sehnsucht nach Liebe und Anerkennung stillten. Uns die große Liebe vorgaukelten. Ich trat aus der Kirche aus.

Ich wurde jäh aus meinen Gedanken gerissen, als ein Ortsschild vor mir auftauchte: *Harre.* Ich erschrak. Mein Unterbewusstsein musste den Wagen gesteuert und mich hierher gebracht haben. Fast hätte ich gebremst, als ich in letzter Sekunde im Rückspiegel den Lkw sah, der direkt hinter mir fuhr. Es gab keine Möglichkeit, rechtzeitig abzubiegen. So trieb mich der Laster geradewegs in den Ort hinein.

Das Leben in Harre war gerade erst erwacht. Die Ersten machten sich in ihren Autos auf den Weg in die Stadt, wo viele Harrer arbeiteten. Schulkinder gingen in Gruppen oder zu zweit auf dem Bürgersteig. Ob sie von ihren Eltern und Lehrern dazu angehalten worden waren, nicht mehr allein zur Schule zu gehen, nach dem, was mit Antonia geschehen war?

Ich fuhr die Hauptstraße entlang bis ins Zentrum. Harre war keine große Stadt, hatte vielleicht fünfzehntausend Einwohner. An der Bahnhofsstraße reihte sich graue Fassade an graue Fassade. Viele Einfamilienhäuser trugen noch das Kleid der DDR, diesen schmutzigen Putz, der jeden Straßenzug trostlos aussehen ließ. Doch in den liebevoll gepflegten Vorgärten blühte es. Hier und da waren neue Fenster eingesetzt oder die Dächer gedeckt worden, mit teuren, glasierten Pfannen, die in der Sonne glänzten und auf denen kein Moos mehr wuchs. In Harre wohnten Leute, die für ihr Geld schufteten, sich abrackerten für ein kleines bisschen Wohlstand. Leute, die Tobias, auch wenn er es nie laut gesagt hätte, insgeheim verachtete, weil er auf ihr vermeintlich piefiges Leben herabsah. Wahrscheinlich hatte er sich deshalb das Recht genommen, in ihre Welt einzubrechen, ihr Vertrauen zu erschüttern, ihnen wehzutun.

Mich dagegen erfüllte diese kleinbürgerliche Idylle mit Wehmut, weil ich gerne so ein Elternhaus gehabt hätte. Gegen unsere kleine, unordentliche Etagenwohnung, die nur deshalb nicht völlig versiffte, weil Frau Wilhelms jedes Mal Klarschiff machte, wenn meine Mutter in der Psychiatrie war, wäre so ein Elternhaus ein Paradies gewesen. Wahrscheinlich war es auch diese Sehnsucht nach einem bürgerlichen Leben gewesen, die mich dazu getrieben hatte, Tobias überstürzt zu heiraten. Ich wollte mit ihm die Familie, die ich als Kind schmerzlich vermisst hatte.

Die Sonne hatte sich gegen die Wolken durchgesetzt. Am Stamm einer Kastanie, deren Blätter fleckig-braun waren, hing ein eingeschweißtes Plakat. *Wo ist Antonia?*, stand in großen Druckbuchstaben unter dem Foto des Mädchens. Ich schluckte, wäre am liebsten umgekehrt, doch eine seltsame Kraft zog mich weiter in den Ort.

Im Zentrum von Harre gab es eine dieser Einkaufsstraßen, wie man sie in fast allen kleineren Orten Deutschlands findet. Einen Bäcker, vor dem ein Auto mit laufendem Motor wartete. Ein Billigtextildiscounter, der für T-Shirts warb, die nur drei Euro kosteten, daneben der Laden einer Drogeriekette. Im Schaufenster eines Blumengeschäfts hing wieder das Plakat mit Antonias Foto. Und auch nebenan im Café, das noch geschlossen war, klebte ihr Bild an der Glastür. Vielleicht diente das Plakat als eine Art Mahnmal, schließlich lag die Tat nun schon einige Wochen zurück.

Ohne recht zu wissen, warum, setzte ich den Blinker und bog rechts ab. Mein Wagen holperte über Kopfsteinpflaster.

Im Vorbeifahren fiel mir der Name des Straßenschildes ins Auge: *Freiheit.* An der Ecke stand ein hässlicher Block mit Fenstern, hinter denen das Leben offenbar erloschen war. Die meisten Wohnungen standen leer. Die kleinen Backsteinhäuschen in der Nachbarschaft trotzten dem Plattenbau, waren liebevoll restauriert, die Fassaden mit Kletterrosen und Wildem Wein veredelt. Die *Freiheit* mündete in eine weitere gepflasterte Straße. Kleine Inseln, auf denen junge Birken wuchsen, zwangen die Autofahrer zum Schritttempo.

Auch hier standen gepflegte Einfamilienhäuser hinter akkurat gestutzten Hecken. Zweifellos handelte es sich hier um eine der besseren Wohngegenden von Harre.

Am Ende der Straße stand ein zweistöckiger, kastenartiger Backsteinbau mit spitzem Dach und quadratischen Fenstern. Eine Villa aus den Zwanzigerjahren des letzten Jahrhunderts, als die Architektur den Pomp der Gründerzeit und die Verspieltheit des Jugendstils hinter sich gelassen hatte. Efeu wucherte auf der Wetterseite des Hauses, verbarg die Mauer unter einem dichten Blätterkleid. Im Garten standen Apfelbäume, deren Zweige sich unter der Last reifer Früchte bogen. Ich spürte, wie meine Hände schweißnass wurden und über den Lederüberzug des Steuers rutschten. Ich hatte dieses Haus schon einmal gesehen. Auf einem Foto in der Zeitung. Das war Antonias Elternhaus.

Ich trat aufs Gaspedal, fuhr am Haus vorbei, folgte der Straße. Dann bog ich wieder in eine Allee ein, von der ich glaubte, sie würde mich aus dem Ort leiten. Doch der Weg führte mich über einen großen Bogen zurück nach Harre. Ich war im Kreis gefahren. Plötzlich tauchte ein Schild vor mir auf: *Schulstraße.* Ohne zu überlegen, bog ich in die Straße ein, fuhr vorbei an dem Sportplatz, der so früh am Morgen noch verwaist war. Dahinter erhob sich ein alter Backsteinbau mit hohen Fenstern. Die modernen Anbauten, bunt gestrichene Betonkästen, die wahrscheinlich nach der Wende aus dem Boden gestampft worden waren, um der wachsenden Schülerzahl Herr zu werden, bildeten einen gewöhnungsbedürftigen Kontrast zwischen Alt und Neu. Das war also das Schulzentrum Harre, in dem Antonia die dritte Klasse des Gymnasiums besucht hatte. Auffällig viele Kinder und Jugendliche, wurden von ihren Eltern mit dem Auto zur Schule gebracht. Die Klein- und Mittelklassewagen verursachten einen kleinen Stau. Während sich die Kinder herzlich von ihren Eltern verabschiedeten, sich umarmen und küssen ließen, verrieten die mürrischen Gesichter der Jugendlichen, dass es ihnen peinlich war, von ihren Eltern zur Schule gefahren zu werden. Aber nach dem, was mit Antonia passiert war, ließen sich die Eltern in diesem Punkt vermutlich auf keine Diskussion ein.

Ich wendete und fuhr langsam zurück. Schräg gegenüber von Schule und Sportplatz bemerkte ich einen Kiosk. Ich bog nach rechts ab, in die Richtung, in der ich Antonias Elternhaus vermutete. Eine belebte Straße. Einfamilienhäuser, eine Fahrschule, eine Bäckerei. Vor dieser Bäckerei musste morgens, als Tobias Antonia in seinen Wagen gezerrt hatte, reger Betrieb geherrscht haben. Meine Gedanken rasten. Warum war Tobias ein so hohes Risiko eingegangen, erwischt zu werden? Eine Anwohnerin hatte sich später an den schwarzen BMW mit Berliner Kennzeichen erinnern können, der auffallend langsam durch die Straße gefahren war.

Nach etwa einem Kilometer, auf dem aber auch wirklich jeder Flecken Erde bebaut und belebt war, stieß ich wieder auf die Straße, in der Antonia gewohnt hatte. Ich überlegte: Das Mädchen hatte wahrscheinlich nicht einmal zehn Minuten zu Fuß bis zur Schule gebraucht. Mit einem Mal wurde mir ganz mulmig. In meiner Vorstellung hatte Tobias Antonia auf ihrem langen, einsamen Weg abgepasst. Doch das Mädchen hatte einen kurzen, belebten Schulweg gehabt.

Ich parkte das Auto am Straßenrand. Mein Magen rebellierte, und zwar nicht nur, weil ich nichts gegessen hatte. Ich senkte meine Stirn auf das Lenkrad und lauschte meinem Atem. War Antonia ein Zufallsopfer gewesen? Oder hatte Tobias sich dieses Mädchen gezielt ausgesucht?

Nach einer Weile richtete ich mich wieder auf, drehte vorsichtig den Kopf. Das Elternhaus von Antonia wirkte verlassen. Im Vorgarten war niemand zu sehen. Ich öffnete die Wagentür und stieg aus. Antonia war Einzelkind gewesen, das hatte ich irgendwo gelesen. Ihre Eltern hatten wahrscheinlich lange versucht, ein Kind zu bekommen. Ihre Mutter war schon über vierzig gewesen, als Antonia geboren wurde.

Wie ferngesteuert bewegte ich mich auf das Haus zu. Die Vorhänge hinter den Fenstern waren zugezogen. Eigentlich wollte ich mir die Villa nur ansehen. Aber dann konnte ich nicht widerstehen. Das war nicht ich, die die Pforte zum Vorgarten öffnete. Ich hörte, wie meine hohen Absätze auf die Steinplatten klackten, laut und ordinär. Ich bedauerte, keine Turnschuhe angezogen zu haben.

Die Sonnenblumen im Vorgarten ließen ihre schweren Köpfe hängen, ihre Blütenblätter waren in sich zusammengefallen.

Vor der Haustür hielt ich inne, überlegte, ob ich wirklich klingeln sollte. Was wollte ich von diesen Leuten? Mich entschuldigen für meinen Mann? Ich konnte doch nichts für seine Tat. Aber vielleicht warteten Antonias Eltern ja sogar auf ein Zeichen aus Tobias' Familie.

Plötzlich schlug ein Hund an. Ich zuckte zusammen. Das Tier, ein großer, dunkler Köter, sprang hinter dem geriffelten Glas an der Haustür hoch und bellte. Mir schlug das Herz bis zum Hals. Mein Blick fiel auf das Türschild. Es war aus glasiertem Ton, wellig an den Rändern, wie von ungelenker Kinderhand geformt. *Hier wohnen Klara, Luttger und Antonia Schreyer.* Die Namen waren aus einer dünnen Schlange gefertigt worden. Wahrscheinlich hatte Antonia das Schild in der Schule getöpfert.

Ich drückte den Klingelknopf. Es schellte. Ein langes, schrilles Klingeln. Ich erschrak. Wollte nur noch wegrennen.

*

»Spree von 2713.«

Kaum, dass er ein paar Stunden geschlafen hatte, wurde Matze vom Polizeifunk unsanft geweckt. Das gleichmäßige Rauschen, von dem sich Matze beim Einschlafen immer vorstellte, es sei das Meer, hatte sich von einer Sekunde auf die nächste in einen Schlagabtausch hektischer Kommandos verwandelt.

»2713 kommen.«

»Kaiserstraße 876, Zehlendorf, eine Person, vermutlich Ex, einmal RTW und NAW.« Es knackte.

»Verstanden. Kommt.«

»Sieht aus wie ein Kopfschuss. Schicken Sie die K.«

Matze schreckte hoch. Sein Schädel dröhnte, das Karussell in seinem Kopf setzte sich wieder in Bewegung, doch er war mit einem Schlag hellwach. Sein Unterbewusstsein reagierte nach all den Jahren, die er nun schon den Polizeifunk abhörte, selbst nach einer durchzechten Nacht auf solche Meldungen. Sogar im Tiefschlaf war er in der Lage, dieses Kauderwelsch richtig zu deuten. Der Streifenwagen mit der Nummer 2713 hatte die Einsatzleitstelle *Spree* gerufen. In der Kaiserstraße 876, also im feinen Berlin-Zehlendorf, lag eine Person mit einem Kopfschuss. Wahrscheinlich war sie tot. Um sicherzugehen, hatten die Streifenbeamten einen RTW, also den Rettungstransportwagen, und einen NAW, den Notarztwagen, angefordert. Die Kripo, also die K, würde sich ebenfalls auf den Weg machen.

Es hatte also eine Schießerei in Zehlendorf gegeben mit einem Toten. Feine Geschichte. Und das im Sommerloch.

Matze griff nach seinem Handy, das neben seinem Bett auf dem Fußboden lag, und drückte auf die Taste, unter der Bastis Nummer gespeichert war.

Es klingelte ein paarmal, bis Basti mit verschlafener Stimme ein Ja ins Telefon schnarrte.

Matze hatte sich inzwischen aufgesetzt. »Basti. Aufstehen. Wir müssen los«, bellte er. »Gibt 'nen Toten in Zehlendorf. Kopfschuss.«

»Hol mich bei Kristina ab«, antwortete Basti mit matter Stimme.

»Okay«, gab Matze zurück und legte auf.

In Windeseile entledigte er sich seiner alten Kleider, ortete mit einer schlafwandlerischen Sicherheit, die ihn selbst erstaunte, eine frische Jeans und ein T-Shirt. Seine Unterwäsche würde es wohl noch einen Tag machen, vielleicht sogar zwei. Zum Glück musste er seine Turnschuhe nicht lange suchen, weil er heute Morgen zu schwach gewesen war, seine Sneaker nach alter Gewohnheit im hohen Bogen durch die Wohnung zu befördern. Nachdem sich Matze angezogen hatte, ging er ins Bad, nahm das Deospray von *Route 66* aus dem Allibertschrank und nebelte sich ordentlich ein. Er hatte keine Zeit zu verlieren. Das Deo musste ihm, wie so oft, die Dusche ersetzen.

Als er sich nur Minuten später in seinem alten BMW hinters Steuer setzte, merkte er, dass er noch nicht ganz nüchtern war. Sein Kopf schmerzte, ihm war leicht schwindelig. Er sah auf die Uhr. Halb acht. Es war gerade viereinhalb Stunden her, dass er vom *Kap Hoorn* nach Hause getorkelt war. Ohne Zweifel hatte er Restalkohol im Blut. Wenn ihn die Polizei kontrollierte, wäre er seinen Lappen los. Matze grinste. Das letzte Mal, als er betrunken hinterm Steuer erwischt worden war, hatte er Glück gehabt, weil der Bulle ihn erkannt hatte.

»Fahren Sie schön vorsichtig, Herr Grothe«, hatte der Polizist gesagt und ihn ziehen lassen. Natürlich hatte Matze sich revanchiert und eine Fotostrecke über das Judoturnier des Polizeisportvereins, bei dem der Beamte erster Vorsitzender war, ins Blatt gehievt.

Matze ließ den Motor an. Mit ein wenig Alkohol im Blut machte das Autofahren sowieso viel mehr Spaß.

Basti stand schon vor dem Haus und wartete. Sein feuchtes Haar, nur notdürftig trocken gerubbelt, verriet, dass er sich eine Blitzdusche gegönnt hatte. Für ihn als Schreiberling war das auch wichtig. Schließlich musste Basti mit den Leuten reden, sie knacken, sie dazu bringen, ihm ihre Geschichten zu erzählen. Wenn Basti das erst einmal geschafft hatte, merkten die Leute gar nicht, wenn Matze Fotos von ihnen schoss. Basti hatte eine Thermoskanne Kaffee und zwei Becher mitgebracht.

»Alter, du bist ja 'n Engel«, lobte Matze seinen Kumpel.

»Bedank dich bei Kristina«, gab Basti zurück, klemmte sich die Becher zwischen seine Oberschenkel und versuchte, Kaffee einzuschenken, ohne dass der ihm über die Hose schwappte.

»Spree von 2713.« Wieder die Streifenwagenbesatzung.

Matze drehte den Scanner lauter.

»2713 kommen.«

»Wir müssen die Lage hochfahren. Zweite Person Ex. Ebenfalls Schussverletzung. Mutmaßlich flüchtiger Täter. Wahrscheinlich der Sohn. Flüchtig mit Pkw. Mercedes, blau, Kennzeichen Berta, Anton, zwo, fünneff, sieben, drei, fünneff. Fluchtrichtung unbekannt.«

Matze trat aufs Gaspedal. Der Kaffee schwappte auf Bastis Jeans. Doch der nahm das Malheur gar nicht wahr, reichte Matze den dampfenden Becher und pfiff durch die Zähne.

»Na, das scheint ja 'ne richtig große Nummer zu werden. Zwei Tote und ein Sohn als mutmaßlicher Täter. Hört sich nach Familientragödie an. Was machen wir bloß, wenn die Bullen demnächst auf Digitalfunk umstellen und uns nicht mehr mithören lassen?« Matze lenkte den Wagen mit einer Hand, schlürfte seinen Kaffee.

»Keine Ahnung. Dann müssen wir eben Wanzen in der Einsatzleitstelle installieren.«

Die Funksprüche hatten beide verwandelt. Adrenalin schoss durch ihre Adern. Ihre Muskeln waren angespannt wie bei Katzen auf dem Sprung. Matze und Basti waren Jäger, die nur noch eines im Kopf hatten: Sie mussten die Story kriegen. Und die Fotos. Und zwar noch vor der Konkurrenz.

»Ein Sohn, der seinen Eltern die Birne weggeballert hat. Hoffentlich ist der nicht minderjährig, dann darf man die Fotos nicht drucken«, überlegte Basti.

Matze lachte dreckig. »Das glaubst du doch wohl selbst nicht, Alter. Wenn wir Bilder keilen, drucken wir sie auch. Kennst doch Hartmuts Spruch: Print first, pay later.« Er raste über eine Kreuzung, an der die Ampel gerade auf Rot gesprungen war.

»Hoffentlich pennen Witte und Herrmann noch«, sagte Basti, obwohl er selbst nicht recht dran glaubte. Die Konkurrenz hörte ebenfalls Tag und Nacht Polizeifunk, unmöglich, dass ihr diese leckeren Neuigkeiten entgangen waren.

Wenig später erreichten sie die Kaiserstraße. Eine noble Wohngegend in der Nachbarschaft des Wannsees. Schon von Weitem sahen sie die rot-weiße Polizeibanderole, die das Haus absperrte. Basti und Matze stiegen aus, sondierten erst mal die Lage. Vor dem Haus, einem architektonischen Kleinod mit Fensterfront und Solardach, standen mehrere Streifenwagen. Obwohl das Haus weiträumig abgesperrt war, gab die Glaswand den Blick frei auf die großzügig geschnittene Eingangshalle. Neben der Haustür reckte eine meterhohe Fächerpalme ihre Blätter dem Licht entgegen. Die Beamten der Spurensicherung, unschwer zu erkennen an ihren weißen Overalls, trugen ihre silbernen Alukoffer ins Haus. Die Truppe verschwand in einen Raum, der sich hinter dem Foyer befand. Wahrscheinlich lagen dort die beiden Leichen.

Matze, der seine Fototasche aus dem Kofferraum geholt hatte und gerade die Digitalkamera startklar machte, war begeistert. »So einen Einblick in ein Mordhaus hat man selten«, freute er sich.

Basti spähte unterdessen nach den Kolleginnen vom *Berliner Boulevard.* Doch Witte und Herrmann waren nirgendwo zu sehen.

»Geil, die Konkurrenz pennt noch«, freute er sich.

Matze schüttelte den Kopf. »Glaub ich nicht. Die haben sicher schon mit den Vernehmungen begonnen. Wir müssen uns beeilen.«

Wortlos trennten sie sich. Matze fing an zu fotografieren. Er knipste das Haus, zoomte sich die Details heran. Wenn er die Bestatter beim Raustragen der Särge erwischen würde, wäre das ein tolles Motiv. Aber erfahrungsgemäß dauerte die Spurensicherung mehrere Stunden. Vielleicht sollte er versuchen, das Haus von einer anderen Seite zu fotografieren. Von einem Nachbargrundstück aus. Möglicherweise waren die Fenster an der Rückseite so groß wie die an der Front.

Vor der Polizeiabsperrung hatten sich Nachbarn und Schaulustige versammelt. Basti setzte sein freundlichstes Gesicht auf und mischte sich unter die Leute. Lauschte ihrem Getuschel. Es dauerte nur ein paar Minuten, bis er die wichtigen Informationen aufgeschnappt hatte: Die Toten, ein Ehepaar, hießen Helga und Otto Mertens. Der Mann war im Wohnzimmer des Hauses gefunden worden. Seine Frau in der Garage. Tatverdächtig war der Sohn Thorsten Unger, den Helga mit in die Ehe gebracht hatte. Nachbarn hatten heute früh einen lautstarken Streit gehört. Und kurz darauf zwei Schüsse. Wahrscheinlich hatte Thorsten zuerst seinen Stiefvater im Wohnzimmer erschossen. Und dann seine Mutter, die wach geworden und ihm in die Garage gefolgt war. Jedenfalls mutmaßten das die Nachbarn, die beobachtet hatten, wie Thorsten, kurz nachdem Schüsse zu hören gewesen waren, im Mercedes seines Stiefvaters davongerast war.

Basti studierte die Gesichter der Leute. Etwas abseits stand eine alte Dame. Sie trug einen weiten Morgenmantel aus roter Chinaseide und hielt beide Arme um den Körper geschlungen. Ihre nackten Füße steckten in schwarzen Samtpantoffeln, die mit bunten Glasperlen bestickt waren. Ihr graues Haar war im Nacken zu einem Knoten geschlungen. Alleinstehende Witwe um die siebzig, schätzte Basti. Der Morgenmantel und die Pantoffeln deuteten einen gewissen Wohlstand an. Die Kinder wohnten in anderen Städten. Die Enkel ließen sich selten blicken. Diese Frau hatte den ganzen Tag Zeit, hörte und sah alles. Basti pirschte sich durch die Menge unauffällig an die Frau heran. Als er direkt neben ihr stand, schenkte er ihr sein wohlerzogenstes Lächeln.

»Erkälten Sie sich bloß nicht«, raunte er ihr zu. »Wenn Sie möchten, gebe ich Ihnen gerne meine Jacke.«

Die Frau sah ihn amüsiert an. Eine verblühte Schönheit, die das Leben genossen hatte. Vermutlich war es Jahrzehnte her, dass ihr ein Mann seine Jacke angeboten hatte. Jedenfalls setzte Basti darauf.

Die Frau lächelte und schüttelte den Kopf. »Lassen Sie mal. Aber Sie sehen aus, als könnten Sie einen Kaffee gebrauchen.«

Basti war perplex. So einfach ging das heute.

»Können Sie Gedanken lesen?«, fragte er zurück.

»Na, dann kommen Sie mal mit«, sagte die Frau und ging voran.

Schweigend folgte Basti ihr, blickte sich noch einmal nach Matze um. Doch sein Kollege war verschwunden. Die Frau schlappte in ihren Pantoffeln auf eine weiß getünchte Gründerzeitvilla zu, die schräg gegenüber vom Mordhaus lag.

Netter Schuppen, die Alte hat Kohle, dachte Basti. *Dr. Hubertus und Elisabeth Schwarz,* las er auf dem protzigen Messingschild an der Haustür.

Elisabeth Schwarz schloss die Eingangstür auf. »Hereinspaziert«, ermunterte sie Basti.

Hoffentlich will die Alte nicht nur übers Wetter quatschen, überlegte er und folgte Frau Schwarz in die Küche.

»Setzen Sie sich«, sagte sie und deutete mit der Hand auf den rustikalen Holztisch, an dem vier Stühle standen. Dann zog sie ihren Morgenmantel aus und warf ihn lässig über die Lehne eines Stuhls. Unter dem Seidenmantel trug sie einen türkisfarbenen Hausanzug aus Nickistoff.

Artig nahm Basti Platz, obwohl er nicht leugnen konnte, dass ihm plötzlich mulmig zumute war.

Während Frau Schwarz Kaffee in zwei Tassen goss, umspielte ein schelmisches Lächeln ihren Mund, das Basti nicht zu deuten wusste. Sie stellte die Tassen auf den Tisch. »Und?«, fragte Elisabeth Schwarz, während sie sich setzte. »Für welche Zeitung arbeiten Sie?«

Basti staunte. »Woher wissen Sie denn, dass ich Journalist bin?«

»Mein Sohn ist auch Journalist. Euch riecht man doch meilenweit gegen den Wind.«

Basti grinste. »Wo arbeitet Ihr Sohn?«

»Er ist Lokalchef in Buxtehude, einer Kleinstadt bei Hamburg. Beim *Buxtehuder Boten.* Und für wen arbeiten Sie?«

»Berliner Express«, antwortete Basti. »Sebastian Schellenberger ist mein Name.«

»So, so«, sagte Frau Schwarz. »Ein Boulevardjournalist also.«

Basti nickte schuldbewusst.

»Ja, ja, so hat mein Sohn Harry auch mal angefangen. Aber irgendwann hatte er die Schnauze gestrichen voll.«

Basti stieß einen leisen Seufzer aus. Er wusste, was die Nachbarin meinte.

»Also, mein Junge. Nun zück mal deinen Block und hör gut zu«, schlug sie einen mütterlichen Ton an. Basti holte Notizblock und Kugelschreiber aus seiner Lederjacke und spitzte die Ohren.

Elisabeth Schwarz wusste bestens Bescheid. Otto Mertens, der tote Ehemann, war Unternehmer gewesen, Chef von fünfhundert Mitarbeitern in mehreren Druckereien.

Helga, seine Frau, hatte ihren Sohn Thorsten mit in die Ehe gebracht. Mutter und Sohn eröffneten zusammen eine Filiale von Ottos Druckerei in Brandenburg. Thorsten aber war ein Taugenichts, der das Geld seines Stiefvaters verpulverte, sodass es immer wieder Streit gegeben hatte. Die Nachbarin wusste sogar, dass Thorstens leiblicher Vater in Berlin-Reinickendorf lebte und Winfried Unger hieß.

Basti schrieb so schnell mit, dass er befürchtete, seine Schrift später nicht mehr entziffern zu können. Zu seinem Glück fehlten ihm jetzt nur noch Fotos der Familie.

»Sagen Sie ...«, tastete sich Basti vor. Er wollte es sich mit seiner Informantin auf keinen Fall verscherzen.

»Sie wollen wissen, ob ich ein Foto habe«, kam Frau Schwarz ihm zuvor.

Basti grinste.

Die Nachbarin lächelte zurück. »Ich glaube, ja«, antwortete sie. »Aber nur von Otto und Helga, aufgenommen bei einem Straßenfest vor ein paar Jahren, als ich noch keine Digitalkamera hatte.«

Bastis Herz klopfte. So etwas nannte man Reporterglück.

Frau Schwarz schlurfte in ihren Samtpantoffeln aus der Küche.

Basti sah unterdessen aus dem Küchenfenster nach draußen. Vor der Banderole sammelten sich immer mehr Leute. Plötzlich klingelte sein Handy. Die Obermeierin. Hektisch wie immer. Sie hatte Frühdienst, musste checken, was los war, und hatte wahrscheinlich gerade die Eilmeldung der Polizeipressestelle über die Tragödie in Zehlendorf gelesen. Basti ließ sie gar nicht erst zu Wort kommen.

»Ich weiß, was du mir sagen willst«, flüsterte er ins Telefon. »Zwei Tote in Zehlendorf. Matze und ich sind schon lange da. Ich habe auch schon so gut wie alles, Namen, Geschichte und, wenn alles glattgeht, auch ein Foto von den Opfern. Das kannst du Hartmut gerne ausrichten. Ich kann jetzt nicht reden.« Basti hörte, wie die Obermeierin erleichtert ins Telefon seufzte. Sie war mal wieder aus dem Schneider, konnte gemütlich an ihrem Schreibtisch sitzen bleiben und sich irgendwelche Kulturkritiken zusammendichten. Musste nicht hinabsteigen in die Niederungen des wahren Lebens. Dumme Gans.

Basti klappte sein Handy zusammen. In diesem Moment schlurfte Frau Schwarz wieder zur Küchentür herein. In der Hand hielt sie ein Foto.

»Hier, mein Junge«, sagte sie und legte das Bild vor Basti auf den Tisch. Der bedankte sich. Das Bild war leicht verwackelt. Herr und Frau Mertens saßen nebeneinander auf einer Holzbank, beide hielten ein bauchiges Glas mit grüner Flüssigkeit in der Hand, wahrscheinlich *Berliner Weiße mit Schuss.* Basti wunderte sich. Tranken dieses süße Gesöff nicht nur Touristen? Helga und Otto Mertens prosteten sich zu, blickten aber in die Kamera. Ein gestelltes Bild, aber für die Zeitung goldrichtig, weil die Gesichter der Opfer frontal zu sehen waren. Otto war ein grauhaariger Dicker mit Pausbäckchen. Der Blitz spiegelte sich in seinen Brillengläsern. Nicht weiter schlimm, Matze würde das Bild einscannen und die kleinen Schönheitsfehler retuschieren. Helga war eine aufgedonnerte Mitsechzigerin mit toupiertem Haar, goldenen Ringen an den Fingern und rosa lackierten Nägeln. Ihre Haut schien von der Sonnenbank gegerbt, was ihr einen prolligen Zug verlieh, der durch ihren Goldschmuck unterstrichen wurde.

Basti klemmte das Foto zwischen die Seiten seines Notizblocks. Er war gerade mal eine Stunde am Tatort und hatte so gut wie alles: wusste die Namen, kannte die Familienverhältnisse, das mögliche Motiv und besaß sogar schon ein Foto von den Opfern.

Er war zufrieden. Mit sich. Und wenn er ehrlich war, auch mit seinem Job. Das war Kristinas Werk. Er sah sie schon vor sich, seine kleine Maus. Sie würde begeistert in die Hände klatschen, wie jedes Mal, wenn ein Artikel von ihm im *Express* erschien.

»Schatz«, rief sie immer ganz laut. »Guck mal, hier steht ganz groß dein Name über dem Artikel.«

Und dann las Kristina den Text laut vor, war ganz aus dem Häuschen, selbst wenn er, so wie neulich, weil kein Mord oder Unfall passiert war, eine Straßenumfrage hatte machen müssen. Thema: *Dürfen Männer im Sommer in kurzen Hosen ins Büro gehen?*

Basti trieb es die Schamröte ins Gesicht, wenn er an diesen Artikel dachte. *Am Schreibtisch muss der deutsche Mann picobello gekleidet sein,* hatte er getextet. *Die Hosen lang, das Hemd hochgeschlossen, die Krawatte perfekt gebunden. Schweißgebadet sitzt er da und schaut neidvoll auf die luftig-leichten Röckchen seiner Kolleginnen. Selbst die Hitze lässt die strenge Kleiderordnung für Herren nicht dahinschmelzen. Jedenfalls nach Meinung unserer Leser …*

Seine Eltern waren immer wieder aufs Neue entsetzt, wenn sie lesen mussten, mit welchem Blödsinn sich ihr Sohn seinen Lebensunterhalt verdiente. Sie legten das Blatt nicht mal im Wartezimmer ihrer Arztpraxis aus, so schämten sie sich für die Machwerke ihres Sohnes.

Basti stürzte den letzten Schluck Kaffee hinunter.

Frau Schwarz sah ihm zu. Mit wissendem Blick.

»Vielen Dank für die Infos, den Kaffee und das Foto. Aber jetzt muss ich los. Sie kennen das ja.«

Elisabeth Schwarz lächelte. »Ja, ich kenne das«, sagte sie und begleitete Basti zur Tür. »Wenn Sie mal die Nase voll haben vom Boulevard«, zwinkerte sie ihm zu. »Dann rufen Sie mich an. Ich lege bei meinem Sohn ein gutes Wort für Sie ein.«

Basti lachte. »Danke. Vielleicht komme ich darauf zurück.

Und erzählen Sie meinen Kollegen von der Konkurrenz nicht so viel.«

»Ehrenwort«, versprach Frau Schwarz und schloss die Tür.

Auf der Straße hielt Basti Ausschau nach Matze. Der Kollege stand mitten in einer Traube von Nachbarn, die ihn wüst beschimpften.

Matze hielt die Arme wie einen Schutzwall vor der Brust verschränkt und schwieg.

»Sie sind das Letzte«, keifte ein älterer Mann. »Als wenn das nicht alles schon schlimm genug wäre, versuchen Sie auch noch, über Zäune zu klettern, um bessere Fotos zu schießen. Unerhört ist das!«

Zustimmendes Gemurmel. Zum Glück waren sie hier in Zehlendorf. In Kreuzberg wären die Leute nicht so zurückhaltend gewesen und wahrscheinlich mit Fäusten auf Matze losgegangen.

Matze ließ sich nicht aus der Reserve locken. »Meine sehr verehrten Damen und Herren«, sagte er mit ruhiger Stimme. »Ich mache nur meinen Job. Ein Mord ist keine Privatsache. Und wenn Sie nicht neugierig wären, was hier passiert ist, würden Sie ja wohl selbst nicht auf der Straße stehen und die Polizei bei ihrer Arbeit behindern. Oder?« Mit diesen Worten bahnte sich Matze den Weg durch die Menge.

Basti winkte seinem Kumpel zu. Eines musste man ihm lassen: Er war Profi.

»Alter Schwede, sind die aufgeregt«, schnaufte Matze. »Das Haus hab ich. Die Spurensicherung auch. Leider bin ich dabei erwischt worden, als ich mich durch die Gärten hinter das Haus schleichen wollte. Wo warst du denn so lange?« Matzes Ton verriet, dass er sich ein bisschen im Stich gelassen fühlte.

»Bei einer gut informierten Nachbarin. Ich habe sogar ein

Foto von den Opfern. Lass uns einfach abhauen. Hier gewinnen wir eh keinen Blumentopf mehr«, schlug Basti vor.

Matze pfiff durch die Zähne. Diese Nachrichten versöhnten ihn. »Ein Foto von den Opfern. Sehr geil. Dann ist der Tag ja gerettet.«

»Hast du eigentlich Witte und Herrmann schon irgendwo gesehen?«

Matze schüttelte den Kopf.

»Merkwürdig«, überlegte Basti. »Die sind doch sonst immer die Ersten.«

Matze zuckte mit den Achseln. Sie gingen zurück zum Wagen, stiegen ein. Der Fotograf schaltete den Scanner an. Es rauschte und knackte.

»Spree von 2712.« Ein anderer Streifenwagen rief die Einsatzleitstelle. »2712 kommen.«

Matze drehte den Ton lauter.

»Wir haben das Fluchtfahrzeug gefunden. Daimler Benz, blau. Kennzeichen Berta, Anton, zwo, fünneff, sieben, drei, fünneff. Auf dem Fahrersitz eine Person. Ex. Wahrscheinlich der Täter. Fahrzeug steht Gemarkung Berlin-Buch, Zepernicker Straße, achthundert Meter hinter dem Klinikum auf einer Wiese.«

Basti und Matze sahen sich an. Thorsten Unger, der Sohn, der seinen Stiefvater und seine Mutter erschossen hatte, war tot. Wahrscheinlich hatte er sich selbst eine Kugel in den Kopf gejagt.

»Verstanden. Ich schicke das K 11«, antwortete die Leitstelle.

Nun würde die Mordkommission anrücken. Basti überlegte einen Moment. Es war sinnlos, jetzt nach Buch rauszufahren. Die Polizei würde das Gelände weiträumig absperren, sodass Matze höchstens mit einem Teleobjektiv eine

Chance hätte, Fotos zu bekommen. Vielleicht war es dagegen einen Versuch wert, Winfried Unger, dem leiblichen Vater des Täters, einen Besuch abzustatten. Basti zückte sein Handy und wählte die Nummer der Auskunft. Tatsächlich stand Winfried Unger im Telefonbuch, und zwar mit voller Adresse, er arbeitete als Versicherungsfritze, schmückte sich mit dem protzigen Titel ›Bezirksdirektor‹.

»Reinickendorf. Winfried Unger?«, wiederholte Matze, der Bastis Telefonat mit angehört hatte. »Wer ist denn das?«

»Der leibliche Vater des Täters«, antwortete Basti.

Matze nickte anerkennend. »Ganze Arbeit, Alter. Das muss man dir lassen.« Er tippte die Adresse ins Navigationsgerät, machte einen Schleichweg aus, der sie am morgendlichen Berufsverkehr vorbei nach Reinickendorf schleusen würde, und gab Gas. Jetzt mussten sie ein weiteres Mal schneller sein als die Konkurrenz, dann war ihre Geschichte perfekt. Matze fuhr, als ginge es um Leben und Tod, und sie erreichten in Rekordzeit ihr Ziel.

Winfried Unger wohnte in einer ruhigen Seitenstraße. Im Carport vor dem Haus, einem schmucklosen Bungalow aus den Siebzigern, stand ein roter VW Passat. Unger war offenbar zu Hause.

Ilse und Winfried Unger, las Basti und klingelte. Gleich darauf waren im Hausflur Schritte zu hören. Basti und Matze setzten ernste Mienen auf. Winfried Unger öffnete die Tür.

»Guten Morgen, Herr Unger. Mein Name ist Sebastian Schellenberger, das ist mein Kollege Matthias Grothe. Wir kommen vom *Berliner Express.* Tut uns leid, dass wir Sie in dieser schweren Stunde stören. Herzliches Beileid erst mal.«

Unger, ein bulliger Typ um die sechzig mit Halbglatze und einer unvorteilhaften Hornbrille, sah die beiden Besucher durch seine dicken Gläser verständnislos an.

»Beileid? Wovon reden Sie?«

Basti schnappte nach Luft. Damit hatte er nicht gerechnet. Unger wusste noch nicht, was passiert war. Sie waren das gewesen, womit sie sich im Scherz gerne brüsteten: schneller als die Polizei.

Basti schluckte. Er schämte sich wie noch nie in seinem Leben. Mit einem Mal wusste er, wie es sich anfühlte, wenn die Leute sagten, sie wären am liebsten im Boden versunken.

Dagegen behielt Matze die Nerven. »Lieber Herr Unger«, sagte er. »Es tut uns wirklich leid, dass die Polizei Sie noch nicht informiert hat und wir sie jetzt so überfallen …«

In diesem Moment tauchte hinter Winfried Unger ein roter Lockenkopf auf. Die Frau schaute ihrem Mann über die Schulter. »Also, Winfried, willst du die Herrschaften nicht hereinbitten?«, tadelte sie.

Winfried Unger nickte brav, trat zur Seite. »Kommen Sie doch bitte rein.«

Basti fühlte sich hundeelend. Das war genau die Situation, vor der sich selbst hartgesottene Polizeireporter fürchteten. Angehörige auszufragen und ihnen Fotos abzuschwatzen, war das eine. Aber ihnen anstelle der Polizei die Todesnachricht zu überbringen … Doch nun gab es kein Zurück mehr. Wie ein Roboter setzte Basti einen Schritt vor den anderen. Er sah zu Boden, seine Wangen glühten, wahrscheinlich lief er, was ihm das letzte Mal in seiner Pubertät passiert war, gerade knallrot an.

»Was ist denn passiert?«, fragte Winfried Unger und schloss die Tür.

Sofort rief ihn seine Frau wieder zur Ordnung. »Winfried, biete den Herren doch erst mal einen Platz an.«

Frau Unger trug eine fliederfarbene Kittelschürze, war offenbar gerade mit Hausarbeit beschäftigt gewesen. Sie führte

Basti und Matze den Flur entlang ins Wohnzimmer. Bastis Blick fiel auf die mächtige Eichenschrankwand. Vor dem Sofa, einem braunen Ungetüm, auf dem unzählige Samtkissen mit Knick in der Mitte drapiert waren, stand ein Kacheltisch, den eine Häkeldecke zierte.

»Bitte setzen Sie sich«, sagte Frau Unger und deutete mit der Hand auf das Sofa. In Erwartung der schlechten Nachricht, die ihm Basti mit seinem voreiligen Beileid angekündigt hatte, wirkte Winfried Unger wie in Trance.

Basti atmete schwer. Obwohl die Polster sehr weich waren, saß er unbequem; die Kissen raubten ihm Platz, drückten seinen Rücken leicht nach vorn. Basti räusperte sich, brachte aber keinen Ton heraus.

Winfried Unger ließ sich in einen Sessel fallen, seine Frau stellte sich hinter die Lehne, als wäre sie bereit, den Raum sofort zu verlassen, wenn sie nicht gebraucht würde.

Basti war schlecht. Doch erneut rettete Matze die Situation. »Liebe Frau Unger, lieber Herr Unger. Wir möchten uns bei Ihnen entschuldigen, dass wir Sie so überfahren.«

Basti studierte das Muster der Tapete. Silberne Gebilde auf altrosafarbenem Grund, die entfernt an Eichenblätter erinnerten. Er wünschte sich weit weg von hier.

Matze hingegen schien in seinem Element zu sein. »Wir konnten ja nicht ahnen, dass die Polizei Sie noch nicht informiert hat.« Er hatte den Ton eines wohlerzogenen Etonzöglings angeschlagen, der aus seinem Mund klang, als würde ein Zuhälter Kirchenlieder anstimmen.

»Heute Morgen sind in Zehlendorf drei Tote gefunden worden. Ein Mann und eine Frau. Bei den Personen handelt es sich um Ihre Exfrau, lieber Herr Unger, und deren Ehemann.« Matze holte Luft. »Und leider ist auch Ihr Sohn tot. Es tut mir sehr leid, Ihnen das mitteilen zu müssen. Alle drei sind offenbar erschossen worden.« Matze legte eine Pause ein, wollte den Ungers Gelegenheit geben, zu begreifen, was er ihnen da gerade eröffnet hatte.

Basti erwartete, dass Unger sich die Hände vors Gesicht schlagen und anfangen würde zu schreien: »Nein, nein, nein!« Nichts dergleichen geschah. Unger saß nur da auf dem Sessel, wurde aschfahl und stierte vor sich hin. Er tastete nach dem Arm seiner Frau. Ilse Unger nahm die Hand ihres Mannes. Auch sie wirkte eigentümlich beherrscht.

»Die Polizei geht derzeit davon aus – aber das ist noch Gegenstand der Ermittlungen –, dass Thorsten seine Mutter und seinen Stiefvater erschossen hat, bevor er Selbstmord beging.« Wieder hielt Matze inne.

Unger schüttelte den Kopf: »Ich habe immer gewusst, dass es mit dem Jungen mal ein schlimmes Ende nehmen würde.«

Ilse Unger ergänzte seltsam kühl: »Sie müssen wissen, mein Mann hatte kein gutes Verhältnis zu seinem Sohn. Die beiden hatten schon seit Jahren keinen Kontakt mehr zueinander. Und auch mit seiner Exfrau hatten wir immer nur Probleme.« Ilse Unger nannte ihre Vorgängerin nicht beim Namen.

»Meine Exfrau hat sich scheiden lassen, als Thorsten zwei Jahre alt war.« Unger redete so langsam, als stünde er unter dem Einfluss von Beruhigungsmitteln. »Sie ist abgehauen, durchgebrannt, mit diesem Unternehmer, der ihr ein besseres Leben bieten konnte als ich.«

Frau Unger nickte.

Winfried Unger drückte ihre Hand. »In den ersten Jahren habe ich mich noch bemüht, meinem Sohn nahe zu bleiben. Aber Otto schüttete ihn mit Geld zu, spannte mir das Kind regelrecht aus. Irgendwann habe ich es aufgegeben. Schon vor Jahren.«

Basti glaubte Unger kein Wort. Wahrscheinlich hatte er sich nie um seinen Sohn gekümmert und schob nun dem zweiten Mann seiner Ex die Schuld in die Schuhe.

»Ja, aber was wollen Sie denn nun von mir?«, fragte Unger, als wäre er gerade aus einem Traum erwacht.

»Lieber Herr Unger«, antwortete Matze. »Wir haben manchmal die bittere Pflicht, in unserer Zeitung über solche Tragödien zu berichten. Dabei versuchen wir, unseren Lesern zu erklären, wie es dazu kommen konnte. Das, was Sie uns eben erzählt haben, hilft uns sehr. Und dafür danke ich Ihnen.«

Basti war perplex. Zwar klang Matzes Geschwafel ein bisschen pastoral, aber er hätte seinem Kumpel so eine höfliche, sensible Wortwahl nie zugetraut.

Unger nickte.

Matze war noch nicht fertig. »Lieber Herr Unger«, begann er. »Haben Sie vielleicht ein Foto von Ihrem Sohn?«

Basti schluckte. Das hätte er sich nicht getraut. Er war froh, wenn sie hier heil rauskamen, ohne dass Unger ihnen die Fresse polierte, was Basti ihm nicht verübelt hätte. Und nun provozierte Matze Unger auch noch.

Doch Unger schien Matzes Frage nicht anstößig zu finden. Wahrscheinlich stand er so unter Schock, dass er gar nicht wusste, wie ihm geschah. Er drehte sich zu seiner Frau um. »Ilse, wo hast du denn die Fotoalben mit den Bildern von Thorsten und Helga hingetan?«

»In den Schrank«, parierte Ilse, als wäre es das Selbstverständlichste der Welt, fremden Leuten Privatfotos zu zeigen.

Sie drehte sich um, öffnete eine der vielen Schrankwandtüren und reichte ihrem Mann ein abgegriffenes Album.

Winfried Unger schlug es auf und begann, darin zu blättern. »Hier, das ist unser Hochzeitsfoto. Wenn Sie genau hinschauen, sehen Sie das Bäuchlein unter dem Kleid. Helga war ja schon schwanger. Wir mussten uns beeilen.« Ein Lächeln huschte über Ungers Gesicht. Er schien noch immer nicht begriffen zu haben, was passiert war.

»Lieber Herr Unger«, tastete sich Matze weiter vor. »Haben Sie etwas dagegen, wenn ich das Bild abfotografiere? Wissen Sie, sonst wirkt unser Bericht so kalt und anonym. Die Leser haben ja gar keine Vorstellung davon, wie Ihr Sohn und Ihre Exfrau aussahen.«

Basti schnappte nach Luft.

Unger schüttelte den Kopf. Einen Moment lang dachte Basti, er würde ablehnen.

Dann sagte Unger: »Nee, nee, machen Sie ruhig. Fotografieren Sie.«

Matze holte seine Digitalkamera aus der Tasche und fing seelenruhig an, die Fotos abzufotografieren.

»Das ist Thorstens erster Schultag«, erklärte Unger, begleitet vom leisen Klicken der Kamera. Der kleine Thorsten umklammerte mit beiden Armen eine überdimensionierte Schultüte, hinter der er fast verschwand. Ein bleicher, schmächtiger Junge mit Frettchengesicht. Stechende, dunkle Augen, leicht fliehendes Kinn.

»Und hier ist Thorsten als Vierzehnjähriger mit seiner Fußballmannschaft.« Der Teenager-Thorsten war nur als Kopf in der dritten Reihe zu erkennen. Matze und Basti sagten kein Wort. Unger schlug Seite für Seite um.

»Du hast deine Ex regelrecht um diese Bilder anbetteln müssen«, warf Ilse Unger ein.

»Ja, ja«, seufzte ihr Mann. »Thorsten kriegte ich ja nicht mehr zu Gesicht. Sie können sich gar nicht vorstellen, wie bitter so ein Streit ums Besuchsrecht sein kann. Irgendwann habe ich aufgegeben, war froh, wenn mal ein Foto mit der

Post kam. Als Thorsten erwachsen war, hat er den Kontakt zu mir von sich aus abgelehnt. Kann man ihm ja nicht verdenken. Er hatte einfach keine Beziehung mehr zu mir.« Unger schlug das Album zu. »So, mehr Bilder habe ich leider nicht von meinem Sohn«, entschuldigte er sich.

»Aber ich bitte Sie«, schleimte Matze. »Wir sind Ihnen sehr dankbar.« Er schaltete die Kamera aus und packte sein Arbeitswerkzeug zurück in seine Fototasche.

»Natürlich ist das für Sie ein schwerer Schlag. Deshalb wollen wir Sie jetzt auch nicht länger stören. Sicher möchten Sie bei der Polizei anrufen und haben jede Menge Fragen, die wir Ihnen nicht beantworten können.«

In Wirklichkeit konnte Matze es kaum erwarten, seine Beute in Sicherheit zu bringen, bevor Unger begriff, dass er seine Familiengeschichte morgen ganz groß im *Berliner Express* lesen würde.

Unger und seine Frau begleiteten Matze und Basti zur Tür. Sie wirkten wie in Trance.

Wortlos gingen Basti und Matze zum Auto. Erst als sie im Wagen saßen, fand Basti seine Sprache wieder. »Alter Schwede! Was für ein Scheißjob! So geschämt habe ich mich noch nie.«

Matze zuckte mit den Achseln. »Na ja, in den Journalistenhimmel kommen wir nicht mehr«, antwortete er ungerührt und ließ den Motor an.

Basti schüttelte den Kopf. Er war weiß Gott nie ein Engel gewesen. Er konnte gar nicht mehr zählen, wie oft er schon benebelt vom Alkohol bei Angehörigen geklingelt und ihnen Fotos von Mordopfern abgeschwatzt hatte. Aber es war ihm noch nie passiert, dass er vor der Polizei da gewesen war und Angehörigen die Todesnachricht überbracht hatte – und das auch noch in nüchternem Zustand.

»Wir haben den Mann nicht gezwungen, uns ins Haus zu lassen«, nahm Matze den Faden wieder auf. »Und wir können ja nichts dafür, dass wir schneller waren als die Polizei.«

Basti stöhnte auf.

Matze redete sich in Rage: »Drei Tote, darunter zwei Mordopfer – die Öffentlichkeit hat schlicht ein Recht zu erfahren, wie es zu dieser Tat kommen konnte. Und glaubst du wirklich, Unger macht einen besseren Job? Der stiftet seine Vertreter dazu an, alten Omas Versicherungen aufzuschwatzen. Bezirksdirektor, wenn ich das schon höre. Chef einer Drückerkolonne ist der werte Herr Unger.«

Basti hatte keine Lust auf diese Diskussion. Matze war einfach nicht in der Lage zu verstehen, was ihn quälte.

Während der Fotograf den Wagen über den Schleichweg zurück in die Stadt lenkte, sprachen sie kein Wort miteinander. Jeder hing seinen Gedanken nach. Basti war bedrückt, malte sich aus, was seine Eltern wohl zu diesem Artikel sagen würden. Vielleicht würden sie auch nur vielsagend schweigen.

Nicht mal der Gedanke, dass er in Kristinas Achtung steigen würde, weil seine kleine Maus ihn für jede Silbe bewunderte, konnte ihn aufrichten.

Matze dagegen summte leise vor sich hin: »So ein Tag, so wunderschön wie heute …«

*

Die Frau, die mir die Tür öffnete, war eine Greisin. Nicht, dass sie wirklich alt gewesen wäre, aber der Kummer hatte ihr so sehr zugesetzt, dass sie um Jahre gealtert schien. Antonias Mutter war, das wusste ich aus der Zeitung, Mitte fünfzig. Nichts erinnerte mehr an die Frau, die am Abend nach Antonias Verschwinden im Fernsehen mit bebender Stimme an den Entführer appelliert hatte, ihr Kind laufen zu lassen. Damals war Klara Schreyer eine attraktive Frau gewesen. Brünett, mit hochgestecktem Haar, dezent geschminkt, schimmernde Perlen an den Ohrläppchen. Die Frau, die vor mir stand, war nur noch ein Schatten ihrer selbst. Ihr Haar stumpf, von grauen Fäden durchzogen, hing strähnig vom Kopf herunter, so als wäre es tagelang nicht gewaschen worden. Die Haut war aschfahl, tiefe Furchen hatten sich in die Mundpartie gegraben, unter den Augen lagen dunkle Schatten, ihr Blick war ohne Leben und Glanz.

Frau Schreyer trug einen beigefarbenen Jogginganzug, der fleckig war und einen schmuddeligen Grauschleier angenommen hatte, so als trüge sie ihn Tag und Nacht.

Am liebsten wäre ich weggerannt, doch nun gab es kein Zurück mehr. Antonias Mutter sagte kein Wort. Sie starrte mich aus toten Augen an und hielt den Hund, einen schwarzen Mittelschnauzer, am Halsband. Ihr Blick schnitt mir ins Herz. Der Schnauzer bleckte seine Zähne und knurrte.

»Ich, äh, ich, äh, könnte ich Sie mal sprechen?«, brachte ich schließlich heraus.

Frau Schreyer trat einen Schritt zurück, ließ mich schweigend ins Haus. Kaum hatte sie die Tür hinter mir geschlossen, ließ sie den Hund los, der an mir hochsprang und nun, da ich gewissermaßen von seiner Herrin akzeptiert worden war, zur Begrüßung mit dem Schwanz wedelte.

Antonias Mutter ging in die Küche, die sich gleich rechts neben der Haustür befand. Ich folgte ihr, blieb jedoch im Türrahmen stehen, wartete darauf, dass Frau Schreyer mir einen Platz anbieten würde. Die Küche bildete einen eigenwilligen Kontrast zu der Fassade der Villa. Die Schranktüren der Küchenzeile bestanden aus babyblauem Kunststoff. Die silbernen Plastikringe, die als Griffe dienten, verrieten, dass die Einbauküche vermutlich noch aus den Siebzigerjahren stammte. Noch immer sagte Frau Schreyer kein Wort und bot mir auch keinen Platz an. Ich setzte mich einfach.

Klara Schreyer sah durch mich hindurch. Ihr Mann war offenbar nicht da, denn im Haus war es still. Mein Blick fiel auf einen kleinen Korb, der an der Tischkante stand und in dem sich Pappschachteln stapelten. *Lexotanil* las ich. Antonias Mutter schluckte also starke Beruhigungsmittel. Deshalb wirkte sie so apathisch.

Ich räusperte mich. »Frau Schreyer«, sagte ich leise. »Das mit Antonia tut mir sehr leid.«

Der Hund legte seine Schnauze auf die Oberschenkel seines Frauchens und blinzelte treuherzig.

Klara Schreyer streichelte ihm über den Kopf. »Er hat gebellt, als es geschah«, sagte sie in die Stille hinein. Ihre Stimme klang abgehackt, monoton, ja geradezu roboterhaft. »Um 7.45 Uhr hat der Hund plötzlich angeschlagen, bellte wie wild und war nicht zu beruhigen.«

Tobias hatte Antonia um diese Zeit in seinen schwarzen BMW gezerrt und sie betäubt. Dann war er mit ihr in einen zwanzig Kilometer entfernten Wald gefahren …

Frau Schreyer stierte geradeaus, noch immer sah sie mir nicht ins Gesicht, fixierte einen unsichtbaren Punkt. »Ich dachte mir nichts dabei, habe ihm einen Klaps auf die Hinterläufe gegeben, damit er ruhig ist. Später tat es mir leid.«

Mir war elend zumute. Ich musste dies hier schnell hinter mich bringen. Ich räusperte mich. »Liebe Frau Schreyer«, stammelte ich. »Ich hatte keine Ahnung, dass mein Mann Antonia … Ich meine, ich wusste nicht, dass er …«

Plötzlich erwachte Frau Schreyer aus ihrer Trance, wirkte wie elektrisiert. »Ihr Mann?!«, rief sie aus.

Ich nickte. »Ich bin die Frau von Tobias Rabe«, sagte ich im Flüsterton. »Ich bin gekommen, um mich zu entschuldigen. Ich dachte, dass Sie vielleicht auf ein Zeichen warten.«

Frau Schreyer funkelte mich misstrauisch an. »Wollen Sie sich über uns lustig machen?«

»Nein, nein, gewiss nicht. Nichts läge mir ferner. Entschuldigen Sie, wenn ich Sie verletzt habe. Das wollte ich nicht. Ich wollte nur …«

»Wer sind Sie, wo wohnen Sie?«, schrie Frau Schreyer.

»Xenia Rabe. Xenia Rabe aus Berlin, Mommsenstraße 450. Die Frau von Tobias Rabe«, stotterte ich.

Antonias Mutter musterte mich, als stünde der leibhaftige Teufel vor ihr.

»Frau Schreyer, ich wollte Sie nicht stören oder Ihnen wehtun. Aber es war mir ein Bedürfnis, mit Ihnen zu sprechen.«

Frau Schreyer nickte, aber ich war mir nicht sicher, ob sie mich verstand. Diese Frau war von Trauer verzehrt und durch die Medikamente offensichtlich nicht ganz bei sich.

»Ich werde dann mal wieder gehen«, stammelte ich.

Noch immer starrte mich Frau Schreyer an. Ihr Blick war wirr, so als verstünde sie nicht, was ich von ihr gewollt hatte. Ich musste raus hier, und zwar schnell. Der Kummer dieser Frau drohte mich zu ersticken. Ich fühlte mich schuldig. Abrupt stand ich auf, stieß fast den Küchenstuhl um.

»Also dann«, presste ich hervor und stolperte zur Tür. »Ich geh dann mal wieder. Tut mir leid, dass ich Sie gestört habe.«

Der Hund sprang auf, lief hinter mir her. Klara Schreyer stand von ihrem Stuhl auf.

»Nun warten Sie doch!«, rief sie.

Doch ich rannte einfach weiter, ließ die Tür hinter mir ins Schloss fallen, lief zum Auto. Das Klacken meiner Absätze begleitete mich wie Hohngelächter. Ich rannte hinter meinen Wagen ins Gestrüpp und erbrach mich an einem Hagebuttenstrauch. Weil ich noch nichts gegessen hatte, spie mein Magen eine klare, scharfe Flüssigkeit aus, die im Hals brannte. Meine Augen tränten, ich zitterte. Ich hatte dem Leid, das Tobias angerichtet hatte, ins Gesicht gesehen. Mein Magen zog sich ruckartig zusammen, sodass es schmerzte. Mir wurde schwarz vor Augen, Hitze wallte durch meinen Körper. Der Kreislauf. Ich würgte, obwohl gar keine Magenflüssigkeit mehr hochkam.

Plötzlich wusste ich, was ich zu tun hatte. Ich musste Tobias finden und ihn töten. Ja, ich würde Tobias umbringen. Er hatte nichts anderes verdient.

*

Ein paar Tage nach der Familientragödie in Berlin-Zehlendorf klingelte mittags Bastis Handy. Es war Hauptkommissar Becker vom K 11, der Mordkommission. Basti machte sich auf eine Standpauke gefasst, weil er und Matze Unger die Todesnachricht überbracht hatten.

Doch Becker war sehr freundlich. »Hören Sie mal, Herr Schellenberger. Wir haben da eine feine Geschichte für Sie und Ihren Freund Grothe. Sie müssen nur schnell sein. Ihre Erzfeinde von der Konkurrenz ahnen nichts. Können Sie in zwanzig Minuten am Helene-Weigel-Platz sein?«

»Aber klar doch«, versprach Basti. Er war wie elektrisiert. Die Bullen wollten ihm und Matze eine Geschichte stecken. Witte und Herrmann sollten außen vor bleiben. Die Konkurrenz würde nun also, nachdem sie neulich die Familientragödie im wahrsten Sinne des Wortes verpennt hatte, weil der Akku von Wittes Scanner leer gewesen war, die nächste Pleite erleben.

Hartmut hatte sie nach der Familientragödie in der Redaktion feiern lassen wie Helden. Umringt von den Kollegen, hatten sie die Geschichte ihrer Recherche erzählen müssen. Die Redakteure johlten, als Matze vortrug, wie er Unger beigebracht hatte, dass sein Sohn tot war.

Hartmut war ganz aus dem Häuschen gewesen. »Astreiner Job«, hatte er immer wieder gerufen und ihnen abwechselnd auf die Schultern geklopft. »Ihr beiden seid wirklich zwei Vollblut-Boulevardjungs. Ich bin stolz auf euch.«

Hartmut hatte Basti sogar Kaffee gebracht, als er angefangen hatte zu schreiben: *Eine grauenvolle Familientragödie erschüttert Berlin ...* Die Zeitung war am nächsten Tag binnen weniger Stunden ausverkauft gewesen.

Hartmuts Lob hatte Basti ein wenig mit seinem Los versöhnt. Meistens hielt der Lokalchef sich seine Polizeireporter vom Leib wie lästiges Ungeziefer. Besonders schlimm war es, wenn die Konkurrenz ihnen eine Geschichte vor der Nase weggeschnappt hatte. Dann redete Hartmut den ganzen Tag lang kein Wort mit ihnen, schnitt Basti und Matze, gab ihnen das Gefühl, ihren Beruf verfehlt zu haben und dass ihre Kündigung nur noch eine Frage der Zeit sein würde. Diese Verachtung war schlimmer als jede Standpauke. ›Erfolge‹ – wie die Recherche über die Familientragödie in Zehlendorf – hatte Hartmut schon am nächsten Tag wieder vergessen. Deshalb ging es für Basti und Matze nie nur um einen Artikel. Mit jeder Geschichte, die sie zu recherchieren hatten, ging es um ihre Existenz.

Schon eine Viertelstunde später waren Basti und Matze am Helene-Weigel-Platz. Becker hatte ihnen die Adresse eines Hochhauses genannt.

Als sie aus dem Auto stiegen, kam der Kommissar freudestrahlend auf sie zu. »Sie sind ja schneller, als die Polizei erlaubt«, lachte Becker, entblößte sein makelloses Gebiss und schüttelte ihre Hand. »Dann kommen Sie mal mit. Ich habe heute was ganz, ganz Feines für Sie.«

Basti lächelte. »Schön, Herr Becker, dass Sie an uns gedacht haben«, schleimte er.

Matze nickte, während er seine Digitalkamera startklar machte.

Becker ging mit schnellen Schritten direkt auf das Hochhaus zu. »Kommen Sie, beeilen Sie sich.«

Basti und Matze folgten dem Kommissar. Vor dem Haus standen ein paar Bullen, die nicht gerade so wirkten, als gebe es hier einen wichtigen Einsatz. Sie lehnten, die Arme vor der Brust gekreuzt, an ihren Streifenwagen und schienen sich bestens zu amüsieren. Becker ging grußlos an seinen Kollegen vorbei, führte Basti und Matze ins Haus. Kaum, dass die Eingangstür hinter ihnen ins Schloss gefallen war, öffnete sie sich wieder und die Polizisten, die sich eben noch draußen prächtig amüsiert hatten, drängten sich ebenfalls in den Hausflur.

»Ah, da sind ja die Kollegen von der Schupo«, lächelte Becker. »Wir müssen hoch in den siebten Stock. Der Fahrstuhl ist leider kaputt. Aber Sie sind ja durchtrainiert. Oder?«, zog er die Journalisten auf. Dann lachte er wieder. Ein schmetterndes Lachen, voller Zuversicht und Selbstvertrauen.

Basti nickte.

Matze sagte kein Wort. Er hasste Sport. Aber für eine gute Geschichte hätte er sich zur Not auch zu Fuß bis in den fünfundzwanzigsten Stock hinaufgequält. Hauptsache er bekam seine Bilder. Also stapfte er brav hinter Becker und Basti die Treppen hinauf. Wortlos folgten ihnen die restlichen Bullen, es waren sechs. Nur das Getrampel der Schritte hallte durchs Treppenhaus.

»Und was wartet da oben auf uns?«, wollte Basti wissen.

Becker drehte sich halb zu ihm um und legte als Antwort den Zeigefinger auf seine Lippen. Basti schwieg. Irgendwie behagte ihm die Situation nicht. Er und Matze waren eingekeilt zwischen Becker und den anderen Polizisten. Was sollte das?

Der Kommissar führte sie durchs Treppenhaus, vorbei an schmuddelig gelben Wänden, auf die Kinder mit Wachsmalkreide übergroße Strichmännchen gekritzelt hatten. Gummibäume und anderes Grünzeug fristeten auf den Fensterbänken zwischen den Stockwerken ein kärgliches Dasein. In jeder Etage waren die Fenster gekippt, sodass der Wind durchs Haus pfiff. Oben im siebten Stock – Basti und Matze waren im Gegensatz zu den Polizisten völlig außer Atem – blieb Becker einen Moment vor einer Wohnung stehen. Er hielt sein Ohr an die Tür und lauschte.

Matze spürte ein behagliches Kribbeln in der Magengegend. Er war überzeugt davon, dass hier ein ganz großes Ding am Kochen war. Vielleicht wickelten in dieser Wohnung gerade ein paar Drogendealer ihre Geschäfte ab, die nun gleich auf frischer Tat ertappt würden. Und er war auserwählt, die Fotos von der Festnahme zu schießen. Geile Geschichte. Je nachdem wie dick die Fische waren, die den Bullen ins Netz gingen, könnte er die Bilder an überregionale Zeitungen oder Illustrierte verkaufen. Dass sich die Bullen ausgerechnet für sie entschieden hatten, kam natürlich nicht von ungefähr. Da war sich Matze ganz sicher. Sie hatten sich eben durch ihre Arbeit Respekt verschafft. Und das zahlte sich jetzt aus.

Becker zwinkerte Basti und Matze zu. Leise drehte er den Schlüssel im Schloss um, stieß die Wohnungstür jedoch noch nicht auf. Stattdessen winkte der Kommissar die Reporter zu sich heran. Gleichzeitig drängten die Bullen von hinten nach, obwohl der Flur eigentlich genug Platz bot. Plötzlich gab Becker der Tür einen Stoß, sodass sie aufflog. Ein bestialischer Gestank schlug ihnen entgegen. In der Wohnung war es stockdunkel, wahrscheinlich waren die Vorhänge zugezogen. Dann ging alles blitzschnell. Ehe Matze und Basti begriffen, was geschah, schubsten die Bullen sie von hinten ins Dunkle. Basti stolperte hinter Matze, der fast seine Kamera fallen gelassen hätte, in die Diele. Hinter ihnen schlug die Tür wieder zu. Sie hörten das metallische Geräusch des Schlüssels. Sie waren eingesperrt.

Die Bullen lachten. Becker, dieser Mistkerl, wieherte am lautesten.

Der Gestank verschlug Basti und Matze den Atem. Es roch nach … Aas, Fäulnis. Der üble Geruch besetzte ihre Nasen, fand den Weg in ihre Münder, wo er sich auf ihren Zungen breitmachte und in einen pelzigen, widerwärtigen Geschmack verwandelte. Basti und Matze hielten sich die Hände vor den Mund und würgten.

Nur langsam gewöhnten sich ihre Augen an die Dunkelheit. Und dann sahen sie die Quelle des Gestanks: Am Ende des Flurs lag eine Leiche auf dem Fußboden. Der Körper war aufgebläht, die Haut schwarz, so als sei sie verkohlt. Das Blut war nach dem Tod schwarz geronnen. Eine Szene wie aus einem Horrorfilm. Ob Mann oder Frau war nicht zu erkennen.

Matze stierte auf den Körper. Seine Augen waren weit aufgerissen. Ihm war übel wie nie zuvor in seinem Leben.

Draußen vor der Tür hallte das Gelächter der Bullen durchs Treppenhaus.

Bastis Magen zog sich ruckartig zusammen. Er musste sich schwer beherrschen, um nicht zu kotzen. Diesen Gefallen würde er den Bullen nicht tun. Also hielt er die Luft an. Irgendwo musste es hier doch ein Fenster geben. Er brauchte frische Luft. Doch die Leiche lag quer im Flur, versperrte den Weg zu den Zimmern. Basti nahm seinen Mut zusammen, bezwang seinen Ekel und stieg über die Leiche. Zum Glück drückte der Tote sein Gesicht in den Boden, sodass Basti ihm nicht in die Augen sehen musste. Der Körper, auf dem ein speckiger Glanz lag, war übersät mit Bläschen, aus denen eine stinkende Flüssigkeit in den Teppich suppte. Dies war ohne Übertreibung die größte Herausforderung seines bisherigen Polizeireporterlebens.

Basti schlug sich nach rechts in das erste Zimmer. Schemenhaft erkannte er die Einrichtung, ein Sofa, davor einen Tisch. Und die verdunkelten Fenster. Durch die oberen Lamellen der Jalousien fiel ein schmaler Lichtstreifen. Auch hier, ein paar Meter von der Leiche entfernt, war der Gestank gleichbleibend penetrant. Basti tastete in der Dunkelheit mit der Hand nach der Zugschnur, mit der er die Jalousie hochziehen konnte. Doch seine Fingerkuppen tasteten nur über grobe Raufaser.

»Andere Seite«, hörte er die erstickte Stimme von Matze, der ihm gefolgt war. Mit einem lauten Ratschen schnellte die Jalousie hoch. Licht durchflutete das Zimmer. In Windeseile riss Matze das Fenster auf. Frische Luft strömte in die Wohnung.

Die Reporter schoben ihre Oberkörper weit über die Brüstung nach draußen und japsten nach Luft. Der Leichengeschmack im Mund ließ sich allerdings nicht vertreiben.

Matze inhalierte tief, konzentrierte sich auf seine Atemzüge. Basti fand als Erster seine Sprache wieder. »Das war die Rache für Unger«, sagte er mit matter Stimme.

Matze nickte nur.

Plötzlich tauchte Becker hinter ihnen auf. Er schien sich weder am Gestank noch am Anblick der aufgeblähten Leiche zu stören.

»Na, meine Herren«, fragte er, als sei nichts gewesen. »Schöne Fotos gemacht?«

*

Gegen Mittag kam ich in Aalsen an. Vielleicht lag hier, in diesem niedersächsischen Dorf bei Hamburg, wo Tobias aufgewachsen war, der Schlüssel zu seiner Tat. Meine Entscheidung stand fest. In dem kleinen Landhotel am Beetzsee, in das ich mich nach meinem Besuch bei Antonias Mutter verkrochen hatte, war mein Plan gereift. Ja, ich würde Tobias töten und ich wusste auch schon, wie. Ich hatte die letzten Tage im Hotelzimmer verbracht, im Bett mit meinem Laptop auf dem Schoß. Im Internet fand man ja nahezu alles. Sogar den Plan für einen Mord.

Die Hauptstraße schnitt den Ort in zwei Teile. Tobias' Vater war Ingenieur gewesen und früh gestorben. Seine Mutter hatte ihren Beruf als Krankenschwester aufgegeben, als ihr Sohn geboren wurde. Mehr hatte mein Mann nicht preisgegeben, war immer sehr einsilbig geworden, wenn ich es gewagt hatte, ihn nach seiner Kindheit zu fragen. Ich hatte nie etwas dagegen gehabt, dass die Vergangenheit in unserer Beziehung ein Tabuthema gewesen war. Auch von Peter hatte ich Tobias nie erzählt.

Aalsen war ein Dorf, dem man ansah, dass es von findigen Architekten auf dem Reißbrett entworfen und innerhalb kürzester Zeit aus dem Boden gestampft worden war. Im Internet hatte ich gelesen, dass ein paar Bauern, die jahrhundertelang auf ihren Höfen unter sich geblieben waren, in den

Siebzigerjahren ihre Felder als Bauland verkauft hatten. Das hatte die Bauern zwar reich werden lassen, doch sie waren bald darauf eingekesselt von Neubaugebieten. Mittlerweile waren die Zugezogenen in der Überzahl.

Der Ort dämmerte in der Mittagshitze vor sich hin. Auf der Hauptstraße waren kaum Autos unterwegs.

Ich hatte bei der Kripo nicht die Wahrheit gesagt. »Nein, mein Mann hatte keine abartigen Vorlieben. Bei uns war alles völlig normal.« Das war zwar nicht gelogen, aber auch nicht die ganze Wahrheit gewesen.

Es war etwa ein halbes Jahr her. Wir hatten es uns auf dem Sofa gemütlich gemacht. Im Fernsehen lief die x-te Wiederholung des Kinoklassikers *Der weiße Hai.* Wir sahen uns den Film nicht an, sondern nutzten den Fernseher als Geräuschkulisse, um unsere Sprachlosigkeit zu kaschieren.

Ich blätterte in der *Vogue.* Tobias entkorkte gerade die zweite Flasche Rotwein. Er trank viel. Wahrscheinlich, um seine innere Leere zu betäuben. Denn in Wirklichkeit langweilten wir uns. Wir führten ein aufgeschäumtes Latte-macchiato-Leben. Unsere gut bezahlten Jobs waren Routine geworden. Wir hatten keine Freunde, keine wirklichen Interessen, lebten von Anschaffung zu Anschaffung, hatten uns schon nach so kurzer Zeit nichts mehr zu sagen. Wir hätten nie, nie heiraten dürfen. Aber als ich Tobias traf, war ich zermürbt gewesen von Einsamkeit. Die biologische Uhr tickte und tickte. Anstatt Tobias direkt zu fragen, war ich wie selbstverständlich davon ausgegangen, dass er Kinder haben wollte. Als er es aber strikt ablehnte, Vater zu werden – »Ich bin allergisch gegen plärrende Gören. Außerdem will ich mein Leben mit dir genießen und keine Windeln wechseln« –, hatte ich mich still und traurig gefügt. Aus Angst, dass er mich sitzen lassen würde mit Kind, hätte ich ihn niemals reingelegt. Das war mein großes Problem. Ich wollte, nachdem ich schon mein Leben lang allein gewesen war, nie mehr einsam sein.

Tobias schenkte den Wein direkt aus der Flasche in die Gläser. Vor anderen Leuten hätte Tobias den guten Tropfen nie einfach so eingeschüttet. Wenn wir Gäste hatten, was sehr selten und nur aus beruflichen Gründen vorkam, gerierte Tobias sich gern als Kenner, servierte den Wein aus einer teuren Karaffe, betonte, dass er den guten Tropfen schon vor mehreren Stunden ›dekantiert‹ habe. Er trank dann vor den anderen den ersten Schluck, spülte den Wein im Mund hin und her, kaute ihn, merkte gar nicht, wie albern er aussah. Nur wenn wir allein waren, sparte er sich dieses Theater.

Tobias reichte mir das Glas und prostete mir zu. Und dann fragte er mich aus heiterem Himmel: »Sag mal, Schatz, was hieltest du davon, wenn wir mal in einen Swingerklub gingen?« Tobias stellte mir diese ungeheuerliche Frage so nüchtern, als würde er mich bitten, ihm das Salz über den Tisch zu reichen.

Entgeistert starrte ich meinen Mann an. »In einen Swingerklub?!«, wiederholte ich ungläubig. »Bist du von allen guten Geistern verlassen?« Es pochte in meinen Schläfen.

»Wieso?« Ungerührt setzte Tobias das Glas auf dem Tisch ab, griff nach meiner Hand.

Ich zuckte zurück.

»Hör mal, Schätzchen«, sagte Tobias. Seine Stimme hatte etwas Herablassendes. Immer, wenn er Alkohol getrunken hatte, wurde er aggressiv. »Liebe und Sex sind zwei Paar Schuhe.«

Ich glaubte, nicht richtig zu hören.

»Ich liebe dich, sonst hätte ich dich nicht geheiratet. Sex aber ist eine Art körperliche Ertüchtigung, Ausdauersport, ein Spiel.« Tobias nahm einen kräftigen Schluck. Obwohl er sich gerade eben erst eingeschenkt hatte, war sein Glas schon fast wieder leer.

Wortlos starrte ich ihn an. Ich stand unter Schock.

»Ich finde, wir sollten diese neue Spielart wenigstens mal ausprobieren«, fuhr Tobias fort, kaum dass er den Wein hinuntergeschluckt hatte. »Nur mal hingehen und es auf uns wirken lassen. Wir können ja dann immer noch gehen. Alles kann passieren, nichts muss.«

»Du spinnst wohl«, zischte ich.

»Ich wusste gar nicht, dass du so verklemmt bist«, schnappte Tobias zurück.

Ohne zu überlegen, nahm ich mein Glas und kippte meinem Mann den Rotwein ins Gesicht. Dann sprang ich auf und stürzte aus dem Zimmer. Aus dem Augenwinkel sah ich noch, dass Tobias völlig verdattert war. Der Rotwein tropfte von seinen Brillengläsern aufs Ledersofa, hatte große, rote Flecken und Spritzer auf seinem weißen Hemd hinterlassen und es sicher ruiniert.

Im Schlafzimmer warf ich mich aufs Bett und heulte. Ich war meinem Mann langweilig geworden. Wie ein Spielzeug. Tobias, dieser verwöhnte Yuppie, der alles hatte, sich alles kaufen konnte, brauchte, nachdem er mich erobert und festgezurrt hatte, einen neuen Kick.

Wenig später hörte ich das Klappen unserer Haustür. Tobias war gegangen. Kehrte erst gegen Morgengrauen wieder zurück. Seine Alkoholfahne wehte zu mir herüber, als er sich neben mir ins Bett legte. Wir sprachen nie wieder über dieses Thema. Ich fragte ihn auch nicht, wo er gewesen war.

Anstatt einen Termin mit dem Scheidungsanwalt zu vereinbaren, gab ich mir besondere Mühe im Bett. Das war wohl der Preis, den ich zu zahlen hatte, wenn ich nicht wieder allein sein wollte. Wie bei Peter. Mein Leben war eine Kette unheilvoller Wiederholungen, das wurde mir allmählich klar.

Hinter der nächsten Kreuzung musste eine kleine Stichstraße nach rechts in den *Heisterbusch* führen.

Die Adresse von Tobias' Elternhaus hatte ich mal zufällig auf einem seiner alten Zeugnisse gelesen und sie mir gemerkt, weil der Straßenname ein wenig wie Geisterbusch klang.

Nun würde ich also endlich meine Schwiegermutter Elena Rabe kennenlernen. Ich hatte mich nicht angemeldet, wollte sie überraschen. Nach dem, was passiert war, hätte sich Elena eigentlich auch mal bei mir melden können, überlegte ich.

Das Haus war ein rot geklinkerter Bungalow aus den Siebzigern. Die sacht aufeinander zulaufenden Schrägen des Walmdaches verliehen dem Haus einen weichen Zug. Doch der hohe, schmiedeeiserne Zaun, eine unmissverständliche Grenze, die Kindern, Nachbarn und Spaziergängern Einhalt gebot, gaben dem Anwesen etwas Unnahbares. Fehlte nur noch die Klingel am Tor. Immerhin war die Pforte nicht abgeschlossen. Die gepflasterte Auffahrt war über zwanzig Meter lang, sodass Elena Rabe hinter der Spitzengardine von ihrem Fenster genau beobachten konnte, wer sich der Tür näherte.

Im Vorgarten standen Lebensbäume und hoch aufgeschossene Scheinzypressen, die verrieten, dass Elena keine Hobbygärtnerin war, sondern praktische Lösungen bevorzugte. Statt Blumen hatte sie Rasen gesät und Büsche gepflanzt. Im Gegensatz zu den Nachbargrundstücken, auf denen es blühte, wirkte dieser immergrüne Garten irgendwie trostlos.

Drei Stufen führten hinauf zur Eingangstür. Neben der Tür hing ein auf Nostalgie getrimmter Postkasten aus Kupferblech. *Hintsch* las ich und stutzte. Ich musste mich in der Adresse getäuscht haben. Das Zeugnis war schon ziemlich alt gewesen, stammte aus Tobias' Gymnasialzeit. Wahrscheinlich waren seine Eltern noch mal umgezogen.

Ich wandte mich zum Gehen, als sich mit leisem Quietschen die Haustür öffnete. Eine Frau, vielleicht Anfang vierzig, mit burschikosem Kurzhaarschnitt, trat aus dem Haus. In der Armbeuge trug sie einen geflochtenen Weidenkorb.

»Guten Tag«, lächelte sie mich freundlich an. »Wollen Sie zu uns?« Ihre Herzlichkeit, die so gar nicht zu diesem unnahbaren Anwesen passen wollte, überraschte mich.

»Entschuldigen Sie bitte. Aber wohnt hier nicht eine Frau Rabe?«, fragte ich.

Frau Hintsch schüttelte den Kopf. Ihr Lächeln erstarb. »Nicht mehr. Frau Rabe ist schon seit zwei Jahren tot. Krebs. Wir haben ihr das Haus kurz vor ihrem Tod abgekauft.«

Entgeistert sah ich die neue Hausherrin an. Tobias' Mutter war gestorben?! Und er hatte kein Wort darüber verloren? »Danke«, murmelte ich verwirrt, drehte mich um und eilte davon. Im Nacken spürte ich den irritierten Blick dieser Frau.

Ziellos fuhr ich durch Aalsen. Gepflegte Einfamilienhäuser. Geraffte Gardinen vor den Fenstern. Gestutzte Thujahecken, Jägerzäune, akkurate Beete, in denen Geranien, Stiefmütterchen und Petunien blühten. Der Rasen war überall gemäht. Hier herrschte Ordnung. In jedem Winkel.

Plötzlich glaubte ich zu verstehen, warum Tobias aus diesem Mief ins Großstadtleben geflohen war. Warum er gern den Mann von Welt mimte. Sich sein Leben mit Designermöbeln und moderner Kunst einrichtete. Das Kulturprogramm in diesem Dorf beschränkte sich wahrscheinlich auf das Schützenfest im Sommer und den Feuerwehrball im Winter.

Ich war sehr aufgewühlt. Dass Tobias den Tod seiner Mutter nicht erwähnt hatte, ließ mir keine Ruhe. Er war sicherlich nicht einmal zur Beerdigung gefahren. Jedenfalls hatte ich nichts, absolut nichts, davon mitbekommen. Auf der anderen Seite war mir ja so manches entgangen.

Aber warum, verdammt noch mal, hatte die krebskranke Elena Rabe ihr Haus kurz vor ihrem Tod schnell noch verkauft, anstatt es ihrem einzigen Sohn zu vererben? Ich fuhr um die Kirche herum und bog spontan nach links ab. Dort sah ich das Schild am Straßenrand: *Zum Friedhof.* Ohne zu zögern, setzte ich den Blinker und folgte dem Wegweiser. Auf dem Friedhof würde ich vielleicht das Grab von Elena Rabe finden und wenigstens erfahren, wann sie genau gestorben war.

Der Friedhof war kein alter, eingewachsener Kirchhof, der zu romantischen Spaziergängen einlud. Die Pforte des Jägerzauns, die schief in den Angeln hing, quietschte leise und schrammte beim Öffnen über den Erdboden. Die Gräber ähnelten sich. Grabsteine aus poliertem Granit. Rot, schwarz oder grau. Hier und da ein schlichtes Holzkreuz. Die Erde war geharkt, die Buchsbaumhecken waren gestutzt, die Gräber alle gepflegt. Die Bepflanzung war praktisch wie bieder. Pinkfarbene Begonien, die so grell leuchteten, dass sie künstlich wirkten. Blassblaue Vergissmeinnicht, die wohl auf keinem Friedhof fehlten, knallrote Salvien und Geranien. Immer wieder das gleiche Gedeck, durchbrochen von Rhododendronbüschen und Koniferen. Genügsame Pflanzen, die nicht allzu viel Arbeit machten. Der Friedhof war zwar nicht groß, aber zu groß, um das Grab von Elena Rabe ohne

Hilfe zu finden. Ich wollte gerade wieder gehen, als ich hinter den Grabsteinen einen Friedhofsgärtner entdeckte, der mit Hingabe eine Konifere stutzte. Er hielt die widerspenstigen Zweige zwischen Daumen und Zeigefinger, schien genau zu überlegen, wo er seine Gartenschere ansetzen sollte. Nach dem Schnitt schnellte der Zweig zurück. Der Gärtner strich mit beiden Händen über den Busch. Wie ein Friseur, der den Haarschnitt eines Kunden begutachtet, prüfte er, ob sich der gestutzte Zweig in das Buschwerk einfügte. Ich ging zu dem Mann hinüber. Er war so vertieft in seine Arbeit, dass er mich gar nicht wahrnahm. »Entschuldigen Sie, wissen Sie vielleicht zufällig, wo das Grab von Elena Rabe liegt?«

Der Mann sah nur kurz zu mir auf. Er war schon alt, seine Gesichtshaut von Sonne und Arbeit an frischer Luft gegerbt. »Hinten, vorletzte Reihe, etwa in der Mitte«, knurrte er.

»Danke«, antwortete ich. Doch der Friedhofsgärtner widmete sich schon wieder der Konifere.

Der Weg führte vorbei an Kindergräbern, auf denen Teddybären und andere Stofftiere saßen. Auf einem Grab standen kleine Granitblöcke, die Bauklötzen nachempfunden waren. Das Kind, ein Junge namens Tim, war nur drei Jahre alt geworden. Obwohl die Sonne schien und es sehr warm war, bekam ich eine Gänsehaut. Die armen Eltern, dachte ich. Vielleicht hatten sie sich sehnsüchtig ein Kind gewünscht. Und dann starb es plötzlich durch Krankheit oder Unfall. Oder die Polizei stand vor der Tür und überbrachte die Nachricht, dass ein Unbekannter …

Ich verbot mir jeden weiteren Gedanken. Tobias würde ja nun bald seine gerechte Strafe bekommen. Ich musste ihn nur noch finden. Insgeheim hatte ich mir von seiner Mutter einen Hinweis auf sein Versteck erhofft.

Wie gut, dass sie nicht mehr hatte miterleben müssen, was aus ihrem einzigen Sohn geworden war, dachte ich.

Elena Rabes Grabstein war aus schwarzem Basalt, unpoliert, einem Findling ähnlich, der direkt an der Friedhofsmauer stand. Efeu kroch über den Boden und eroberte den Stein. Ein Teppich aus Sommerheide hatte sich über das Grab gelegt. Dass niemand das Grab pflegte, war offensichtlich. Doch gerade weil hier die Natur Gärtner spielte, war es schöner als die anderen.

Elena Rabe war tatsächlich vor ziemlich genau zwei Jahren gestorben. Anfang Juli. Mit siebenundsechzig Jahren. Ich überlegte. Vor zwei Jahren waren Tobias und ich Mitte September nach Hawaii geflogen. Zehn Wochen nach dem Tod von Elena Rabe. Die Nachricht vom Tod seiner Mutter musste Tobias zu diesem Zeitpunkt längst erreicht haben. Auch wenn er seit Jahren keinen Kontakt zu seiner Mutter pflegte, war er doch sicher informiert worden. Tobias aber hatte mit mir am Waikiki Beach unter Palmen in der Sonne gefaulenzt. Und auch nach unserem Urlaub hatte er sich nichts anmerken lassen, geschweige denn ein Wort darüber verloren, dass seine Mutter gestorben war. Unbegreiflich, wie kaltherzig der Mann war, den ich geheiratet hatte.

Über dem Namen von Elena stand in blassen Goldbuchstaben der Name ihres Ehemannes: *Gerhard Rabe 1940–1990.* Tobias' Vater war nur fünfzig Jahre alt geworden. Aber dass er früh gestorben war, hatte ich ja gewusst.

Moment mal ... Schimmerte da nicht etwas unter dem Efeu? Ich ging näher an den Stein heran. Meine hohen Absätze bohrten sich in den Heideteppich und versanken im weichen Erdboden.

Ich schämte mich ein wenig, aber meine Neugierde war stärker als mein Anstandsgefühl. Hoffentlich erwischte mich der Friedhofsgärtner nicht. Ich schob die Zweige hoch. Tatsächlich. Unter den Blättern kam ein dritter Name zum Vorschein. Das Gold schimmerte nur noch schwach in den Ausbuchtungen der Schrift. *Holger Rabe 1970–1983.* Ich starrte auf den Stein. Es dauerte einen Moment, bis ich begriff. Tobias hatte einen Bruder gehabt. Einen Bruder namens Holger, der nur dreizehn Jahre alt geworden war. Und den Tobias nie erwähnt hatte.

*

Gerade als Basti und Matze Feierabend machen wollten, meldete sich die Einsatzleitstelle: »Spree 34/14. Feuer, Mehrfamilienhaus. Gneisenaustraße 678. Feuerwehr, RTW und NAW sind raus. Spree 34/14: Sie sind Führungsfahrzeug. Es unterstützen Sie Spree 34/16 und Spree 34/17.«

Mist, dachte Basti. Den ganzen Tag hatte der Polizeifunk nichts zum Gelingen der morgigen Zeitung beigetragen und ausgerechnet jetzt passierte was.

Basti und Matze sahen sich an. Ihnen war klar, dass dieser Funkspruch ihre Feierabendpläne zunichte machte. Basti hatte mit Kristina zum Italiener essen gehen wollen. Auf Matze wartete ohnehin nur Uwe im *Kap Hoorn.* Während Basti Kristina auf dem Handy anrief, um ihr Bescheid zu geben, lief Matze zu Hartmut ins Büro.

*

Hartmut Gnitzke grübelte vor dem Computer über dem Layout für die morgige Titelseite. Das Sommerloch bereitete ihm ernsthaft Kopfzerbrechen. Es passierte einfach nichts, womit er seine Zeitung füllen konnte. Aus purer Not hatte er Basti und Matze in einen Supermarkt geschickt, um dort die Kunden nach ihren besten Grillrezepten zu befragen. Nun blähte er Bastis Text zur Titelgeschichte auf.

Endlich – die Grillsaison ist eröffnet. Mit dem ersten Super-Sonnenwochenende beginnt auch der Run auf die Grillartikel.

Hmmh. Gnitzke überlegte. Super-Sonnenwochenende. Komisches Wort. Aber ihm fiel jetzt auch nichts Besseres ein.

Also weiter im Text:

Für Uwe Meyer, Geschäftsführer beim Super-Sparmarkt in Berlin Mitte ist der steigende Absatz von Holzkohle ein sicheres Zeichen dafür, dass die Saison der Gartenpartys eröffnet ist.

Blitzmerker, dieser Meyer, dachte Gnitzke. Na ja, die Leser würden schon nicht über diesen Satz stolpern.

Und weiter:

Wie ein Börsenmakler die Aktienkurse, so studiert Meyer jeden Tag den Wetterbericht. »Damit wir genügend Holzkohle auf Lager haben«, verrät der Geschäftsführer sein Kriterium für den Wareneinkauf in dieser heißen Zeit.

Börsenmakler, Aktienkurse, Wetterbericht. Ganz hübsch, dieser Einfall.

Grillen hat eine lange Tradition. Erfunden haben es angeblich die Urmenschen, die als Erste gelernt hatten, mit Feuer umzugehen. Demnach sind Grillpartys zirka vierhunderttausend Jahre alt, also ein alter Hut.

Na, das mit den vierhunderttausend Jahren hatte sich Basti doch aus den Fingern gesogen. Aber egal, klang nach hartnäckiger Recherche.

Doch bis heute haben Grillpartys von ihrer Beliebtheit offenbar nichts eingebüßt.

Als wenn die Urmenschen Grillpartys gefeiert hätten ... Hartmut schüttelte den Kopf, die Asche seiner Zigarette fiel auf die Tastatur seines Computers. Na ja, immerhin hatte sich Basti Mühe gegeben aus diesem Larifarithema was rauszuholen, das musste man ihm lassen. Hatte schon Talent, der Junge. Nur spüren lassen sollte man ihn das nicht. Wurde sonst übermütig. Die Freien mussten stets den Stiefel des Lokalchefs im Nacken spüren, sonst parierten sie nicht. Angst ist immer noch der beste Motor, dachte Hartmut grimmig, als es an seiner Tür klopfte.

»Herein«, knurrte er.

Matze. Was wollte der denn?

»In Berlin-Kreuzberg brennt ein Wohnhaus.« Matze hatte richtig rote Wangen.

Geil, dachte Gnitzke. Dieser Brand ist meine Rettung. »Fahrt sofort raus«, bellte er. »Ich warte hier. Das machen wir ganz groß.« Hartmut Gnitzke zog mit seinen Händen eine unsichtbare Ziehharmonika auseinander.

»Auch wenn es nur ein kleiner Schwelbrand ist. Mindestens eine halbe Seite! Also, mach viele, viele Fotos. Basti soll ordentlich was zusammendichten. Und wenn es ein großes Feuer ist mit Toten, räume ich euch die erste Seite frei. Andruck ist um Mitternacht. Bis dahin werdet ihr ja wohl fertig sein. Und nun Abmarsch«, kommandierte er Matze wie ein Feldwebel seinen Rekruten.

Ohne noch ein Wort zu sagen, machte Matze kehrt.

So ist's brav, Junge, dachte Hartmut und grinste still in sich hinein. Hoffentlich gab es Tote. Gnitzke schämte sich nicht einmal mehr für seinen Zynismus. Was sollte er denn machen? Die Zeitung musste sich verkaufen, sonst wären sie bald alle ihre Jobs los. Und ein Feuer in einem Wohnhaus verkaufte sich nun mal besser als so eine alberne Abhandlung über Grillfeste, garniert mit ein paar Rezepten von Lesern.

Die Verlegerin Katharina Herrenburg saß ihm im Nacken, hatte ihn heute erst wieder angewiesen zu sparen. Und Hartmut wusste auch schon wie. Er würde die Obermeierin rausschmeißen. Brachte von allen am wenigsten zustande. Schrieb nur verquaste Kulturkritiken, denen man anmerkte, dass ihre Sprache schon früh im Jurastudium versaut worden war. Fühlte sich als was Besseres, ließ Basti und Matze die Drecksarbeit erledigen. Da war sie bei ihm ja gerade richtig. Mit fünfzehn hatte er beim *Berliner Express* als Polizeireporter angefangen. Ohne vernünftigen Schulabschluss. Und sich hochgedient bis zum Lokalchef.

Und heute war er der Chef von all diesen abgebrochenen Akademikern, die sich insgeheim für was Besseres hielten. Gnitzke stand auf, ging zum Schrank und holte die Wodkaflasche raus. Die Pulle war halb leer. Dabei hatte er sie doch erst heute Morgen in seiner Aktentasche in die Redaktion geschmuggelt. Obwohl, er hatte ja auch schon vor der Frühkonferenz den ersten Schluck genommen. Aber das brauchte man auch. Sonst wurde man ja wahnsinnig in diesem Laden.

*

Mit quietschenden Reifen fuhren Basti und Matze aus der Tiefgarage des Verlagshauses. Zum Glück war die Gneisenaustraße nicht allzu weit von der Redaktion entfernt. Trotzdem gab Matze Gas wie der Teufel.

Bei einem Brand zählte jede Minute. Die Bewohner wurden in Windeseile evakuiert. Die Feuerwehrleute stürmten durchs Haus, traten die Türen ein, wenn niemand öffnete. Denn das Gefährliche war nicht etwa das Feuer, sondern der Rauch. Er machte bewusstlos, sodass die Leute in der Regel erstickten – und zwar binnen weniger Minuten.

An der Leipziger Straße raste Matze über die erste rote Ampel. Das dröhnende Hupkonzert überhörte er einfach. Er lenkte seinen alten BMW in waghalsigen Manövern durch den Feierabendverkehr, stieß in jede Lücke, überholte links, überholte rechts. Autofahrer, die sich beharrlich weigerten, ihm den Weg frei zu machen, blendete Matze mit der Lichthupe, bis sie entnervt zur Seite wichen. Wenn sich ein Autofahrer selbst durch das Aufblenden nicht verscheuchen ließ, fuhr Matze so dicht auf, dass ihn nur Zentimeter vom Auffahrunfall trennten.

»Meine Herren«, rief Basti. »Du hast es aber eilig, deinen Lappen zu verlieren.«

Matze lachte. »Alter, du willst doch auch vor Witte und Herrmann vor Ort sein – oder?«

»Klar«, antwortete Basti. »Aber wenn du so weiter rast, kommen wir vielleicht nirgendwo mehr hin im Leben.«

Plötzlich schoss hinter ihnen ein Streifenwagen heran.

Matze ging sofort vom Gas. Zu spät. Der Streifenwagen überholte. Auf dem Dach blinkte die Leuchtanzeige: *Stopp. Polizei.*

»Scheiße!«, fluchte Matze und schlug mit einer Hand aufs Lenkrad. »Das fehlte noch. Ausgerechnet jetzt, wo wir es so eilig haben.« Er fuhr rechts ran. »Hoffentlich haben diese Bullen ein Herz für Journalisten«, raunte er Basti zu.

Die Beamten stiegen aus dem Streifenwagen.

»Kennst du die vielleicht?«, flüsterte Matze.

Basti schüttelte den Kopf.

Einer der Polizisten näherte sich der Fahrer-, der andere der Beifahrerseite. Eigensicherung hieß das im Polizeijargon. Ein Beamter sprach den Fahrer an, der andere behielt den Beifahrer im Auge.

Matze kurbelte die Scheibe herunter. »Guten Abend«, sagte er freundlich.

Der Polizist erwiderte seinen Gruß nicht, sondern blaffte: »Na, wir haben es heute aber eilig.«

Matze blieb ruhig. Intuitiv spürte er, dass jetzt nur noch eines half: nett sein. Ganz, ganz nett sein. Matze rang sich ein Lächeln ab. »Entschuldigen Sie. Aber wir sind Journalisten und müssen zu einem Brand nach Kreuzberg. Mein Name ist Grothe. *Berliner Express.*« Matze zeigte auf das rote Plastikschild, das unten links in der Ecke seiner Windschutzscheibe klebte. *PRESSE* stand da in fett gedruckten Buchstaben.

»Auch Journalisten müssen sich an die Verkehrsregeln halten«, stauchte der Polizist Matze zusammen. »Sie waren viel zu schnell, sind bei Rot über die Ampel gefahren, haben gedrängelt und die anderen Autofahrer mit der Lichthupe geblendet. Führerschein und Fahrzeugschein.« Seine Unterlippe bebte.

Matze kannte diesen Typ Bulle. Man fiel ihm besser nicht in die Hände. Das waren Beamte, die ihre Macht missbrauchten, Festgenommene auf der Wache zusammenschlugen, auf Demonstranten eindroschen und drogenabhängigen Frauen in der Verwahrzelle zwischen die Beine griffen.

Wortlos beugte sich Matze schräg nach vorn, öffnete das Handschuhfach, kramte die Papiere heraus und reichte sie dem Polizisten.

Seelenruhig sah sich der Polizist die Dokumente an, während sein Kollege mit der Hand am Halfter seiner Pistole vor der Beifahrertür stand und Basti argwöhnisch beobachtete.

Basti rührte sich nicht und schwieg. Er würde jetzt nicht mal sein Handy aus der Brusttasche nehmen, wenn es klingelte. Der Bulle könnte das missverstehen, glauben, er würde eine Waffe zücken. Und schießen.

Matze merkte, wie sich Schweiß in seinem Nacken bildete. Nicht weil er Angst hatte, sondern weil er nach Kreuzberg musste. Er brauchte Bilder von Feuerwehrleuten, die die Bewohner (möglichst ein paar heulende Weiber und Kinder) aus dem Haus retteten und in schwindelerregender Höhe gegen einen Drachen namens Feuer kämpften. Flammen, die aus Fenstern schlugen, schwarze Rauchwolken.

Wenn die Bullen sie jetzt noch länger hier festhielten, war das Feuer wahrscheinlich schon gelöscht, bevor sie in Kreuzberg ankamen. Hartmut, der dringend eine Geschichte brauchte, würde sie skalpieren. Dass eine Polizeikontrolle sie aufgehalten hatte, würde er nicht als Ausrede gelten lassen.

Matze verlegte sich aufs Betteln. »Schreiben Sie mir doch bitte schnell einen Strafzettel. Wenn Sie wollen, zahle ich auch sofort. Aber wir müssen dringend weiter.«

»Sie haben mir nicht zu erzählen, was ich zu tun habe«, antwortete der Bulle ungerührt. »Mit einem einfachen Strafzettel ist das nicht getan. Sie bekommen eine Anzeige wegen Nötigung. Einen Strafzettel kriegen Sie höchstens wegen der roten Ampel. Hundertfünfundzwanzig Euro und vier Punkte in Flensburg.«

Matze senkte den Kopf, hoffte, dass diese Demutsbekundung den Polizisten gnädig stimmen würde, ähnlich einem Raubtier, das Beißhemmungen bekam, wenn das unterlegende Tier ihm den Hals darbot. In Wirklichkeit war Matze nicht sonderlich beeindruckt. Er fuhr eigentlich ständig betrunken durch Berlin. Dass er vor roten Ampeln anhielt, kam eigentlich nur an Feiertagen vor, wenn seine Eltern im Wagen saßen. Und nun war er halt *ein Mal* erwischt worden. So what? Außerdem konnte der Bulle ihm nichts vormachen. Dazu war Matze schon zu lange im Geschäft. Er war nicht geblitzt worden, deshalb würden die Bullen ihm kaum beweisen können, dass er zu schnell gefahren war. Und auch die Sache mit der Nötigung würde wahrscheinlich glimpflich mit einem Strafbefehl ausgehen – vorausgesetzt, die anderen Autofahrer hatten tatsächlich nichts Besseres zu tun, als wegen dieser Lappalie auf die Wache zu kommen, um gegen ihn auszusagen. Auch seinen Führerschein würde er wohl kaum verlieren.

Aber wenn er nicht bald nach Kreuzberg käme, würde Hartmut ihn feuern. Der Verlag sparte im Moment an allen Ecken und Enden. Und Personal war nun mal das Teuerste.

»Also, ich kann nur sagen, dass es mir leidtut«, hörte Matze sich sagen.

Der Bulle zog höhnisch die Augenbrauen hoch, fing aber immerhin an, Matzes Personalien aufzunehmen. Danach schrieb er – mit einer für diese Routinearbeit sicher außergewöhnlichen Hingabe – die »Benachrichtigung«, also die Ankündigung des Strafzettels, der Matze später per Post zugestellt werden würde. Danach ließ der Beamte Matze aussteigen, ihn Kofferraum öffnen, Warndreieck und Verbandskasten zeigen.

Es dauerte fast eine halbe Stunde, bis der Polizist von ihm abließ. Und noch einmal fünfundzwanzig Minuten, bis Matze sich durch den Feierabendverkehr in die Gneisenaustraße gequält hatte. Er war schweißgebadet, als Basti und er aus dem Wagen sprangen. Die dunklen Flecken unter seinen Achseln waren tellergroß. Basti könnte sich vom Pressesprecher erzählen lassen, was geschehen war und die Fakten so lebendig zusammendichten, als wäre er dabei gewesen. Matze aber brauchte Fotos. Er riss seine Kameratasche von der Rückbank. Beißender Brandgeruch lag in der Luft. Im Laufschritt näherten sich Basti und Matze dem Haus.

Schon von Weitem sahen sie, dass der Brand gelöscht war. Zwar war das Haus noch immer abgesperrt, aber die Lage wirkte keinesfalls dramatisch. Die Leute warteten, dass Polizei und Feuerwehr die Wohnungen wieder freigaben. Vor dem Haus stand der Rettungswagen, doch es hatte offenbar keine Verletzten gegeben. Die Türen waren geschlossen. Basti und Matze verlangsamten ihre Schritte.

Das Dachgeschoss des Hauses, ein schmuckloser Kastenbau aus den Fünfzigerjahren, war völlig ausgebrannt. Rauch stieg aus den Trümmern auf.

Die Dachpfannen, die von der Hitze abgesprengt worden waren, gaben den Blick frei auf verkohlte Balken. Die Hauswand rund ums Dach war vom Ruß geschwärzt, die Fenster unter der Hitze geborsten. Glasscherben knirschten unter den Füßen der Männer.

Vor der Absperrung hatten sich wie immer Schaulustige versammelt. Frustriert machte Matze seine Digitalkamera startklar und verschwand in der Menge, um wenigstens noch ein paar Bilder zu schießen.

Basti hielt nach einem Pressesprecher Ausschau. Plötzlich schossen Witte und Herrmann aus der Menge auf ihn zu. Basti zuckte zusammen. Die Konkurrenz vom *Berliner Boulevard:* Alice Witte und Claudia Herrmann – die gefürchtetsten Polizeireporterinnen Berlins. So gut wie jedes Mal hängten diese beiden Schnepfen alle anderen Journalisten ab. Die Sache mit der Familientragödie in Zehlendorf neulich war reine Glückssache gewesen. Normalerweise waren Witte und Herrmann schneller, ›keilten‹ bessere Fotos, ›verhafteten‹ mehr Angehörige, die ihnen Rede und Antwort standen. Ihr Erfolgsrezept war denkbar schlicht. Witte und Herrmann genossen enorme Vorteile, einfach, weil sie Frauen waren. Außerdem war Witte abgebrühter als alle männlichen Polizeireporter Berlins zusammen. Sie durchwühlte nicht nur Mülltonnen nach weggeworfenen Handyrechnungen, die verrieten, mit wem das Mordopfer oder der Täter telefoniert hatte, sondern kannte auch sonst keine Skrupel. Legendär war die Geschichte mit dem gefälschten Polizeiausweis, den Witte am Computer entworfen und mit dem sie sich bei den Angehörigen eines Mordopfers als Kripobeamtin ausgegeben hatte, um an Informationen zu kommen.

Niemand hätte ihr solche fiesen Touren zugetraut. Denn Witte, die ein paar Semester Zahnmedizin studiert hatte, bevor sie Journalistin geworden war, sah nicht aus wie eine Polizeireporterin. Anwältin hätte sie sein können. Fotomodell, Managerin, aber niemals Boulevardreporterin. Sie trug meistens dunkelblaue Blazer, an denen Goldknöpfe glänzten. Ihr Haar war immer ordentlich zum Pferdeschwanz gebunden oder hochgesteckt. Und dann dieses Gesicht. Witte war absolut nicht Bastis Typ. Aber er musste zugeben, dass sie etwas hatte. Etwas Unschuldiges, Reines, Klares. Witte war blond und hatte braune, warme Augen, denen man das Mitgefühl, das sie Angehörigen vorheuchelte, sofort abnahm. Ihre Haut war sehr hell und feinporig. Eine Haut ohne den geringsten Makel, die ihr etwas Puppenhaftes gab. Vielleicht ging den Angehörigen deshalb sofort das Herz auf, wenn Witte vor ihrer Tür stand. Ihre Kollegin Herrmann war ein ganz anderer Typ mit dunklem, langem Haar, das ihr fast bis zur Hüfte reichte, und grünen Augen. Ihre Mutter war Iranerin. Herrmann, die Fotografie studiert hatte, kleidete sich legerer als Witte, trug Jeans, altmodische Cowboystiefel und eine Wildlederjacke mit Fransen. Aber sie gehörte zu den Frauen, die alles tragen konnten. Die Männer hätten sich selbst nach ihr umgedreht, wenn sie im formlosen Sackkleid durch Berlin gelaufen wäre.

Natürlich wickelten Witte und Herrmann auch die Bullen um ihre zarten Klavierspielerfinger. Es gab kaum einen Polizisten, der nicht scharf war auf Witte, Herrmann oder beide. Es liefen Wetten, wer es von den Kerlen als Erster schaffte, eine der beiden flachzulegen. Doch bislang waren alle abgeblitzt. Selbst Schönling Becker von der Mordkommission, der Weiber im Feierabendtakt abschleppte, war gescheitert. Die Bullen ahnten nicht, was nur wenige Eingeweihte wussten: Witte und Herrmann waren ein Paar.

»Basti, der Tote im Dachstuhl ...«

Basti wich zurück. Witte sprach nur selten mit ihm. Sie waren Konkurrenten und keine Freunde, auch wenn sie sich – wie unter Journalisten üblich – duzten.

»Wir sind in eine Polizeikontrolle geraten und erst vor einer Minute angekommen. Ich weiß nicht mal, dass es einen Toten gibt.«

Basti hätte sich auf die Zunge beißen können. Ihr Zuspätkommen war schon Katastrophe genug, auf Wittes Spott konnte er verzichten.

Doch seine Konkurrentin ging gar nicht darauf ein. »Es hat einen Toten gegeben. Ein Typ, der sturzbetrunken war und mit brennender Zigarette auf seinem Bett eingeschlafen ist. Und du kennst ihn.«

Basti starrte seine Kollegin entgeistert an. »Ich kenne niemanden, der hier wohnt«, gab er gereizt zurück.

Wortlos zog Witte das *MacBook Air* aus ihrer Krokoledertasche. Es war das erste Mal, dass Basti dieses geile Teil aus der Nähe sah. Ein elegantes Laptop aus Aluminium, ganz dünn und offenbar sehr leicht. Denn Witte parkte den Computer auf ihrem Unterarm und hielt den aufgeklappten Deckel mit der Hand fest, während sie mit der anderen auf der Tastatur herumhackte.

Voller Neid sah Basti ihr zu. Sein billiger Aldirechner war gegen diese Gazelle eines Computers ein klobiges Monstrum. Aber er verdiente natürlich auch nicht so viel wie Witte, diese Hexe.

»Hier.« Die Hexe hielt Basti den Bildschirm ihrer Computerschönheit direkt vor die Nase. Auf den ersten Blick erkannte Basti nur die Internetseite von *facebook*, einem sozialen Netzwerk im Internet, bei dem er sich vor ein paar Monaten angemeldet hatte. Er nutzte die Seite zur Kontaktpflege. Auf *facebook* meldeten sich binnen kürzester Zeit wildfremde Menschen als *Freunde.* Und ein Journalist brauchte halt viele Kontakte.

»Dr. Thomas Klingenberg steht auf der Liste deiner sogenannten Freunde«, sagte Witte. »Ihr seid beide in der Gruppe der Humboldt-Uni. Kennst du den wirklich? Oder gehört der nur zu diesen Möchtegern-*facebook*-Freunden?« Witte hatte das Profil von Thomas aufgerufen und die Liste mit seinen *Freunden* angeklickt. Thomas hatte erst zehn Kontakte, einer davon war Basti.

»Kennst du ihn oder nicht?«, drängelte Witte.

Basti wurde plötzlich ganz flau im Magen. Natürlich kannte er Thomas. Sie hatten beide an der Humboldt-Uni studiert. Im Gegensatz zu ihm hatte Thomas durchgehalten.

Ab und an gingen sie zusammen ein Bier trinken. Aber zum Glück wohnte Thomas nicht in der Gneisenaustraße. Obwohl sie ihm einen Schrecken eingejagt hatte, lachte Basti sich ins Fäustchen, dass das Rechercheass Witte eine falsche Fährte aufgenommen hatte.

»Thomas wohnt in Friedrichshain. Am Boxhagener Platz, wenn du es genau wissen willst«, fuhr er seine Kollegin an.

Witte ließ sich nicht beirren. »Er ist vor vier Wochen hierher gezogen. In die Dachgeschosswohnung.« Noch immer hielt sie ihr *MacBook Air* im Arm und stieß mit dem Zeigefinger der anderen Hand in Richtung Dachgeschoss. »Und nun ist er tot. Glaub mir. Ich bin schon ein bisschen länger hier als du«, stichelte sie.

»Dann ist der Tote im Dachgeschoss eben ein Namensvetter.« Basti brüllte jetzt so laut, dass sich die Schaulustigen nach ihm umsahen. Er merkte, wie seine Knie weich wurden und die Panik um seinen Magen strich. Da entdeckte er Hauptkommissar Becker, der gerade aus dem Haus kam. Basti ließ Witte stehen und rannte zu ihm. Als der Polizist ihn bemerkte, hob er abwehrend beide Hände.

»Wenden Sie sich bitte an unsere Pressestelle, Herr Schellenberger«, versuchte er ihn abzuwimmeln, bevor Basti auch nur ein Wort hervorgebracht hatte.

»Herr Becker, ich muss wissen, ob der Tote im Haus Thomas Klingenberg heißt und 1972 geboren wurde. Ich weiß, Sie dürfen keine Namen rausgeben. Aber Thomas Klingenberg ist ein alter Freund von mir.«

Becker starrte ihn an. Ein paar Sekunden lang. Dann senkte er den Blick.

In diesem Moment wusste Basti, dass sein Freund tot war.

»Herr Schellenberger, es tut mir sehr, sehr leid. Der Mann heißt tatsächlich Thomas Klingenberg und wurde 1972 geboren. Mein aufrichtiges Beileid. Herr Schellenberger …, soll ich jemanden für Sie anrufen? Herr Schellenberger …«

Basti hörte Beckers Stimme wie aus weiter Ferne. Mechanisch schüttelte er den Kopf. Basti hatte das Gefühl, als würde der Boden unter seinen Füßen nachgeben.

»Danke, danke, nein, nein«, stammelte er und ließ den Kommissar stehen. Er sah sich nach Matze um. Aber sein Kollege ließ sich nicht blicken. Basti rang nach Luft. Der beißende Brandgeruch war unerträglich, nicht, weil er wirklich so schlimm gewesen wäre, sondern weil Basti sich plötzlich einbildete, dass das, was da roch, das Fleisch seines Freundes war. Fast hätte Basti gekotzt, als ihn jemand am Ärmel zupfte – Witte.

»Hör mal, Basti, das mit deinem Kumpel tut mir leid. Ich konnte ja nicht ahnen, dass ihr so eng miteinander seid. Die meisten Leute kennen ihre ›Freunde‹ bei *facebook* ja gar nicht. Aber nun sag mir doch noch schnell, was der Klingenberg für ein Typ war.« Witte, die ihr *MacBook* wieder in ihre Tasche gesteckt hatte, zückte einen teuren Montblanc-Kugelschreiber und wartete allen Ernstes darauf, dass Basti ihr in den Block diktierte, was Thomas für ein Mensch gewesen war. Hatte diese Schlampe noch alle Tassen im Schrank?! Er hatte gerade seinen Freund verloren und sie dachte nur an ihre Geschichte! Am liebsten hätte Basti Witte in ihr feines Püppchengesicht geschlagen.

Was für ein Typ Thomas gewesen war … Ein gradliniger Typ, der Basti immer gewarnt hatte: »Sieh bloß zu, dass du nicht beim *Express* hängen bleibst.« Einer, der trotz Spitzennoten und Promotion als Philosoph natürlich nie eine feste Anstellung bekommen hatte und der mit Ende dreißig noch in einer Wohngemeinschaft gelebt hatte, weil er sich keine eigene Bude leisten konnte. Neulich hatte Thomas mal erwähnt, dass er vielleicht umziehen wolle, weil es ihn nerve, mit den anderen immer über den Abwasch zu streiten. Das fiel Basti jetzt ein.

Er schluckte an dem Kloß in seinem Hals. Und plötzlich schossen ihm die Tränen in die Augen. Witte sah ihn erschrocken an. Basti ließ seine Kollegin einfach stehen, rannte die Gneisenaustraße entlang, winkte ein Taxi zu sich heran.

Völlig aufgelöst kam Basti zu Hause bei Kristina an. Heulte Rotz und Wasser, war gar nicht in der Lage, seiner Freundin zu erzählen, was geschehen war. Es dauerte eine ganze Weile, bis Kristina sich aus seinem Gestammel zusammenreimen konnte, was ihm widerfahren war. Basti saß wie ein Häufchen Elend auf dem Sofa, zitterte, heulte.

So hatte Kristina ihren Freund noch nie erlebt. Sie brachte ihm eine Decke, holte eine Flasche Gin aus der Küche und schenkte ihm ein Wasserglas voll. Basti leerte das Glas in einem Zug. Sofort wurde ihm warm, seine Nerven schienen sich zu beruhigen. Wortlos hielt Basti Kristina das Glas hin. Sie schenkte nach. Basti stürzte auch den zweiten Drink hinunter. Nach dem dritten redete er wie ein Wasserfall. Die ganze Nacht.

Kristina hielt seine Hand, hörte ruhig zu. Basti beichtete ihr die Sache mit Unger, dem sie die Nachricht vom Tod seines Sohnes überbracht hatten. In allen Einzelheiten. Erzählte ihr von dem Racheakt, den die Bullen gegen ihn und Matze angezettelt hatten. Von Hartmut, seinem Chef, diesem Arschloch, der seine Freien behandelte wie den letzten Dreck. Plötzlich fand er, dass es langsam an der Zeit war, das Bild des erfolgreichen Journalisten, das er vor Kristina aufrechterhalten hatte, zu zerstören. Basti klagte, dass er gefangen sei in diesem Job, weil er sich schließlich finanzieren musste. Dass sein Traum, Journalist zu werden, sich als

Albtraum entpuppt hatte und wie sehr er unter der Geringschätzung seiner Eltern litt.

Als er gegen Morgen, von Kristina gestützt, ins Bett wankte, lallte er: »Sei froh, dass du nicht Journalistin geworden bist.«

*

Nach meinem Besuch auf dem Friedhof fuhr ich zurück zu Tobias' Elternhaus. Frau Hintsch war inzwischen vom Einkaufen zurückgekehrt. Als sie mir die Tür öffnete, schien sie kein bisschen überrascht, mich noch einmal zu sehen.

»Entschuldigen Sie bitte, dass ich noch einmal störe. Aber Elena Rabe war meine Schwiegermutter und ich wusste nicht, dass sie gestorben ist. Ich meine also, ich, äh, also ... Es gibt so viele Fragen«, stammelte ich.

Frau Hintsch nickte verständnisvoll. »Kommen Sie doch bitte herein.« Ihre Stimme klang fürsorglich wie die einer Krankenschwester. »Irgendwie habe ich damit gerechnet, dass Sie wiederkommen würden.«

Ich nickte stumm.

Bevor Frau Hintsch mich ins Haus ließ, bat sie höflich: »Würden Sie bitte die Schuhe ausziehen?«

Ich streifte meine Pumps von den Füßen, lief barfuß über die dunklen Fliesen. Im Flur stand eine wuchtige Bauerntruhe, die mir sofort ins Auge fiel. Ein altes Erbstück wahrscheinlich. Frau Hintsch führte mich ins Wohnzimmer. Ich war überrascht. Die rustikale Einrichtung passte nicht zu einer Frau Anfang vierzig. Alles in diesem Zimmer war schwer, teuer und aufdringlich. Eine Schrankwand aus massiver Eiche, die bestimmt drei Meter lang war, beherrschte den Raum. Die getönten Butzenscheiben der Schrankbar, die sich durch die Schnapsflaschen hinter dem Glas verriet, waren so blank gewienert, dass sich die Eckcouch darin spiegelte. Auf der hellen Auslegeware ruhten schwere Perserteppiche. Von der Decke hing ein Kronleuchter, keine Antiquität, sondern ein moderner Nachbau. Die Glühbirnen steckten in Plastikkerzen, an denen kleine Tropfen hingen, die Wachs imitieren sollten. Geschmackloser, teurer Kitsch. Alles war penibel aufgeräumt wie in einer Puppenstube, in der niemand wohnte.

»Setzen Sie sich doch«, sagte Frau Hintsch und deutete mit der Hand auf das Sofa. Es war jägergrün, mit einem groben Blütenmuster durchwirkt. Davor stand ein Tisch aus Eiche mit einer schweren Marmorplatte.

Frau Hintsch setzte sich mir gegenüber in den Sessel und sah mich aufmerksam an. Obwohl sie genau zu wissen schien, was mich quälte, wartete sie ab.

»Also, wie gesagt, Elena Rabe war meine Schwiegermutter. Ich war, ich meine, ich bin verheiratet mit ihrem Sohn Tobias.«

Frau Hintsch erlöste mich durch ein Nicken, also ging ich nicht weiter auf Tobias' Tat ein.

»Seine Mutter habe ich nie kennengelernt.« Meine Güte, was brabbelte ich mir da zurecht? »Mich würde schon interessieren, warum, ich meine, die beiden hatten ja so gar keinen Kontakt zueinander.« Je länger ich redete, desto mehr verhaspelte ich mich.

»Frau Rabe hat uns das Haus verkauft, weil ihr Sohn Tobias es nicht erben sollte. Sie hat ihr Geld – soweit ich weiß – der Krebshilfe vermacht«, half mir Frau Hintsch.

»Und warum?«, hakte ich nach.

Die neue Hausherrin zuckte mit den Achseln. »Ich habe sie nie danach gefragt. Es schien ein wunder Punkt in ihrem

Leben zu sein. Wissen Sie, ich komme nicht von hier, habe praktisch in dieses Dorf eingeheiratet. Deshalb bin ich ihrem Sohn auch nie begegnet. Mein Mann ist hier aufgewachsen und weiß sicher mehr. Doch er arbeitet als Ingenieur auf Montage und ist gerade für sechs Wochen verreist.«

Ich hatte das sichere Gefühl, dass Frau Hintsch nicht die Wahrheit sagte. Sie hatte mich aus Höflichkeit hereingebeten, wollte den Schein wahren, mir aber nichts verraten. Es wäre ihr lieb gewesen, wenn ich schnell wieder gegangen wäre. Deshalb machte sie auch keine Anstalten, mir Kaffee oder wenigstens ein Wasser anzubieten. Doch so schnell war ich nicht gewillt aufzugeben.

»Auf dem Friedhof habe ich gesehen, dass Tobias einen Bruder hatte. Wissen Sie etwas darüber?« Meine Stimme hatte einen fast flehentlichen Ton angenommen, der mir ein wenig peinlich war.

Frau Hintsch starrte auf ihren Teppich und schüttelte nachdenklich den Kopf. »Kai Kunze, der Wirt vom *Wagenrad*, weiß sicher mehr. Er ist mit Tobias zur Schule gegangen.«

Angeblich war sie nicht von hier, wusste aber, wer mit wem zur Schule gegangen war.

Wir schwiegen. Es entstand eine unangenehme Pause.

Schließlich fragte ich mehr aus Verlegenheit: »An welcher Art von Krebs ist Elena eigentlich gestorben?«

»Darmkrebs«, antwortete Frau Hintsch.

Ich nickte.

»Wie gesagt, fragen Sie den Wirt vom *Wagenrad*, Kai Kunze. Alle nennen ihn nur KK. Seine Familie wohnt seit Urzeiten hier, hatte früher einen Bauernhof.« Wieder hatte sich Frau Hintsch verplappert. »Seine Kneipe liegt direkt an der Hauptstraße. Ich kann ihn gerne anrufen und Ihren Besuch ankündigen.«

Ich nickte. »Darf ich Ihnen meine Handynummer hierlassen? Für den Fall, dass Ihnen noch was einfällt oder Ihr Mann mir weiterhelfen kann?«

»Aber klar«, antwortete Frau Hintsch. Es war ihr anzumerken, dass sie hoffte, mich auf diese Weise schneller loszuwerden. Sie stand auf, ging in den Flur und kam kurz darauf mit Notizblock und Kugelschreiber zurück. Ich kritzelte meine Handynummer auf das Papier und schob es Frau Hintsch über den Tisch. Wortlos stand ich auf. Die Hausherrin begleitete mich zur Tür.

»Tut mir leid, dass ich Ihnen nicht recht weiterhelfen konnte«, entschuldigte sie sich.

Ich reichte Frau Hintsch die Hand. Ihr Händedruck war schlaff wie der einer Person, die bemüht ist, es immer allen recht zu machen.

Als die Tür hinter mir ins Schloss fiel, hatte ich das sichere Gefühl, dass Frau Hintsch mehr wusste, als sie mir hatte sagen wollen.

*

Als Basti gegen Mittag aufwachte, dröhnte sein Schädel. Das Bett neben ihm war leer. Kristina, die wieder mal einen Aushilfsjob in einer Buchhandlung angenommen hatte, war schon zur Arbeit gefahren. Auf ihrer Seite des Bettes lag ein Zettel: *Schatz, ich liebe dich – auch wenn du Witwen schüttelst.* Ein Lächeln huschte über Bastis Gesicht. Das einzig Gute, das der Job ihm je beschert hatte, war Kristina.

Er sah auf sein Handy und erschrak. Schon nach zwölf. Und das Display verriet, dass Matze fünf Mal angerufen hatte. Basti hatte weder das Klingeln des Weckers noch sein Handy gehört. Das war ihm noch nie passiert. Er überlegte, ob er in der Redaktion anrufen und sich krankmelden sollte. Doch eigentlich war es sinnlos. Hartmut würde ihn sowieso rausschmeißen. Ein Gedanke, der Basti nicht mehr schockierte. Er wohnte seit einigen Wochen bei Kristina. Die Bude gehörte ihrem Vater und so mussten sie nur die Nebenkosten zahlen. Sie würden schon irgendwie über die Runden kommen.

Plötzlich klingelte sein Handy. *Boss* blinkte es auf dem Display – wie eine Drohung. Hartmut wollte ihn also am Telefon abservieren. Das sah ihm ähnlich. Einen Moment lang spielte Basti mit dem Gedanken, einfach nicht ans Telefon zu gehen. Doch wenn er sich jetzt seinen Anschiss abholte, hatte er es hinter sich. Bräuchte vielleicht nicht mal mehr in die Redaktion, um seinen Schreibtisch aufzuräumen.

Basti klappte sein Handy auf und meldete sich.

»Morgen, Basti!«, grüßte Hartmut ungewöhnlich freundlich. »Das mit deinem Kumpel tut mir wirklich leid. Aber danke, dass du es trotzdem geschafft hast, die Geschichte zu schreiben.«

Basti glaubte, nicht richtig zu hören. War Hartmut nun schon gegen Mittag völlig blau?

»Äh, also, ich glaube, es gibt da ...«, stammelte er.

»Du brauchst dich doch jetzt nicht für die paar Tippfehler zu entschuldigen«, fiel Hartmut ihm ins Wort. »Die Geschichte ist klasse geworden. Bist halt 'n echter Profi. Aber nun ruh dich aus. Nimm dir ein paar Tage frei. Die Tagespauschale zahlen wir dir weiter. Will dich jetzt auch nicht länger stören. Halt die Ohren steif, Alter. Wir denken alle an dich.« Es klickte. Hartmut hatte aufgelegt.

Basti glaubte zu träumen. Er musste noch im Rausch sein. Kaum, dass er aufgelegt hatte, klingelte das Handy wieder. Es war Matze.

»Hör mal, Kumpel, tut mir echt leid mit deinem Freund.«

Basti merkte, wie der Schmerz in seiner Brust anschwoll. Er brachte kein Wort heraus.

»Sag mal, hat Hartmut dich schon erreicht?«, erkundigte sich Matze.

»Ja, gerade eben.«

»Scheiße. Was hast du ihm gesagt?«

»Nichts. Mir ist nicht nach reden«, knurrte Basti. »Er hat sich bei mir für die Geschichte bedankt, aber ich habe nur Bahnhof verstanden. Ist mir, ehrlich gesagt, auch egal.«

»Gott sei Dank.« Matze war die Erleichterung durchs Telefon anzuhören. »Witte und Herrmann haben uns den Arsch gerettet«, erzählte er. »Herrmann hatte natürlich jede Menge Fotos vom Einsatz geschossen. Sie hat mir dann ein paar Bilder von der Evakuierung und dem brennenden Haus auf meinen USB-Stick kopiert. Witte, die dir gegenüber wohl ein schlechtes Gewissen hatte, hat unterdessen in Windeseile zwei Texte in ihren *Apple* gehackt. Ihren Artikel für den *Berliner Boulevard* und einen zweiten unter deinem Namen für den *Express.* Den hab ich mit in die Redaktion genommen. Hartmut saß schon auf glühenden Kohlen. Ich habe ihm erzählt, dass du unterwegs geschrieben hättest, weil dir nach der Nachricht mit deinem Freund nicht mehr danach zumute gewesen sei, noch in die Redaktion zu kommen.«

Sieh mal einer an, dachte Basti überrascht. Witte und Herrmann waren also doch keine so grässlichen Gewitterziegen, wie er immer gedacht hatte.

»Hartmut war tief beeindruckt von deiner Professionalität«, fuhr Matze fort. »Von den Bildern. Und vom Text. Ich will dich jetzt nicht volllabern, aber du musst ja wissen, wie es gelaufen ist, damit du dich bei Hartmut nicht verplapperst.«

»Okay«, antwortete Basti knapp.

»Alter, mach's gut«, verabschiedete sich Matze. »Melde dich, wenn ich was für dich tun kann.«

»Okay«, wiederholte Basti mechanisch, schaltete das Handy aus, legte es neben dem Bett auf den Fußboden und zog sich die Decke bis unters Kinn. Er schloss die Augen. Wenn er wieder einigermaßen auf den Beinen war, würde er sich bei Witte und Herrmann bedanken. Und Elisabeth Schwarz anrufen. Sie hatte ihm ja ihre Hilfe angeboten. Denn er hatte die Nase gestrichen voll. Lieber würde er sich in eine Pommesbude stellen und Fritten verkaufen, als weiter Witwen zu schütteln.

*

Ich blinzelte in die Morgensonne, drehte mich im Bett um und erschrak. Der Boden unter mir gluckste und schwabbelte. Ich lag auf einem Wasserbett. Neben mir schnarchte ein fremder Mann. Und ich war nackt.

Vorsichtig hob ich die Bettdecke an. Auch der Mann, ein behaartes, durchtrainiertes Kerlchen, dem die Sonne einen leichten Goldton auf die Haut gehaucht hatte, war nackt.

Draußen wurde es gerade hell. Auf dem Fußboden waren unsere Kleider verstreut. Klar, was hier passiert war. Vorsichtig, um das Kerlchen nicht zu wecken, schlüpfte ich aus dem Bett. Die Matratze schlug Wellen. Ich hatte Kopfweh. Auf Zehenspitzen schlich ich durchs Zimmer und sammelte meine Kleider ein. Mein Slip lag am Fußende, der BH neben dem Bett. Die Jeans hatte sich auf dem Fußboden um einen meiner Pumps gewickelt. Zum Glück steckte mein Portemonnaie noch in der Gesäßtasche. Mein T-Shirt hing über der Stehlampe neben dem Bett. Ich konnte mich nicht daran erinnern, ob es im Eifer des Gefechts zufällig dort gelandet oder bewusst zweckentfremdet worden war, um das Licht zu dämmen. Am Fuße der Lampe entdeckte ich den Missetäter, der für Schwindel und Kopfweh verantwortlich sein musste: eine leere Tequilaflasche. Unter dem Bett angelte ich mir meinen zweiten Schuh aus dem Staub.

Das Kerlchen schlief wie ein Baby. Lautlos zog ich mich an und schlüpfte zur Tür hinaus. Eine Holztreppe führte hinunter ins Erdgeschoss. Die hochhackigen Pumps in der Hand, huschte ich auf Zehenspitzen die Stufen hinunter. Doch die Holztreppe quietschte verräterisch bei jedem Schritt. Ich blieb stehen und lauschte, aber das Schnarchen drang weiter laut und gleichmäßig durch die Tür.

Der Geruch von abgestandenem Bier und kaltem Rauch kroch mir aus der Gaststube entgegen. Unten im Hausflur ging es geradeaus nach draußen.

Dunkel erinnerte ich mich daran, dass das Kerlchen die Kneipentür abgeschlossen hatte. Ich hielt mich rechts, tappte den holzvertäfelten Flur entlang. Das Schnarchen wurde leiser. Rechts befand sich die Waschküche. Weiß gekachelte Wände. Unter dem Fenster standen Waschmaschine und Trockner. Davor ein Gebirge ungewaschener Wäsche. Kein Zweifel. Hier war ein Junggeselle zu Hause, der nur wusch, wenn auch die letzte Unterhose für untragbar befunden worden war. Und das konnte eben dauern.

Mit klopfendem Herzen schlich ich zur Außentür und drückte die Klinke hinunter. Abgeschlossen. Mist!

Mein Blick fiel auf das Fenster, unter dem Waschmaschine und Trockner standen. Mit dem Fuß schob ich das Wäschegebirge zusammen, beugte mich über die Waschmaschine und öffnete das Fenster. Frische Luft strömte in den Raum. Ich warf meine Pumps nach draußen, hörte, wie sie mit einem dumpfen Laut aufschlugen, und stemmte mich auf die

Waschmaschine. Vor dem Fenster führte ein gepflasterter Weg durch den Garten zur Straße. Ich kletterte hinaus, schnappte mir meine Schuhe und lief barfuß über den Hinterhof zur Straße. Vor dem *Wagenrad* – was für ein dämlicher Name für eine Kneipe – stand mein Auto.

Ich schlüpfte in meine Schuhe und stieg ein. Viel zu schnell fuhr ich über die Hauptstraße Richtung Ortsausgang. Aber ich hatte es eilig, dieses Kaff zu verlassen.

Wenn ich ehrlich war, hatte ich geahnt, dass mein Besuch im *Wagenrad* so enden würde, kaum dass ich gestern Abend die Kneipe betreten hatte.

Kai Kunze hatte einsam hinter seiner Theke gestanden. Das *Wagenrad* war eine richtige Dorfkneipe. Holzvertäfelte Wände, dunkles, altmodisches Gestühl, rustikale Holztische. Eine Kneipe, in die ich unter anderen Umständen keinen Fuß gesetzt hätte. Und auch KK beeindruckte mich zunächst nicht sonderlich. Klein, dunkelblondes kurz geschorenes Haar. Nur sein Pony war etwas länger und mit Gel merkwürdig nach oben gezwirbelt, wahrscheinlich eine Kreation der Dorffriseurin. KK, der wie Tobias Anfang vierzig sein musste, trug enge, verwaschene Jeans, Converse-Turnschuhe und ein blassgelbes, eingelaufenes T-Shirt. Die Aufschrift kokettierte mit seinem Alter: *Ich werde nicht älter – nur besser.* KK war schlank und durchtrainiert, das musste man ihm lassen. Für solche Typen hatte ich, die mit einem schmalbrüstigen Akademiker gesegnet war, der das Fitnessstudio scheute, schon immer eine Schwäche gehabt.

KK, der seine Kneipe gerade erst geöffnet hatte, sah mich an, als stünde eine Erscheinung vor ihm. Dabei hatte ich mich nicht mal besonders aufgetakelt. Jeans, rote Pumps, an denen noch Friedhofserde klebte, schwarzes, schlichtes T-Shirt, allerdings weit ausgeschnitten und figurbetont.

»Guten Abend, schöne Frau«, begrüßte mich Kunze.

»Ich bin Xenia. Die Frau von Tobias Rabe«, stellte ich mich vor.

Sofort verdunkelte sich Kunzes Miene. »Du Ärmste«, sagte er nur.

KK wusste also auch schon, was Tobias verbrochen hatte.

»Darf ich mich setzen?« Ich deutete auf den Barhocker direkt vor dem Tresen.

KK nickte. »Gerne doch. Magst du was trinken?« KK duzte mich, als wäre ich eine alte Freundin.

»Wasser, bitte.«

»Das ist nicht dein Ernst«, grinste KK.

»Dann schlag was vor!«

»Wein? Frauen trinken doch lieber leichte Sachen.«

Ich nickte. Mir war alles recht, Hauptsache, Kunze würde mit mir reden.

KK nahm ein Glas aus dem Wandregal hinter der Theke. »Ich hab dich schon erwartet«, gestand er. »Freya Hintsch hat angerufen und erzählt, dass du nach Tobias gefragt hast. Sie sagte, dass du hier auftauchen würdest. Habe nur nicht damit gerechnet, dass du so schnell bist. Sie hat mir sogar deine Handynummer gegeben«, zwinkerte KK mir zu, nahm ein trockenes Handtuch und polierte den leicht trüben Schleier weg, den das billige Geschirrspülmittel auf dem Glas hinterlassen hatte.

»Du musst das Glas nicht polieren, so empfindlich bin ich nicht.«

»Na, wenn ich schon mal so hohen Besuch von einer Lady aus der Hauptstadt habe.« KK lachte. Ein fröhliches Lausbubenlachen.

Der Wein, billiger Kaufhausfusel, war von durchsichtigem Rot und schmeckte sauer.

Kunze hatte sich ein kleines Glas Tequila eingeschenkt und prostete mir zu.

»Ich möchte mit dir über Tobias reden«, formulierte ich eine Spur zu förmlich. Schließlich war KK über den Grund meines Besuches bereits bestens im Bilde.

Kunze nickte. »Dann schließe ich am besten meinen Laden, damit wir nicht gestört werden.« KK kam hinterm Tresen hervor, ging zur Tür und schloss sie ab. Er brannte offenbar regelrecht darauf, mit mir zu reden.

»Du bist mit Tobias zur Schule gegangen?«, fragte ich.

KK nickte. »Er war mein bester Freund.« Er trank seinen Tequila. Pur. Ohne Salz, ohne Zitrone. KK stand da, leicht breitbeinig, seine Daumen klemmten in den Gürtelschlaufen seiner Jeans. Ungeniert starrte er mir in den Ausschnitt. Hatte ich mich getäuscht? War KK gar nicht erpicht darauf, mit mir über Tobias zu reden? Hegte er ganz andere Pläne? Ich muss zugeben, dass es mir schmeichelte. Wochenlang war ich für alle nur die Frau des Mörders gewesen. Endlich stand ich wieder einem Mann gegenüber, der in mir eine Frau sah. Und der keinen Hehl daraus machte, dass ich ihm gefiel. In diesem Moment ahnte ich, dass KK ein leichtes Spiel mit mir haben würde.

Ich schob ihm das halb volle Glas mit dem billigen Wein hin. »Ich glaube, ich hätte doch lieber was Härteres.«

Wortlos hielt Kunze die Flasche *Sierra* in die Höhe.

Ich nickte.

KK grinste. Ein schelmisches Grinsen, das mir ein Kribbeln durch den Magen jagte. Dieser Mann reizte mich irgendwie.

Obwohl der Tequila in der Speiseröhre brannte, tat er mir gut. Ich wurde sofort locker, die Befangenheit fiel von mir ab.

»Wir haben überstürzt geheiratet, kannten uns kaum«, erzählte ich.

Das leise Knarren der Türklinke, die nach unten gedrückt wurde, verriet, dass ein Gast Einlass begehrte.

KK kümmerte sich nicht darum. »Wenn du Tobias gekannt hättest, wärest du nicht seine Frau geworden.« Der Ton seiner Stimme verriet, dass KK diesen Satz nicht einfach so dahergesagt hatte. Er schenkte uns nach. Erst jetzt fiel mir das geflochtene Lederarmband auf, das KK am rechten Handgelenk trug und das ein wenig albern wirkte.

»Tobias und ich waren in Wahrheit keine wirklichen Freunde«, fuhr er fort. »Tobias brauchte auch gar keine. Er suchte Leute, die zu ihm aufsahen, ihn bewunderten, taten, was er sagte. Oder solche, mit denen er sich schmücken konnte. In der Schule war er immer hinter den schönsten Weibern her. Nicht, weil sie ihn interessierten. Er nutzte sie als Aushängeschild. Ich habe lange gar nicht merken wollen, was er für ein Arschloch war. Bis die Sache mit seinem Bruder passierte.«

Kunze stürzte den nächsten Tequila hinunter. Ich tat es ihm gleich.

Wieder bewegte sich die Türklinke. Das *Wagenrad* war offenbar eine beliebte Kneipe – oder die einzige im Ort.

»Tobias hat nie erwähnt, dass er einen Bruder hatte. Er sprach überhaupt nie über seine Familie. Ich kannte nicht mal meine Schwiegermutter.«

KK nickte. »Wundert mich nicht.«

»Holger ist sehr jung gestorben«, tastete ich mich vorsichtig an das Familiengeheimnis heran.

»Mit dreizehn«, ergänzte KK.

»Wie ist er …«

»Selbstmord.«

Die Antwort traf mich wie eine Ohrfeige. Ich war davon ausgegangen, dass Holger bei einem Unfall gestorben war.

»Er hat sich umgebracht?«, wiederholte ich ungläubig.

»Tobias hat ihn in den Tod getrieben«, präzisierte KK, leerte sein Glas, knallte es auf den Tresen und schenkte sofort nach. Sein schelmisches Grinsen war einem Zug unendlicher Trauer gewichen.

»Und um der ganzen Wahrheit die Ehre zu geben: Ich bin auch nicht unschuldig an Holgers Tod.«

Ich leerte mein Glas, schob es KK über den Tresen. Einen Moment lang war es ganz still in der Gaststube. Nur das leise Plätschern, mit dem sich unsere Gläser erneut füllten, war zu hören.

»Holger war fünf Jahre jünger als Tobias«, fing KK an zu erzählen. »Ein Nachzügler, der eigentlich nicht geplant war. Ein entzückendes Kind. Weißblonde Locken, die später nachdunkelten, braune Augen. Holger hatte ein ruhiges Gemüt, lächelte jeden an, auch Fremde. Er war das glatte Gegenteil von seinem hitzigen Bruder Tobias, der immer sofort losbrüllte, wenn es nicht nach seinem Willen ging.«

Ich wagte kaum, mich auf dem Barhocker zu rühren aus Angst, seinen Redefluss zu unterbrechen.

»Schon bald war Holger der Liebling seiner Eltern, stieß Tobias, den Kronprinzen, der fünf Jahre Mittelpunkt gewesen war, vom Thron. Das verzieh Tobias seinem kleinen Bruder nie. Kaum, dass Holger laufen konnte, ließ Tobias keine Gelegenheit aus, ihn zu quälen. Er machte sich über ihn lustig, wenn er spielte, schuf eine feindselige Atmosphäre, in der Holger immer auf der Hut sein musste. Trotzdem sah Holger zu seinem großen Bruder auf, buhlte um seine Zuneigung. Einmal, Holger war vielleicht gerade fünf Jahre alt, kam er freudestrahlend angelaufen und wollte seinem großen Bruder ein Bonbon geben. Tobias schlug Holger die Süßigkeit mit voller Wucht aus der Hand. Das Bonbon fegte über den Asphalt. Holger war einen Moment lang wie versteinert, bevor sich seine Augen mit Tränen füllten. Wir standen einfach nur da. Tobias und ich. Dann lachte er. Und ich fiel ein. Ich tat ja immer alles, was mein vermeintlich bester Freund wollte.«

Kunze machte eine Pause, um sich eine Zigarette anzuzünden. Er hielt mir die Schachtel hin, doch ich schüttelte den Kopf.

»Tobias war blind vor Hass und Eifersucht«, fuhr KK fort und blies den Rauch durch die Nase. »Als Holger etwas älter war, so um die zehn Jahre, erzählte Tobias überall herum, dass er noch in die Hose schiffen würde. Wahrscheinlich stimmte das gar nicht. Jedenfalls ist mir nie aufgefallen, dass Holger stank, doch Tobias war jede Lüge recht, um andere Kinder gegen seinen Bruder aufzuhetzen. Die Kinder hänselten Holger, nannten ihn ›Hosenscheißer‹. Ein Spitzname, der bald im Dorf die Runde machte, selbst die Erwachsenen riefen ihn so. Niemand wollte mit Holger spielen. Und wenn er doch einmal einen Spielkameraden gefunden hatte, setzte Tobias sofort alles daran, diese Freundschaft zu zerstören. So wurde Holger ein sehr einsames Kind. Seinen Eltern fiel zwar auf, dass ihr jüngster Sohn ein Außenseiter war. Doch sie hatten nicht die geringste Ahnung, dass Tobias dafür verantwortlich war. Denn so sehr Holger auch litt, nie verriet er seinen großen Bruder.« Kunzes Zigarette war bis zur Hälfte verglimmt, die Asche krümmte sich, fiel aber nicht hinunter. »Um Holgers Einsamkeit zu lindern, schenkten seine Eltern ihm eines Tages zum Geburtstag einen Schäferhundwelpen. Holger nannte seinen Hund Harras, das Tier wurde sein bester Freund. Wenn Holger aus der

Schule kam, lief Harras ihm schwanzwedelnd entgegen, sprang an ihm hoch. Harras wich nicht von Holgers Seite. Saß bei den Schularbeiten neben ihm, streifte mit ihm anschließend über die Wiesen. Holger hielt seinen Hund nie an der Leine, denn er gehorchte ihm aufs Wort. Holgers Eltern waren froh, als ihr Sohn aufblühte. Nur Tobias konnte nicht mit ansehen, dass es seinem Bruder gut ging. Nicht mal einen tierischen Freund gönnte er ihm. Harras hielt sich fern von Tobias, das Tier schien zu spüren, dass ihm nicht zu trauen war. Tobias machte das fuchsteufelswild.« KK erstickte die Glut seiner Zigarette im Aschenbecher und zündete sich die nächste Kippe an.

»Eines Nachmittags folgten wir Holger und Harras unauffällig. Holger streunte mit seinem Hund durch die Kornfelder. Harras, der ja noch nicht ausgewachsen war, sprang alle paar Meter in die Höhe, um etwas sehen zu können. Ein lustiges Bild. Natürlich war es uns Kindern streng verboten, durch die Felder zu laufen. Aber wer tat das nicht?«

KK trank und goss sich das nächste Glas Tequila ein. Die Flasche war nun fast leer.

»Tobias und ich hielten so viel Abstand, dass uns die beiden nicht bemerkten«, erzählte er weiter. »In weitem Bogen fuhren wir mit unseren Fahrrädern um das Feld herum. Dann warfen wir die Räder ins Gras und duckten uns. Als Holger mit Harras aus dem Feld kam, standen wir auf. Holger erschrak. Ich weiß noch, was für ein erhabenes Gefühl das war. Holger war klein. Wir waren groß. Und wir hatten ihn erwischt. Heute schäme ich mich. Aber damals …« KK trank den Tequila wie Wasser. Doch obwohl er nun schon ein paar Gläser gekippt hatte, merkte man ihn nicht an, dass er Alkohol intus hatte. Aber als Wirt war er wahrscheinlich ein geübter Trinker.

»›Was fällt dir ein, durch das Feld zu laufen?!‹, brüllte Tobias seinen Bruder an. Holger stand da, starr vor Schreck. Harras knurrte. Aber er fletschte die Zähne nicht, er war ein gutmütiges Kerlchen. Tobias warf den Rucksack, den er über der Schulter getragen hatte, zu Boden und öffnete ihn. Er holte Maulkorb und Leine hervor, warf Holger das Geschirr vor die Füße. ›Los, leg ihm das um‹, herrschte er seinen Bruder an. Holger zitterte. Doch er tat, was Tobias ihm befohlen hatte. Widerstandslos ließ sich Harras von Holger Maulkorb und Leine umlegen. Kaum dass der Hund gefesselt und geknebelt war, riss Tobias Holger die Leine aus der Hand, zerrte Harras in Richtung eines Baumes. Harras sträubte sich, stellte sich auf die Hinterbeine. Aber Tobias war stärker, Harras war ja noch ein Welpe. Tobias band den Hund am Baum fest, ging zurück zu seinem Rucksack und holte nun einen Knüppel heraus. Harras winselte. Holger schrie: ›Nein, nein!‹ Tobias fuhr herum, funkelte seinen Bruder an und hob drohend den Prügel. ›Der Hund muss bestraft werden. Und wenn du nicht ruhig bist, kriegst du auch was‹, zischte er. Holger liefen die Tränen übers Gesicht. Die ganze Zeit stand ich dabei und rührte mich nicht. Mir war mulmig zumute. Wir hatten abgemacht, Holger nur ein bisschen zu erschrecken. Das hier ging mir entschieden zu weit. Holger stürzte sich auf Tobias, umklammerte seinen Arm mit beiden Händen. ›Nein, nein, du darfst Harras nichts tun. Bitte, bitte. Wir gehen nie wieder durchs Feld‹, heulte er. Harras bellte. Tobias löste sich aus der Umklammerung, schubste seinen Bruder zu Boden. Harras kauerte wehrlos am Boden, hatte die Ohren angelegt, winselte. Nie werde ich den Blick des Hundes vergessen. Tobias holte aus. Das war der Moment, in dem ich wach wurde. Ich schrie und stürzte auf ihn zu, hielt seinen Arm fest. Doch seine entfesselte Wut verlieh Tobias eine Kraft, gegen die ich keine Chance hatte. Er schüttelte mich ab und ich ging zu Boden. Ehe ich mich aufrappeln konnte, drosch Tobias auf Harras ein. Einmal. Zweimal. Harras jaulte. Holger hängte sich an Tobias' Arm und biss zu. Ich sprang ihn von hinten an, schlang meine Arme um seinen Hals und drückte ihn nach hinten. Tobias wehrte sich, sodass wir alle drei zu Boden gingen. Im Gerangel bekam ich den Knüppel zu fassen und riss ihn Tobias aus der Hand. Er kam wieder auf die Beine. Doch nun, nachdem ich ihm den Knüppel entwunden hatte, hatte er keine Chance mehr gegen mich. Wortlos, mit feuerrotem Gesicht, nahm Tobias sein Fahrrad, stieg auf und trat in die Pedale. Noch heute sehe ich vor mir, wie das Rad unter ihm im Sand wegrutschte, sodass er absteigen und die ersten Meter schieben musste. Er drehte sich noch einmal zu uns um. ›Das wirst du mir büßen‹, drohte er Holger. Dann machte er sich davon. Ein paar Wochen später war Harras tot. Er starb nicht an den Schlägen, die hatten ihn nicht mal ernsthaft verletzt. Tobias hatte ihn vergiftet. Davon war Holger überzeugt, denn er fand in Tobias' Schreibtisch Rattengift. ›Tobias wird mich nie in Ruhe lassen‹, weinte Holger, als er mir vom Tod seines Hundes erzählte. Ich wusste damals keine rechte Antwort, versuchte Holger zu trösten, indem ich ihm anbot, mir Tobias vorzuknöpfen. Doch Holger schüttelte nur den Kopf. Ein paar Tage später erhängte er sich im Wald. Wenige Stunden vor seinem Tod hatte er einen Brief für seine Eltern aufgegeben. Postlagernd – damit Tobias ihn nicht in die Finger kriegte. Als Elena Rabe die Sendung nach Holgers Beerdigung abholte, fand sie in dem Umschlag nicht nur Holgers Abschiedsbrief, in dem er beschrieb, wie Tobias ihn all die Jahre gequält hatte, sondern auch die Tüte mit dem Rattengift.

Seine Eltern schickten Tobias aufs Internat. Er glänzte fortan mit besten Noten, wohl, damit seine Eltern ihm verziehen. Er gewann sogar überregionale Mathematik-Wettbewerbe. Doch seine Eltern wollten Tobias nicht mal mehr in den Ferien sehen. Im Dorf erzählten sie, ihr Sohn brauche nach dem Selbstmord seines Bruders Abstand. Gerd Rabe hat mir die Wahrheit mal im Suff erzählt. Er kam nie über den Selbstmord seines jüngsten Sohnes hinweg, fing an zu trinken und starb früh. Und auch Elena wollte nichts mehr mit Tobias zu tun haben. Selbst als sie schwer krank wurde, ließ sie sich nicht erweichen. Obwohl Tobias wohl immer mal wieder einen Anlauf gemacht hat, sich mit seiner Mutter zu versöhnen.«

In der Gaststube war es dunkel geworden. Und still. Das blassgelbe T-Shirt verriet, dass sich KKs Brustkorb unregelmäßig hob und senkte. Er weinte. Lautlos.

»Ich hätte gleich, nachdem Tobias den Hund geschlagen hatte, zu seinen Eltern gehen sollen«, flüsterte er mit tränenerstickter Stimme.

Ich ging um den Tresen herum. Schlang meine Arme um seinen Hals. KK war nur ein paar Zentimeter größer als ich. Erst jetzt merkte ich, wie angenehm es ist, einen Mann zu umarmen, der in etwa gleich groß ist. Man fühlt sich nicht so klein. KK drehte sich zu mir, drückte mich an sich. Ich schmiegte mich an ihn, roch sein Rasierwasser. Wir standen eine Ewigkeit so da. Wir litten an der gleichen Wunde, hatten uns in demselben Menschen getäuscht.

Irgendwann küsste ich KK. Erst auf die Wange, schmeckte seine salzigen Tränen. KK zog mich dichter zu sich heran. Küsste mich zurück. Zaghaft. Plötzlich fuhren seine Hände unter mein T-Shirt. Er hielt einen Moment inne, wartete, ob ich protestieren würde. Dann erst öffnete er meinen BH.

Just in diesem Moment drückte erneut jemand die Klinke hinunter und bollerte, als die sich nicht öffnen ließ, mit der Faust an die Tür. Wortlos nahm mich KK an die Hand und führte mich die Treppe hinauf in sein Schlafzimmer.

Wir rissen uns die Kleider vom Leib, als wäre es das Selbstverständlichste von der Welt. Wir sanken auf die Matratze. Unter uns gluckste das Wasser. Doch das Wasser schwabbelte zu sehr. Kein Fundament für guten Sex. Sex auf dem Wasserbett, das lernte ich in diesem Moment, ist ein Mythos. Wir zogen um auf den Fußboden. KK zog die geschmacklose Webpelzdecke mit Leopardenmuster vom Bett, breitete sie unter uns auf dem harten Parkettboden aus.

Dann fielen wir, anders kann man es kaum ausdrücken, übereinander her. Und ich schrie. Schrie so laut vor Lust, wie ich es noch nie beim Sex getan hatte.

Bei KK konnte ich mich gehen lassen. Gehörte mir, meiner Leidenschaft. Und ihm. Zwischen uns gab es nichts. Die Lust katapultierte mich in eine andere Welt. Er war der Mann, den ich hätte heiraten sollen. Das schwante mir, als ich aufwachte. Aber diese Nähe, das Tor, das er in meiner Seele aufgestoßen hatte, flößte mir Angst ein. Deshalb musste ich fliehen.

Ich raste auf der Autobahn 24 Richtung Berlin, als plötzlich mein Handy fiepte. Mit der linken Hand nahm ich das Telefon, rief die SMS ab und las: *Ich vermisse dich. KK.*

*

Notwehr – SEK-Beamter erschoss Drogendealer.

Als Matze Sarah die Pressemitteilung auf den Schreibtisch legte, wusste sie, dass der Fall eingetreten war, vor dem sie sich immer am meisten gefürchtet hatte. Basti war wegen der

Sache mit seinem Kumpel noch immer krank. Und nun musste sie ihn vertreten.

»Sarah-Schätzchen«, nölte Matze. »Hopp, hopp. Wir müssen uns beeilen. Bei der Polizei geht es nicht so sutsche zu wie im Theater.«

Das Sondereinsatzkommando der Polizei pflegte seine Einsätze nicht über Funk zu verhandeln. Deshalb hatte die Redaktion erst jetzt durch die Pressemitteilung von dem Toten erfahren.

Und natürlich wollte Hartmut eine Geschichte haben. Missmutig stand der Lokalchef in der Redaktion. Die Pfefferminzbonbons, die er schon den ganzen Morgen lutschte, konnten seine Alkoholfahne nicht vertreiben.

»Also«, bellte er. »Beeilt euch. Ich brauch die Geschichte bis sechzehn Uhr. Danach will ich ins Wochenende.«

Hartmut, der von seiner Frau getrennt lebte, aber noch nicht geschieden war, hatte eine neue Flamme in Hamburg, zu der er fast jedes Wochenende fuhr. Irgendeine junge Piepsmaus. Sarah hatte die beiden mal zufällig zusammen in Berlin getroffen. Die Piepsmaus, der man ansah, dass sie Dauergast im Solarium war, hing an Hartmuts Arm, blickte im wahrsten Sinne des Wortes zu ihm auf und kicherte mit hoher, unerträglicher Mickymausstimme über seine dümmlichen Altherrenwitze.

Im Auto versuchte Matze, Sarah zu trösten. »Ich weiß ja, dass du keinen Bock auf diese Geschichten hast und lieber in Kultur machst. Aber wir werden das schon schaukeln. Ich helfe dir. Und mit ein bisschen Glück ist Basti ja nächste Woche wieder auf'm Damm.«

Sarah war gerührt.

Matze steuerte den Wagen in eine gutbürgerliche Wohngegend. Sarah wunderte sich. Das Haus war um die Jahrhundertwende gebaut worden und wirkte sehr gepflegt. Vor der Tür stand, umringt von Journalisten, ein Pressesprecher der Polizei. Während Matze sofort anfing, Fotos zu schießen, gesellte sich Sarah zu dem Pulk und hörte zu. Sie waren offenbar gerade rechtzeitig gekommen. Denn der Pressesprecher fing an, eine Erklärung vom Blatt abzulesen.

»Gestern Nacht um 0.48 Uhr stürmte das SEK die Wohnung im ersten Stock. Wohnhaft war hier der dreiundvierzigjährige Hagen G. Ein vorbestrafter Dealer. Die Polizeimaßnahme war notwendig, weil Hagen G. Waffen und Handgranaten in seiner Wohnung versteckt hielt.«

Wie gestelzt der daherredet, dachte Sarah, während sie sich Stichworte notierte.

»Die Kollegen öffneten die Tür. G. stand im Flur, hatte schon die Waffe gezückt, sodass dem SEK-Beamten nichts anderes übrig blieb, als zu schießen. Der Mann starb auf dem Weg ins Krankenhaus.«

Eilfertig kritzelten die Kollegen das, was der Pressesprecher ihnen diktierte, in ihre Blöcke.

»Tja«, sagte einer. »Mit der Polizei sollte man sich eben nicht anlegen.«

Der Pressesprecher nickte zufrieden. »Dem Kollegen, der geschossen hat, geht es jetzt auch nicht gut. Niemand tut das gerne«, sagte er.

Plötzlich brummte Sarahs Handy in ihrer Jackentasche.

Es war Matze. »Sarah, sag jetzt nichts. Hör mir nur zu. Geh um das Haus herum. Die Hintertür ist offen. Ich stehe im Treppenhaus und habe hier eine interessante Gesprächspartnerin aufgetan. Bis gleich.«

Sarah tat, was Matze ihr aufgetragen hatte. Der Pressesprecher und die Kollegen nahmen keinerlei Notiz von ihr. Der Pulk war ohnehin gerade im Begriff, sich aufzulösen. Es war Freitag, alle hatten es eilig, Feierabend zu machen. An der Seite des Hauses führte ein schmaler Gang in den Hinterhof.

Kaum, dass Sarah die Tür hinter sich geschlossen hatte, hörte sie Matzes Stimme, die durch das Treppenhaus hallte. Leise ging Sarah nach oben.

Auf dem Treppenabsatz im zweiten Stock stand Matze und redete mit einer alten Frau. Sie mochte so um die achtzig sein.

»Gestern Nacht habe ich Lärm im Treppenhaus gehört. Getrampel, Stimmen. Und dann einen Schuss. Ich bin aus dem Bett hochgefahren, hatte ja schon geschlafen. Im Treppenhaus war überall Polizei. Die Beamten haben mich in meine Wohnung zurückgescheucht. Von meinem Fenster aus konnte ich beobachten, wie der Krankenwagen kam. Auf der Trage schafften sie Herrn Greiner raus.« Ihre Stimme brach. Die Frau trug eine blaue Kittelschürze aus Nylon und blickdichte Venenstrümpfe. Ihre Beine waren spindeldürr wie die eines Kindes. Obwohl Sommer war, steckten ihre Füße in Wildlederpuschen, die mit Schaffell gefüttert waren.

»Meine Kollegin, Frau Obermeier«, machte Matze Sarah bekannt.

Die alte Frau nahm sie gar nicht wahr, zog ein zerknülltes Papiertaschentuch aus der Kittelschürze und drückte es auf ihre Augen.

»Ich kann mir beim besten Willen nicht vorstellen, dass Herr Greiner irgendwas Verbotenes gemacht hat. Er war immer so nett und hilfsbereit.«

Sarah nickte der Frau zu. »Was war denn der Herr Greiner für ein Typ? Ich meine, wovon lebte er?«

»Er war schon lange arbeitslos«, schniefte die alte Frau. »Ob er was gelernt hat, weiß ich nicht. Aber er hatte es auch nicht nötig zu arbeiten. Er lebte in einer Eigentumswohnung, hatte doch geerbt.« Die alte Frau knetete das Taschentuch in ihren Händen. Auf ihrer Haut, die mit Altersflecken übersät war, lag ein perlmuttartiger Schimmer. Die beiden miteinander verschweißten goldenen Eheringe verrieten, dass sie Witwe war.

»Seine Eltern sind tot. Sein Vater war Brückenbauingenieur und in aller Welt unterwegs. Hagen Greiner war mal mit einer Frau liiert. Sie lebten nicht zusammen, hatten aber eine Tochter.« Wieder drückte die alte Dame sich das Taschentuch auf die Augen.

»Wissen Sie, wo die Frau wohnt?«, hakte Matze nach.

Sarah starrte ihn an. Er wollte doch wohl nicht da hinfahren ... Die Frau schüttelte zu Sarahs großer Erleichterung den Kopf.

»Nun möchte ich wieder in meine Wohnung«, schluchzte die Nachbarin.

Sarah und Matze nickten. Schweigend gingen sie die Treppe hinunter, bemühten sich, behutsam aufzutreten, um keine Aufmerksamkeit zu erregen.

Als sie zurück auf die Straße vor dem Haus kamen, stand der Polizeisprecher noch immer auf seinem Posten, gerade so, als würde er Wache schieben. Nur Journalisten waren keine mehr zu sehen.

Merkwürdig, dachte Sarah und ging zu ihm.

»Ich habe da noch ein paar Fragen.« Sarah bemühte sich, möglichst freundlich zu klingen.

»Na, dann mal los«, knurrte der Sprecher.

»Hatten Sie eigentlich einen Durchsuchungsbeschluss für die Wohnung?«

»Schon mal was von Gefahr in Verzug gehört, junges Fräulein?«, blaffte der Polizeibeamte.

»Sicher«, schnappte Sarah zurück. »Ich hab Jura studiert.«

Das saß. »Ja, es gab einen Durchsuchungsbeschluss«, fuhr der Beamte sie an. »Sie denken wohl, dass wir einfach so in Wohnungen gehen und Leute erschießen, was?«

Sarah ließ sich nicht provozieren. »Sie sagten vorhin, der Mann sei vorbestraft. Können Sie mir sagen, weshalb?«

Der Beamte sah sie kalt an. »Sagen Sie mal – von welcher Zeitung sind Sie eigentlich? Von der *taz?*«

»*Berliner Express.* Obermeier ist mein Name«, antwortete Sarah und sah dem Beamten geradewegs ins Gesicht.

»Sie sind wohl neu da, was? Macht das nicht sonst Herr Schellenberger?«

»Der ist krank.«

»So, so«, gab der Beamte unwirsch zurück. »Rufen Sie mich nachher im Präsidium an. Dann kann ich Ihnen die Vorstrafen nennen.«

Doch Sarah war noch nicht fertig. »Sie sagten, der Mann habe eine Waffe gezückt. Was für eine Waffe war das?«

Die Augen des Polizeisprechers verengten sich zu schmalen Schlitzen. »Auch das muss ich Ihnen später sagen. Die Ermittlungen sind noch nicht abgeschlossen.«

Sarah ließ nicht locker. »Sind Drogen und Handgranaten in der Wohnung gefunden worden?« Um den Polizeisprecher nicht zu provozieren, setzte sie ihr unschuldigstes Klein-Mädchen-Lächeln auf.

»Rufen Sie mich nachher in der Polizeipressestelle an und Sie kriegen alle Infos.« Sein Ton verriet, dass er Sarah loswerden wollte.

»Danke schön«, verabschiedete sich Sarah.

Matze hatte unterdessen genug Bilder geschossen. Gemeinsam machten sie sich auf den Weg zum Auto, das Matze ein paar Straßen entfernt geparkt hatte.

»Komische Geschichte«, sagte Matze, als sie außer Hörweite des Polizisten waren.

Sarah nickte. »Irgendwas stimmt hier nicht. Der Pressesprecher hat mich auf später vertröstet, weil er nicht alle meine Fragen beantworten konnte.«

Sie waren schon fast beim Wagen angekommen, als sie plötzlich ein Keuchen hinter sich hörten. Sarah und Matze drehten sich um.

Eine Frau, vielleicht Mitte dreißig, lief hinter ihnen her. »'tschuldigen Sie!«

Die Frau war völlig außer Atem. Ihr kinnlanges, hennarotes Haar fiel ihr strähnig ins Gesicht. Sie war sehr blass und so dünn, dass sich ihre Schlüsselbeine unter dem Stoff ihres verwaschenen Sommerkleides abzeichneten. Sie trug schmuddelige, ausgelatschte Turnschuhe, bei denen sich der Gummirahmen an einigen Stellen vom Leinenstoff löste.

»Sind Sie von der Presse?«, japste die Frau.

»Ja, warum?«, antwortete Sarah.

»Mein Name ist Regine Kampen. Ich habe eben gesehen, wie Sie fotografiert und den Polizisten befragt haben, da habe ich mir schon gedacht, dass Sie beide Reporter sind. Ich war gestern in der Wohnung von Hagen Greiner, als er …« Tränen schossen ihr in die Augen.

»Sie waren in der Wohnung?«, fragte Sarah entgeistert.

Die Frau nickte. »Wir waren gerade zu Bett gegangen, als plötzlich die Tür aufgebrochen wurde. Wir dachten, es seien Einbrecher. Hagen hat seine Gaspistole aus dem Nachtschrank genommen und ist raus auf den Flur. Dann hörte ich plötzlich einen Schuss. Und ein Poltern. Ich bin aus dem Bett. Und da lag Hagen im Flur. Er blutete aus einer Wunde in der Brust.« Die Frau schluchzte.

»Sie waren dabei und haben alles miterlebt?«, hakte Sarah

ungläubig nach. Eine Zeugin hatte der Pressesprecher mit keiner Silbe erwähnt.

»Das ist ja wirklich ein dickes Ei«, murmelte Matze, doch die Frau schien ihn nicht zu hören, atemlos erzählte sie weiter.

»Die Polizisten haben mich sofort festgenommen und ins Präsidium geschafft. Die ganze Nacht bin ich verhört worden. Sie wollten wissen, wo die Handgranaten versteckt sind. Und die Drogen. Ich habe nur Bahnhof verstanden. Gegen Morgen durfte ich endlich gehen. Dabei habe ich nichts verbrochen. Und auch Hagen nicht! Das Ganze war wie ein Überfall!« Die Frau zitterte. Aber sie war bemüht, sich zusammenzunehmen, weil sie etwas loswerden wollte. »Im Internet habe ich gelesen, dass die Polizei behauptet, Hagen sei Drogendealer gewesen und habe Handgranaten in seiner Wohnung versteckt. Bitte, bitte, Sie müssen mir glauben!« Ihre Stimme bebte. »Wir haben gekifft, ja. Aber Hagen war kein Drogendealer. Und außer seiner Gaspistole hatte er keine Waffen in seiner Wohnung, geschweige denn Handgranaten!«

»Dann sind Sie also die Lebensgefährtin von Hagen Greiner, mit der er ein Kind hat?«, kombinierte Sarah.

Die Frau schüttelte den Kopf. »Das ist seine Ex. Wir waren noch nicht lange zusammen.«

»Wissen Sie, wo seine Ex wohnt?« Ohne es zu merken, stellte Sarah diese Frage, als wäre es das Selbstverständlichste von der Welt.

»Nein, das weiß ich wirklich nicht.«

Sarah notierte die Kontaktdaten von Regine Kampen. Obwohl die Frau völlig aufgelöst war, ließ sie sich bereitwillig von Matze fotografieren. »Ich habe nichts zu verbergen. Sie können alles schreiben, was ich gesagt habe. Es ist die reine Wahrheit.«

Sarah gab der Frau zum Abschied die Hand. Sie war knochig und eiskalt. »Schreiben Sie auf, was hier passiert ist!«, flehte Regine Kampen.

Sarah nickte.

In der Redaktion hängte sie sich sofort ans Telefon und versuchte, den Polizeisprecher zu erreichen. Vergeblich. Eine halbe Stunde lang probierte Sarah verschiedene Nummern der Pressestelle, doch ohne Erfolg. Als sie endlich in der Zentrale des Polizeipräsidiums durchkam, erfuhr Sarah, dass »die Herrschaften aus der Pressestelle sich schon lange in den Feierabend verabschiedet« hatten.

Das konnte ja wohl nicht wahr sein! Sarah hackte ein Fax an den Polizeipräsidenten in ihren Computer. Nach der freundlichen, fast unterwürfigen Bitte, ihr bei der Klärung dieser Angelegenheit behilflich zu sein, formulierte sie – garniert mit dem Hinweis auf das Auskunftsrecht der Presse – ein paar scharfe Fragen: *Was war Grundlage zur Annahme, dass Greiner Waffen und Handgranaten in seiner Wohnung verstecken würde? Was für eine Waffe hat Herr Greiner auf den SEK-Beamten gerichtet? Wurden in der Wohnung tatsächlich Handgranaten oder Waffen gefunden, wenn ja, welche? Sind Drogen in der Wohnung gefunden worden? War Hagen Greiner vorbestraft?*

Sarah schrieb sich richtig in Rage. Wäre ja noch schöner, wenn dieser Polizeisprecher meinte, sich um Antworten drücken zu können. Als sie kurz darauf den Flur zum Druckerraum entlanglief, kam ihr Hartmut entgegen. Er war ihr zuvorgekommen, hatte das Fax aus dem Drucker gezogen und las den Text im Gehen.

»Sag mal, hast du nicht mehr alle Tassen im Schrank?!«, brüllte der Lokalchef und ließ das Blatt sinken. Die Ader an seiner Schläfe pochte.

»Wie…so«, stammelte Sarah.

»Du willst doch wohl nicht etwa die Polizei anpissen?!« Hartmut schrie so laut, dass ihre Kollegen im Großraumbüro am Ende des Ganges von ihren Schreibtischen aufsahen.

»Ich sage ja nicht, dass die Polizei Mist gebaut hat. Aber es gibt hier eine Reihe von Fragen. War der Mann wirklich ein Drogendealer? Hatte er tatsächlich Handgranaten bei sich zu Hause? Hat er die Polizisten wirklich mit einer Waffe bedroht? Oder hielt er das SEK für Einbrecher und zog seine Gaspistole?« Sarah zitterte innerlich, ihre Stimme überschlug sich und geriet eine Spur zu schrill. Das ärgerte sie, denn obwohl sie im Recht war, verlieh ihr dieser Ton die Überzeugungskraft einer hysterischen Zicke.

Das spiegelte sich in Hartmuts Blick, der sie mit einer Verachtung anfunkelte, die an Hass grenzte.

»Ich weiß genau, was in diesem kleinen Köpfchen vorgeht«, zischelte er. »Du witterst hier einen Skandal, mit dem du dich profilieren kannst.«

»Unsinn«, erwiderte Sarah trotzig. »Fragen wird man als Journalistin ja wohl noch stellen dürfen.« Sie war ihrem Chef noch nie ins Wort gefallen, wunderte sich über sich selbst.

Hartmut senkte seine Stimme auf ein gefährlich klingendes Timbre – leise, verschlagen. Seine Unterlippe bebte. Vor Wut. Oder weil Hartmut unter leichten Entzugserscheinungen litt und wieder einen Schluck brauchte.

»Du wirst jetzt aufschreiben, dass der SEK-Beamte den Drogendealer in Notwehr erschossen hat. Und zwar *genau* das. Selbst wenn sich die Bullen mal getäuscht haben sollten: Wo gesägt wird, fallen Späne. Und wir brauchen die Polizei. Jeden Tag. Weil wir nämlich unser Blatt füllen müssen und darauf angewiesen sind, dass die Bullen uns Informationen geben.«

Hartmut zerknüllte das Fax und warf Sarah den Papierball an den Kopf.

»Du kannst halt doch bloß deinen Kulturkitsch tippen«, sagte er verächtlich und ließ sie stehen.

Sarah fühlte sich wie ein begossener Pudel, brachte keinen Ton über die Lippen. Ihre Wangen glühten. Was bildete sich dieser Schlappschwanz eigentlich ein? Nicht nur, dass er sie zutiefst gedemütigt hatte. Viel Schlimmer war, dass er es nicht wagte, der Polizei ein paar kritische Fragen zu stellen. Dieses Arschloch war gar kein Journalist. Er war ein Verkäufer. Ein Duckmäuser. Wütend stapfte Sarah den Flur entlang zu ihrem Schreibtisch zurück. Keiner ihrer Kollegen sagte ein Wort. Die Blicke auf die Bildschirme geheftet, konzentrierten sie sich scheinbar auf ihre Texte. Einige waren verängstigt. Andere schadenfroh. Feige Bande. Nur Matze kam an ihren Schreibtisch, stellte ihr wortlos einen Becher frisch gebrühten Kaffee neben den Rechner.

Sarah sah ihn dankbar an. Dann tippte sie in Windeseile die Meldung über den tödlichen Polizeieinsatz in ihren Computer. Allerdings achtete sie peinlich genau darauf, sich von der Version der Polizei zu distanzieren, wählte Formulierungen wie: *nach Angaben der Polizei soll …* und *laut Polizei hatte der Mann angeblich …*

Mal sehen, ob Hartmut ihr diese Redewendungen aus dem Text streichen würde. Nächste Woche hatte dieser Scheißkerl Urlaub. Fuhr zu seinem Piepsmäuschen nach Hamburg. Dann hatte sie wenigstens ein paar Tage Ruhe vor ihm.

Sobald Basti wieder da war, würde er diese blöde Kuh feuern, dachte Hartmut Gnitzke, als er seine Bürotür hinter sich ins Schloss knallen ließ. Was die sich einbildete!

Gnitzke öffnete den Garderobenschrank, schob seinen

Trenchcoat beiseite und holte die Wodkaflasche aus ihrem Versteck. Er nahm einen kräftigen Schluck. Gut, dass ihn der Polizeisprecher vorhin angerufen hatte, damit er diese blöde Kuh noch zurückpfeifen konnte. Gnitzke wischte sich mit dem Handrücken über die feuchten Lippen. Es ging eben nichts über einen kurzen Draht zwischen Lokalchef und Polizeipressestelle.

*

Als ich in Berlin ankam, zeigte das Display meines Handys fünf Kurznachrichten und drei Anrufe in Abwesenheit an. Die erste SMS von KK hatte ich noch auf der Autobahn gelesen. Danach hatte ich das Handy piepsen und klingeln lassen.

Ich freute mich, wieder zu Hause zu sein. Am Briefkasten von Kristina Nötzelmann stand nun auch der Name *Schellenberger.* Der Journalist war also tatsächlich bei meiner Nachbarin eingezogen. Ich nahm mir vor, mich nicht um ihn zu kümmern. Immerhin war die Nötzelfrau so nett gewesen, mir meine Post vor die Wohnungstür zu legen. Der Briefkasten musste übergequollen sein, denn der Stapel war beträchtlich. Ich legte die Briefe, darunter auch welche von meinem Anwalt Dr. Zimmer, auf die Anrichte, aber ich hatte keine Lust, sie zu öffnen. Wie lange ich wohl weg gewesen war? Sieben Tage oder acht? Ich wusste es nicht. Ich hatte alles verloren: meinen Mann, meinen Job, mein Zeitgefühl.

Die Luft in meiner Wohnung war stickig. Ich öffnete die Fenster. Zum Glück speicherte meine einzige Pflanze, der Elefantenbaum, der im Wohnzimmer stand, Wasser in seinem bauchigen Stamm, und so hatte er mich nicht vermisst. Ich ließ mich aufs Sofa fallen und rief meine Kurznachrichten ab. Sie waren alle von KK. *Warum läufst du weg?*, fragte er mich in seiner zweiten SMS. *Hast du Angst?*, in der dritten. *Warum meldest du dich nicht auf dem Handy?*, in der vierten. Und in der letzten SMS stand: *Ich liebe DICH.*

Ich schmunzelte, konnte nicht leugnen, dass mir seine Worte schmeichelten. Doch ich durfte mich nicht von meinem Plan abbringen lassen. Auf der Autobahn war es mir wie Schuppen von den Augen gefallen. Ich musste Tobias doch gar nicht suchen. Ich würde einfach warten, bis er zu mir kam. Er war hier eingedrungen, als ich auf Wohnungssuche gewesen war, um sich den Schmuck zurückzuholen, den er mir geschenkt hatte. Er war nachts durchs Treppenhaus geschlichen, wahrscheinlich, um mich im Schlaf zu überfallen. Tobias würde es wieder versuchen. Aber diesmal würde ich ihn erwarten.

Ich holte mein Laptop aus dem Rollkoffer. Drei Dinge brauchte ich, um meinen Mann ins Jenseits zu befördern. Drei Dinge für einen Mord. Alle waren gleich wichtig.

Das erste Mordwerkzeug lag bereits im Kofferraum meines Autos. Ich hatte es noch am Beetzsee besorgt, kurz nachdem mein Entschluss gefallen war, Tobias umzubringen. Das zweite Utensil stand in unserem Keller. Ein Relikt glücklicher Tage, das mir jetzt sehr nützlich sein würde. Heute Abend, wenn ich sicher sein konnte, niemandem mehr im Treppenhaus zu begegnen, würde ich es heraufholen. Fehlte nur noch ein Teil, das ich im Internet bestellen musste.

Ich surfte eine Weile im Netz, bis ich fand, wonach ich suchte. Mit einem Mausklick beförderte ich das Zubehör in meinen virtuellen Warenkorb. Ich klickte mich zur Kasse durch, tippte ein, dass ich per Nachnahme zahlen würde. Kurz darauf erhielt ich eine E-Mail mit der Nachricht, dass die Ware noch heute das Lager verlassen würde.

Ich war dem Ziel, meinen Mann um die Ecke zu bringen, einen entscheidenden Schritt näher gekommen.

*

Staatsanwalt Ludwig K. Walter saß in seinem Dienstzimmer am Schreibtisch und blickte aus dem Fenster. Draußen regnete es, das erste Mal seit Wochen.

Walter seufzte. Warum war er bloß Staatsanwalt geworden? Hatte sich durchs Jurastudium gequält, nächtelang gepaukt, war von Repetitor zu Repetitor gelaufen. Als Kind hatte er Polizist werden wollen wie sein Vater. Wie hatte er als kleiner Junge seinen Papa in Uniform bewundert. Wie oft hatte der ihm, statt irgendwelcher Märchen, von wilden Verfolgungsfahrten mit dem Streifenwagen erzählt. Doch als er älter geworden war und tatsächlich zur Polizei wollte, hatte sein Vater ihn gewarnt. »Als Polizist macht du nur die Drecksarbeit, Ludwig Karl.« Sein Vater pflegte ihn grundsätzlich bei vollem Namen zu nennen. »Studier lieber Jura und werde Staatsanwalt.«

Also hatte Ludwig K. Walter sich ins Studium gekniet, war nach dem Referendariat wissenschaftlicher Mitarbeiter an der Uni gewesen, bevor er Staatsanwalt geworden war. Und nun musste er sich von seinem Behördenleiter Dr. Möller einen Vortrag über die einfachsten Grundbegriffe des Rechts gefallen lassen. Hätte nur noch gefehlt, dass Möller ihm seinen neusten Fall entzogen hätte – das Todesermittlungsverfahren Hagen Greiner, der bei einem SEK-Einsatz ums Leben gekommen war.

Walter nahm seine randlose Brille von der Nase und putzte sie. Das tat er nicht nur, wenn die Gläser verschmiert waren, sondern auch, wenn er sich ärgerte. Die Hände waren beschäftigt und in großer Runde kaschierte das sinnlose Putzen hervorragend seine Erregung.

Vor ihm auf dem Tisch lag die Samstagsausgabe des *Berliner Express. Gut gemacht – Polizei,* prangte in großen Lettern auf der Titelseite. Über dem Artikel stand der Name seiner alten Kommilitonin Sarah.

Kaum durfte sie für diese Provinzzeitung vor den Toren Hamburgs, dort, wo sie beide studiert hatten, über Feuerwehrbälle, Schützenfeste und Kaninchenzüchter berichten, hatte sie das Jurastudium geschmissen, um Journalistin zu werden. »Komm bloß nicht auf die schiefe Bahn«, hatte er sie damals noch gewarnt. Heute fragte sich Ludwig K. Walter manchmal, wer von ihnen beiden vom geraden Weg abgekommen war. Seine alte Freundin Sarah führte jetzt ein feines Leben. Betreute beim *Berliner Express* das Feuilleton.

Zugegeben, der *Express* war zwar nicht gerade die *FAZ.* Aber dafür ging Sarah fast jeden Abend ins Theater, interviewte Schriftsteller – wenn sie ihnen wohl aus Platzgründen auch nie mehr als drei Fragen stellen durfte – und berichtete über die wichtigsten Kunstausstellungen der Stadt. Las sich ganz ordentlich, was sie so schrieb, fand Walter. Bis auf den Mist, den sie sich in der Samstagsausgabe zusammengeschmiert hatte.

Dass ausgerechnet er laut Geschäftsverteilungsplan für das Todesermittlungsverfahren Greiner zuständig war, konnte man wohl ohne Übertreibung als Ironie des Schicksals bezeichnen.

Walter wusste nur zu genau, was dabei herauskam, wenn Polizeibeamte gegen ihre Kollegen ermittelten. Sein Vater hatte immer darüber geklagt, was passierte, wenn Polizisten zulangten. »Da deckt einer den anderen. Und das wollen Polizisten sein.«

Sein Vater war ein aufrechter Polizist gewesen. Und daran zerbrochen. Eines Tages – nach schlaflosen Nächten und endlosen Diskussionen mit der Mutter – hatte er sich dazu durchgerungen, einen gewalttätigen Kollegen anzuzeigen. Am nächsten Tag fand er eine tote Ratte in seiner Hauspost. Die Kollegen schnitten ihn. Das Verfahren gegen den Schläger wurde eingestellt; er prügelte munter weiter. Aus Gram hatte sein Vater angefangen zu trinken, war zwangspensioniert worden und früh gestorben.

Der Tipp, Greiner würde mit Drogen dealen und Handgranaten in seiner Wohnung verstecken, stammte von einem Nachbarn, der mit Greiner seit Jahren im Clinch lag. Ohne diese Anschuldigungen zu prüfen, also Greiner beispielsweise zu observieren, um ihn vielleicht in flagranti beim Dealen zu erwischen, hatte die Polizei seine Wohnung gestürmt. Greiner, der die Polizisten für Einbrecher hielt, hatte seine Gaspistole gezückt und war von einem SEK-Beamten erschossen worden.

Später hatten die Beamten in seiner Wohnung genau zehn Gramm Haschisch gefunden – versteckt in einer Streichholzschachtel. Eine so geringe Menge, dass das Verfahren gegen ihn – zumindest in Berlin – wahrscheinlich eingestellt worden wäre. Von Handgranaten oder anderen Waffen gab es in Greiners Wohnung, abgesehen von der Gaspistole, nicht die geringste Spur.

Aber strafrechtlich, so hatte Behördenleiter Dr. Möller Walter belehrt, könne man den SEK-Beamten nicht belangen. Der Behördenleiter hatte den zuständigen Staatsanwalt extra zu sich zitiert, um ihn daran zu erinnern, dass der SEK-Beamte ja irrtümlich angenommen habe, Greiner würde ihn erschießen. Er war also davon ausgegangen, in Notwehr zu handeln.

Als wenn ein gestandener Staatsanwalt wie er diesen Hinweis nötig gehabt hatte. ›Erlaubnistatbestandsirrtum‹ nannte man die verzwickte Situation, in die der SEK-Beamte geraten war – Stoff für die Hausarbeiten des zweiten Semesters. Erlaubnistatbestands*irrsinn,* hatte Sarah, die die juristische Sprache gerne verhohnepipelte, damals gespottet.

Der SEK-Beamte konnte tatsächlich nichts dafür, war vielleicht sogar geschockt, dass er einen Menschen erschossen hatte. Verantwortlich waren die Einsatzleiter, die den Schützen und seine Kollegen in Greiners Wohnung geschickt hatten. Diese Stümper hatten versäumt, die Anschuldigungen vorab zu prüfen, und deshalb den Grundsatz der Verhältnismäßigkeit außer Acht gelassen. Schließlich sollte der Verdacht, Greiner habe Drogen und Waffen in seiner Wohnung, erst mithilfe der Durchsuchung geklärt werden. Deshalb hätte es völlig ausgereicht, die Wohnung in Greiners Abwesenheit zu kontrollieren. Das wäre auch das mildeste und ungefährlichste Mittel gewesen. Kein Zweifel, die Polizei hatte bei der Planung des Einsatzes ganz klar ihre ›Amtspflicht zur fehlerfreien Ermessensausübung‹ verletzt.

Kommentare über Kommentare hatte Ludwig K. Walter gewälzt, um zu klären, ob und wie er die Einsatzleiter zur Verantwortung ziehen konnte. Davon hatte sein Behördenleiter, der Walters kritisches Verhältnis zur Polizei kannte, natürlich Wind bekommen und ihn zurückgepfiffen. Anders als Richter waren Staatsanwälte ja weisungsgebunden.

Walter hatte seinen Chef schon verstanden. Die Sache sollte beerdigt werden. Und er sollte sich eine juristisch plausibel klingende Begründung einfallen lassen. Die Staatsanwaltschaft legte sich nun mal nicht so gerne mit der Polizei an. Schließlich war sie auf die Beamten angewiesen, arbeitete mit ihnen Hand in Hand.

Außerdem hatte die Staatsanwaltschaft den Durchsuchungsbeschluss, der letztendlich zum Tode Greiners geführt hatte, beantragt – durch einen jungen, übereifrigen Kollegen, der erst seit ein paar Monaten im Dienst war und sich profilieren wollte. Und ein Amtsrichter – einer, der bald in Pension ging und nicht so genau las, was in den Akten stand – hatte den Durchsuchungsbeschluss erlassen.

Deshalb hatten weder der Justizsenator als oberster Dienstherr der Staatsanwaltschaft noch der Innensenator, dem die Polizei unterstand, ein Interesse daran, dass die Umstände, die zu Greiners Tod geführt hatten, an die Öffentlichkeit drangen. Dieser Fall barg Sprengstoff für ein Politikum.

Das war der Grund dafür, warum die Polizei nun versuchte, den Skandal zu vertuschen, und über die Pressestelle verbreiten ließ, Greiner sei ein Drogendealer gewesen. Und die Journalisten, auch Sarah, schrieben brav die Pressemeldung ab, ohne nachzuhaken. Sonst hätten sie erfahren, dass Greiner überhaupt nicht vorbestraft war. Er war lediglich mal zu einem Ordnungsgeld von dreihundert Euro verdonnert worden, weil er bei einem Prozess gegen einen Anti-AKW-Demonstranten als Zuschauer im Gerichtssaal ein Transparent enthüllt hatte. Und das ist nun das hehre Recht, dem ich Jahre meines Lebens geopfert habe, dachte Walter. Es war höchste Zeit, dass er der Staatsanwaltschaft den Rücken kehrte und Antons Angebot, als Anwalt in seine Kanzlei einzusteigen, annahm.

Ob er Sarah mal anrufen und ihr stecken sollte, wie falsch sie mit ihrer Geschichte lag? Wenn Justiz und Innenbehörde sich gegenseitig deckten, musste eigentlich die Presse ran.

Das hätte sicherlich auch sein Vater so gesehen.

*

Das Päckchen mit dem Mordwerkzeug war geliefert worden. Mit klopfendem Herzen, als könnte der Postbote ahnen, welch gefährliche Fracht er mir da zustellte, zahlte ich die Nachnahme von 23,70 Euro. Ich drückte das kleine Päckchen an meine Brust wie einen kostbaren Schatz.

Als ich die Tür hinter mir geschlossen hatte, riss ich den Umschlag auf.

Wie niedlich. Und klein.

Es war diesem teuflischen Werkzeug nicht anzusehen, welch böse Kraft ihm innewohnte. Tobias sollte nur kommen.

*

Sarah Obermeier war wie im Rausch, und das war nicht nur dem Glas Wein geschuldet, das sie zu viel getrunken hatte. Es war schon nach zwei Uhr nachts, als sie ihre Wohnungstür aufschloss. Und das mitten in der Woche. Doch Sarah setzte sich sofort an ihren Computer.

Greiners Tod war, wie sie vermutet hatte, ein Skandal. Lui hatte sie zu sich nach Hause eingeladen und ihr bei Rotwein alle Hintergründe über den SEK-Einsatz erzählt, sie in die rechtlichen Finessen eingewiesen und ihr zu vorgerückter Stunde eine Kopie der Ermittlungsakte über den Tisch geschoben. Zwar konnte sie das, was ihr alter Freund ihr gesteckt hatte, unmöglich im *Berliner Express* veröffentlichen. Aber es gab ja noch die überregionale Presse. Und Sarah war – weil der *Berliner Express* sie nie fest angestellt hatte – immer noch freie Journalistin. Diese Geschichte musste an die Öffentlichkeit. Dabei ging es ihr weder um Geld noch um Eitelkeit. Sie würde den Artikel ohnehin unter einem Pseudonym veröffentlichen müssen. Denn auch wenn sie als feste Freie rein rechtlich gesehen selbstständig war und für andere Zeitungen schreiben durfte, würde Hartmut sie feuern, wenn sie ihm mit dieser Geschichte bei einem anderen Blatt in den Rücken fiel.

Plötzlich wusste Sarah wieder, warum sie Journalistin geworden war, wofür sie ihr Jurastudium geschmissen hatte und – wenn sie hörte, wie Lui über seinen Behördenleiter klagte – auch, dass es richtig gewesen war.

Die Kulturkritiken, mit denen sie ihr Geld verdiente, kamen ihr jetzt regelrecht banal vor. Es gab weiß Gott Wichtigeres als die Meinung einer Sarah Obermeier zu Büchern, Theaterstücken oder Kunstausstellungen. Und auch ihre Kollegen sah sie nun mit anderen Augen. Nicht nur Matze, der ihr in den letzten Tagen richtig ans Herz gewachsen war, sondern auch die Feuilletonisten, die ihr auf Kulturveranstaltungen regelmäßig über den Weg liefen. Heuchler. Wichtigtuer, die sich mit dem Nimbus des Feuilletons schmückten. Anmaßend, arrogant, wie der Radiokollege vom Regionalsender, der sich aufspielte wie Reich-Ranicki höchstpersönlich. Aufgeblasener Literaturfuzzi. Zerriss mit Vorliebe die Bücher junger Nachwuchsautoren. Hielt sich – nachdem er einen Regionalkrimi veröffentlicht hatte – für einen großen Schriftsteller. Ahnte nicht, wie sehr die Kollegen sich über ihn amüsierten. Und zwar nicht nur, weil er seine Ehefrau auf dem Fußboden der heimischen Waschküche halb nackt für das Titelbild seines Romans als ›Leiche‹ fotografiert hatte. Der Krimi des großen Kritikers war in einem sogenannten Zuschussverlag erschienen, der jeden zum Schriftsteller kürte, der dafür bezahlte.

Oder der Redakteur, der seine Leser in Kommentaren gerne zu ›mehr Bescheidenheit‹ und ›Konsumverzicht‹ aufrief. Und nach Feierabend geschnorrte Rezensionsexemplare bei *amazon* verhökerte. Den Vogel schoss allerdings die Kollegin einer überregionalen Tageszeitung ab, die immer im schwarzen Etuikleid zu Pressefilmvorführungen erschien. Mit ihrem bleich geschminkten Gesicht, der übergroßen Sonnenbrille, die sommers wie winters in ihrem auftoupierten Haar steckte, versuchte sie erfolglos, ihrem großen Vorbild Audrey Hepburn nachzueifern. Aus ihrer schwarzen Handtasche zog sie nicht etwa Notizblock und Stift, sondern eine Tupperdose, die sie ungeniert am Büfett füllte. Die Veranstalter schwiegen. Aus Furcht vor schlechten Kritiken.

Die ganze Nacht schrieb Sarah an ihrem Artikel und bekam gar nicht mit, dass es draußen hell wurde. Das erste Mal seit Langem genoss sie es wieder, allein zu leben. Ihr Ex, ein Lehrer, der nie viel Verständnis für ihren Beruf aufgebracht hatte, war vor ein paar Monaten ausgezogen. Immer wieder hatte es Streit gegeben, wenn Sarah abends zu Terminen oder am Wochenende arbeiten musste. Auch wenn die Trennung Sarah schwer getroffen hatte, musste sie nun immerhin niemandem mehr Rechenschaft darüber ablegen, dass sie zu viel arbeitete.

Der Berufsverkehr rauschte schon vor ihrem Fenster, als sie den letzten Satz formulierte. Sie blickte auf ihre Armbanduhr und erschrak. Es war neun. In einer Stunde musste sie in der Redaktion sein. Doch obwohl sie die ganze Nacht geschrieben hatte, war sie zufrieden wie lange nicht mehr.

Schnell recherchierte sie im Internet, welches Ressort beim *Magazin* für diese Geschichte zuständig war. Mit zittrigen Fingern wählte sie die Telefonnummer. Hoffentlich war um neun Uhr schon jemand in der Redaktion. Beim *Berliner Express* durfte – auch wenn Hartmut Urlaub hatte – niemand mitkriegen, was sie im Schilde führte.

Sarah hatte sich genau zurechtgelegt, was sie sagen wollte. Zu ihrer großen Überraschung wurde sie von der Telefonzentrale sofort durchgestellt, landete bei einer Redaktionsassistentin, die sehr nett war. Sarah stellte sich als freie Journalistin vor und schilderte in kurzen Worten den skandalösen SEK-Einsatz.

»Klingt interessant«, sagte die Assistentin freundlich. »Können Sie uns Ihren Artikel zumailen oder faxen? Ich lege ihn dann dem Ressortleiter vor und wir melden uns.«

Sarah war überrascht, sie hatte eher damit gerechnet, dass man versuchen würde, sie abzuwimmeln. Plötzlich wurde sie misstrauisch. Das *Magazin* würde ihr die Geschichte doch nicht etwa klauen? Aber sie war ja im Besitz der vollständigen Ermittlungsakte. Ohne Akte war die Geschichte nur halb so viel wert, beruhigte sie sich selbst.

»Okay«, willigte Sarah ein. »Wann kann ich mit einer Antwort rechnen? Ich möchte meinen Artikel woanders anbieten, wenn Sie kein Interesse haben.« Ein bisschen Druck konnte ja nicht schaden, dachte Sarah. Außerdem war das tatsächlich ihr Plan.

»Wir melden uns, so schnell es geht«, versprach die Assistentin und gab Sarah die E-Mail-Adresse der Redaktion. Sarah bedankte sich, legte auf, setzte sich wieder an den Computer und formulierte ein kurzes Anschreiben, in dem sie betonte, dass alle Behauptungen des Artikels durch Aktenmaterial belegt seien. Dann lud sie ihren Text als Anlage hoch. Und klickte auf *senden.*

*

Seit Stunden saß ich in der Dunkelheit, sah aus dem Fenster, lauschte auf jedes Geräusch und wartete. Die Stadt schlief. Hinter den Fenstern der Nachbarhäuser war es dunkel. Aus der Ferne hörte ich das leise Rauschen des Verkehrs. Bis

Mitternacht hatte KK mir noch Kurznachrichten geschickt: *Ich vermisse dich. Ich muss dich unbedingt wiedersehen. Warum quälst du mich so?* Doch inzwischen war das Handy verstummt. Rücksichtsvoll von KK, dass er mich schlafen lassen wollte. Er konnte ja nicht ahnen, dass ich die Nächte oft durchwachte und tagsüber schlief, weil mein Rhythmus völlig aus dem Takt geraten war. Immer wieder nahm ich mein Handy zur Hand, rief seine Nachrichten ab. Spürte beim Lesen jedes Mal aufs Neue dieses Kribbeln. Seine Nachrichten schmeichelten mir, machten mich glücklich. Und erfüllten mich mit Angst.

Unzählige Male hatte ich angefangen, eine Antwort ins Handy zu tippen, und den Entwurf dann doch schnell wieder gelöscht. Hätte mein Mann mich ›nur‹ mit einer anderen Frau betrogen, wäre ich wahrscheinlich in der Lage gewesen, wieder eine neue Beziehung einzugehen. Doch unsere Ehe war von Anfang an eine Lüge gewesen. Tobias hatte mich als bürgerliche Fassade für seine perversen Neigungen missbraucht.

Ich beobachtete die menschenleere Straße. Das Licht der Laternen spiegelte sich auf dem Asphalt. Die Autos standen dicht gedrängt halb auf dem Bürgersteig. Plötzlich blinkte der rechte Scheinwerfer eines Wagens, der am Ende der Straße parkte. Ein Mal. Zwei Mal. Drei Mal. Ich stand auf, ging näher ans Fenster heran. Aus irgendeinem Grund zog dieser alltägliche Vorgang meine Aufmerksamkeit magisch an. Der Scheinwerfer, es war wirklich nur der rechte, blinkte wieder.

Ein Mal. Zwei Mal. Drei Mal.

Angestrengt versuchte ich zu erkennen, ob jemand im Wagen saß. Doch es war zu dunkel.

Plötzlich bog ein Radfahrer um die Ecke. Durch das gekippte Fenster hörte ich das sirrende Geräusch des Dynamos. Gespannt wartete ich, bis das Fahrrad an dem blinkenden Wagen vorbeifuhr. Der Radler verlangsamte seine Geschwindigkeit erst, bevor er hinter der nächsten Straßenecke verschwand. Offenbar war ihm nichts Ungewöhnliches aufgefallen.

Kaum war das Fahrrad aus meinem Blickfeld geraten, blinkte der Scheinwerfer wieder, schickte einen langen, einen kurzen und dann wieder einen langen Lichtstrahl durch die Nacht. Eine dunkle Ahnung durchzuckte mich. War das nicht das Morsealphabet, das uns Peter mal auf einer Nachtwanderung beigebracht hatte? Lang, kurz, lang. Stundenlang hatten wir uns so im Dunklen mit unseren Taschenlampen verständigt. Ich war eine Virtuosin dieser Technik geworden, weil ich alle Signale auswendig gelernt hatte, um Peter zu imponieren. Lang, kurz, lang – das war das Signal für den Buchstaben K.

Gebannt starrte ich auf den Wagen. Tatsächlich. Nach einer kurzen Pause blinkte es wieder. Drei Mal lang hintereinander. Ein O. Mir wurde mulmig. Zufall? Einbildung? Doch gleich darauf blitzte es erneut. Zwei Mal lang hintereinander – ein M. Kein Zweifel. Verdammt noch mal, was sollte das? Mein Herz hämmerte wie wild. *Kom* hatte der Wagen geblinkt. Gemeint war: *Komm.* Peter hatte uns damals geraten, doppelte Buchstaben nur einmal als Blinksignal umzusetzen, damit wir uns schneller verständigen könnten. Doch wer steckte hinter dieser Nachricht? Wusste Peter, wo ich wohnte? War Tobias zurückgekehrt und versuchte, Kontakt zu mir aufzunehmen? Oder steckte KK dahinter? Ich spürte ein sehnsuchtsvolles Ziehen in der Magengegend.

Ohne lange zu überlegen, verließ ich barfuß meine Wohnung. Im Haus war alles still. Nach dem nächtlichen Erlebnis neulich hätte ich eigentlich Angst haben müssen. Doch seitdem ich als Mörderin in spe auf mein Opfer lauerte, war etwas in mir erwacht. Ich fühlte mich stark. Unverwundbar. Einer Göttin gleich.

Draußen war es kühl. Der Asphalt glänzte vom Regen. Die Straße war menschenleer. Ich lief vorbei an parkenden Autos. Der Asphalt schmerzte unter meinen nackten Füßen. Aber darauf konnte ich jetzt keine Rücksicht nehmen. Hätte ich Turnschuhe getragen, wäre ich als Joggerin durchgegangen. So gab ich wahrscheinlich ein merkwürdiges Bild ab.

Der Wagen, der mich angeblinkt hatte, war ein schwarzes Ungetüm von einem Mercedes. Kastenartiges Uraltmodell, Typ Schlachtschiff, Berliner Kennzeichen. Regentropfen glänzten auf dem Lack, der an einigen Stellen mit grauer Spachtelmasse ausgebessert worden war. Im Wagen saß niemand. Die Scheinwerfer waren dunkel. Auch die Autos vor und hinter dem Mercedes waren leer, standen unschuldig am Straßenrand, ohne dass ihre Scheinwerfer auch nur glimmten. Vielleicht saß der Mercedesfahrer mit der Fernbedienung in der Hand hinter einem Fenster und amüsierte sich gerade köstlich über mich. Oder hatte ich mir das alles nur eingebildet? Was hatte der Polizist noch gesagt über Stresshormone, die Nerven schädigten, Wahrnehmung und Erinnerungen verzerrten?

Langsam ging ich zurück. Ich war ein bisschen enttäuscht, dass sich meine heimliche Hoffnung, KK würde im Wagen sitzen, nicht erfüllt hatte. Aber er wusste ja nicht mal, wo ich wohnte. Und auch Tobias oder Peter konnten nicht ahnen, dass ich in meiner Wohnung hinter dem Fenster lauerte. Alles Einbildung. Herrje, was war nur mit mir los? Irgendwie war ich völlig durch den Wind. Sah Gespenster.

Zu Hause bezog ich wieder Stellung auf meinem Sessel vor dem Fenster. Das Auto blinkte nicht mehr. Vielleicht hatte der Besitzer nur ein bisschen mit der Fernbedienung gespielt, nicht ahnend, wie sehr seine Lichtzeichen die Fantasie seiner Nachbarin entzünden würden.

Zum x-ten Mal nahm ich mein Handy, rief die Nachrichten von KK auf, las sie, wieder und wieder, obwohl ich jedes Wort auswendig kannte. In Gedanken zupfte ich die Blütenblätter eines Gänseblümchens. Soll ich? Soll ich nicht?

Zwischen Peter und Tobias hatte es einige Männer gegeben. Reinfälle, allesamt. Wenn auch harmlos. Allein schon dieser Steuerberater, den ich auf einer Dienstreise kennengelernt hatte. Aus München war er extra eingeflogen, um mit mir das Wochenende in Berlin zu verbringen. Und dann hatte er nach seiner Ankunft – der Schampus stand im Kühlschrank – erst mal seine Filzpantoffeln aus der Reisetasche gezogen, war hineingeschlüpft und hatte es sich auf meinem Sofa gemütlich gemacht. Ein Mann mit Hausschuhen im Gepäck! Ich musste lachen. Laut und hemmungslos. Mein Gelächter hallte wider von den hohen Wänden, war, jetzt in der Nacht, bestimmt im ganzen Haus zu hören, würde vielleicht sogar die Nachbarn aufwecken. Egal. Es tat so gut. Wie lange hatte ich nicht mehr gelacht?

Welche dunklen Seiten KK wohl pflegte? Ob er regelmäßig in den Puff ging? Sich heimlich Kinderpornos aus dem Netz runterlud? Oder ein Doppelleben als Stalker führte? Irgendeinen Haken gab es im Charakter eines jeden Mannes. Oder die Herren entlarvten irgendwann Defizite, die frau nicht bemerkte, weil sie im ersten Hormonstrudel untergingen. Wie bei Massimo, dem Italiener. Ein Bild von einem Mann. Was hatte ich ihn angeschmachtet im Café. Bis er meine Blicke endlich richtig gedeutet, aufgestanden und zu mir an den Tisch gekommen war. Unser Glück währte nur ein paar Wochen. Massimo war Koch. Doch auch, wenn

Liebe durch den Magen geht und er dem Ruf des Latin Lovers durchaus alle Ehre machte, dieser Mann war nichts für mich. Obwohl Massimo in Deutschland aufgewachsen und hier zur Schule gegangen war, wusste er nicht mal, wer Helmut Schmidt ist. »Helmut wer?«, hatte er mich mit irritiertem Gesichtsausdruck angesehen, als ich von ihm wissen wollte, ob er Schmidt bei Maischberger gesehen habe.

Plötzlich ein Rumsen. Im Treppenhaus. Ich sprang auf, lief in den Flur, legte mein Ohr auf die Verglasung der Wohnungstür und horchte. Nichts. Alles still.

Das Blut rauschte in meinen Ohren. Aber ich hatte keine Angst mehr, spürte eher eine kribbelnde Erregung, die meinen ganzen Körper unter Strom setzte. Ich war nicht länger das gedemütigte Opfer, sondern Jägerin. Nach einer Weile schlich ich zurück, schaute aus dem Fenster auf die Straße. Niemand zu sehen. Wer weiß, vielleicht war dieser Journalist, der neue Lebensgefährte von Frau Nötzelmann, einfach nur aus dem Bett geplumpst.

Ich setzte mich wieder in den Sessel, hielt Wache, wartete. Plötzlich hatte ich einen glänzenden Einfall. Ich würde das Schicksal entscheiden lassen. Und zwar innerhalb der nächsten drei Tage. Wenn Tobias bis dahin nicht auftauchte, würde ich meine Sachen packen und zu KK fahren, um mit ihm ein neues Leben zu beginnen.

Wenn sich Tobias hier blicken ließe, wäre er ein toter Mann.

*

Sarah saß gerade in einer Konferenz, als ihr Handy klingelte.

»Stollberg. *Magazin*-Redaktion. Guten Tag, Frau Obermeier.«

Sarah schluckte. Ausgerechnet jetzt kam dieser wichtige Anruf. Hartmut, der von seinem Kurzurlaub aus Hamburg zurück war, und ihr am Ende des Konferenztisches gegenübersaß, funkelte sie misstrauisch an. Das Fax an den Polizeipräsidenten hatte er ihr noch immer nicht verziehen. Dabei arbeitete sie für zwei, seit Basti krank war.

»Moment«, flüsterte Sarah ins Telefon und stand vom Tisch auf. »Ich muss Sie mal eben nach draußen entführen.«

Stollberg lachte. »Tun Sie das, entführen Sie mich«, schmetterte er so laut, dass die Kollegen am Konferenztisch ihn durchs Telefon hören mussten.

Sarah lief, ohne es zu wollen, rot an. Sie eilte auf die Damentoilette. »So, jetzt kann ich reden«, antwortete sie. Der Ort war Sarah ein bisschen unangenehm, aber auf die Schnelle war ihr kein besserer eingefallen.

»Ich habe Ihren Text gelesen«, sagte Stollberg. »Super Geschichte. Wir würden sie gerne in der nächsten Ausgabe bringen.«

Sarahs Herz machte einen Sprung.

»Sie müssten Ihren Artikel nur ein kleines bisschen umschreiben«, holte Stollberg sie sofort wieder auf den Boden zurück.

»Umschreiben?! Wieso?« Sarah schwante Böses. Würde sich etwa selbst das *Magazin* nicht trauen, den Skandal um Greiners Tod aufzudecken?

»Na ja«, formulierte Stollberg diplomatisch. »Ihr Artikel ist so nachrichtlich abgefasst. Wir hätten ihn gern ein bisschen szenischer, mit etwas mehr Gefühl.«

»Aha«, antwortete Sarah ratlos. Sie wusste nicht so recht, worauf Stollberg hinauswollte. Sie hatte in ihrem Text extra einen leicht unterkühlten Ton angeschlagen, weil sie die Fakten sprechen lassen wollte.

»Sie haben doch mit der Zeugin gesprochen, die bei der Erstürmung der Wohnung mit dabei war. Das wäre doch ein prima Einstieg«, half Stollberg ihr auf die Sprünge.

Stimmt, dachte Sarah und ärgerte sich, dass sie nicht selbst auf diese Idee gekommen war. »In Ordnung. Das ist alles?«

»Das ist alles«, antwortete Stollberg.

Sarah war erleichtert. »Bis wann brauchen Sie meine korrigierte Fassung?«

»Ist Ihnen morgen zu knapp?«, fragte Stollberg.

»Nein«, log Sarah. »Der Artikel darf allerdings nicht unter meinem Namen erscheinen – ich bin zwar Freie, aber ich glaube nicht, dass man es beim *Express* gern sieht, wenn diese Geschichte unter meinem Namen im *Magazin* erscheint. Der Lokalchef will sich nicht mit der Polizei anlegen.«

»Verstehe«, sagte Stollberg. »Haben Sie sich denn schon ein Pseudonym ausgedacht?«

»Marie Unnützer – das ist der Name meiner verstorbenen Großmutter.«

Stollberg ließ sich den Namen buchstabieren. »Bevor ich es vergesse«, sagte er zum Abschied. »Sind eintausendzweihundert Euro okay?«

Eintausendzweihundert Euro für einen Text?! Sarah glaubte, sich verhört zu haben. Das war knapp die Hälfte der Monatspauschale, die der *Berliner Express* ihr überwies.

»Äh, ja, äh, natürlich«, stotterte Sarah und ärgerte sich über sich selbst. Warum war sie nicht ein bisschen cooler? Stollberg musste sie für eine Anfängerin halten.

»Okay. Ich warte dann morgen gespannt auf Ihren neuen Text. Und schicken Sie mir auch die Ermittlungsakte. Die brauchen wir für die Rechtsabteilung. Schönen Tag noch«, verabschiedete sich Stollberg.

Voller Elan ging Sarah zurück in die Redaktion, setzte

sich an den Konferenztisch und lächelte Hartmut an, als wäre nichts gewesen. Dieses versoffene Arschloch konnte sie mal gernhaben. Sie hatte soeben einen Artikel ans *Magazin* verkauft.

*

Um 21.30 Uhr schickte ich KK eine SMS: *Ich komme.*

Dann steckte ich das Handy wieder in meine Handtasche und fing an, Koffer zu packen. Tobias würde sich jetzt nicht mehr blicken lassen. Das Ultimatum war gestern Nacht abgelaufen. Zwar hatte ich alle Vorkehrungen getroffen für den Fall, dass er hier aufkreuzen würde, doch inzwischen sah ich immer mehr ein, dass Hauptkommissar Wöste recht gehabt hatte: Tobias war nie hier gewesen. Der Schock über seine Tat, der Stress der letzten Zeit und die vielen Tabletten hatten mir die Sinne vernebelt. Den Schmuck hatte ich wahrscheinlich wirklich selbst in die Mülltonne geworfen und es nur verdrängt. Der nächtliche Besucher im Treppenhaus war mit Sicherheit ein gewöhnlicher Einbrecher gewesen.

Aber jetzt würde ich zu KK aufs Land ziehen und mit ihm ein neues Leben beginnen. Vielleicht würden wir sogar noch Kinder bekommen. Mit achtunddreißig wurde es höchste Zeit. Und ich wünschte mir doch nichts sehnlicher als zwei Rotznasen. Einen Jungen und ein Mädchen. Alexandra und Maximilian. Ich sah mich schon mit Alex und Max im Garten tollen, ihnen Pausenbrote schmieren, sie zur Schule bringen. Keine Sekunde würde ich meine Schätze aus den Augen lassen. Mit Zähnen und Klauen würde ich sie beschützen vor solchen Drecksäcken wie Peter und Tobias. Eine gute Mutter würde ich sein. Eine, wie ich sie gern gehabt hätte.

Das Türklingeln riss mich jäh aus meinen Gedanken. Wer wollte denn um diese Zeit noch etwas von mir? Aber ich war nicht länger bereit, mich zu verstecken, selbst vor aufdringlichen Journalisten nicht. Schließlich hatte ich nichts verbrochen. Sollte mein neuer Nachbar sein Interview jetzt eben kriegen, dachte ich und öffnete die Tür.

Draußen stand niemand. Ich drückte auf den Summer und wartete. Nichts. Falscher Alarm. Wahrscheinlich hatten sich Kinder einen Streich erlaubt. Ich wollte die Tür gerade wieder schließen, als ich unten im Treppenhaus ein Schlurfen hörte.

Und dann kam er die Treppe herauf. Er trug einen Hut mit breiter Krempe, der sein Gesicht versteckte, und einen schwarzen, weiten Mantel. Trotzdem erkannte ich ihn sofort. Tobias.

Ich schluckte trocken. Obwohl ich mir in den letzten Tagen wieder und wieder vorgestellt hatte, dass er kommen würde, war ich überrascht, weil ich nicht mehr mit ihm gerechnet hatte. Schon gar nicht um diese Zeit. Draußen war es ja noch nicht mal richtig dunkel. Dass Tobias sich hierher traute?! Dreist und schlau, schoss es mir durch den Kopf. Selbst wenn die Polizisten das Haus immer noch observierten, würden sie Tobias für einen harmlosen Besucher halten.

Ich spürte, wie meine Hände schweißnass wurden. Auf halber Treppe hob Tobias den Kopf und sah mich an. Mir stockte der Atem. In seinem Blick war eine Trauer, die mich überraschte und die ich nicht zu deuten wusste. Wahrscheinlich bereute er längst, was er getan hatte, war erschöpft von der Flucht. Dunkle Schatten lagen unter seinen Augen. Immerhin wirkte er sehr gepflegt, was mich wunderte. Sein Mantel fiel tadellos, das weißes Hemd war gebügelt, die Jeans sauber, die schwarzen Slipper geputzt. Tobias sah mitnichten aus wie ein Mörder auf der Flucht. Merkwürdig. Er musste irgendwo Unterschlupf gefunden haben. Jemand hatte ihn versteckt. Wahrscheinlich dieser Timo Nehring, ein Kollege, mit dem er sich in der letzten Zeit ab und an zum Golfen getroffen hatte. Dieses Schwein – deckte einen Mädchenmörder.

Tobias sah mich noch immer an. Sein Blick war der eines Hundes, der sich vor seiner Herrin duckt. Ich empfand nicht einen Funken Mitleid. Am liebsten wäre ich die Treppe hinuntergestürmt und hätte mit Fäusten auf ihn eingeprügelt.

Mich durchzuckte ein teuflischer Gedanke. Ich würde Tobias jetzt töten. Punkt. Auch wenn die Frist, die ich mir selbst gesetzt hatte, abgelaufen war. Zu lange hatte ich auf diesen Moment der Rache gewartet. Eigentlich fast mein ganzes Leben lang.

»Xenia, ich möchte bitte …«

Tobias sprach sehr leise, die hohen Wände des Treppenhauses schluckten seine Worte fast. Dieser unterwürfige Ton reizte mich noch mehr. Wie gerne hätte ich ihm von oben ins Gesicht gespuckt. Doch ich musste mich beherrschen. Tobias durfte keinen Verdacht schöpfen. Die Vorkehrungen für den Mord waren alle getroffen – auch die außerhalb des Hauses. Alle Utensilien standen bereit.

»Tobias, mein Lieber«, flötete ich und breitete meine Arme aus.

Ein zaghaftes Lächeln huschte über sein Gesicht. Ermutigt durch meine freundliche Begrüßung stieg er die letzten Stufen zu mir herauf.

Ja, komm nur, mein Lieber, dachte ich, lauf mir in die Falle. Als Tobias oben angekommen war, umarmte ich ihn, drückte ihm einen Kuss auf seine glatt rasierte Wange, roch sein

Aftershave. Es kostete mich Überwindung, aber ich musste den Widerwillen, der sich in mir aufbäumte, bezwingen.

Tobias sah mich verdutzt an, doch er ließ sich umarmen, drückte mich nach einer Schrecksekunde an sich, ganz fest, wollte mich gar nicht wieder loslassen.

Mir wurde übel. Ich säuselte: »Schön, dass du wieder da bist, komm rein.«

Tobias folgte mir in den Flur. Noch immer sagte er nichts, wirkte irgendwie verlegen, hängte Hut und Mantel an die Garderobe. Ich führte ihn ins Wohnzimmer. Wortlos ließ er sich aufs Sofa fallen.

»Auf dieses Wiedersehen müssen wir anstoßen«, strahlte ich ihn an. »Was für ein Glück, dass ich noch eine Flasche Champagner im Kühlschrank habe. Warte hier. Bin sofort zurück.«

Ich eilte in die Küche, holte den Schampus, ein Relikt glücklicherer Tage, aus dem Kühlschrank. Wie eine Profikellnerin legte ich ein trockenes Geschirrtuch über den Korken und drehte ihn vorsichtig aus dem Flaschenhals, sodass die Luft langsam entwich und die lauernde Fontäne erstickte. Ein feiner Nebel stieg aus der Flasche. Wie passend, dachte ich. Der Geist aus der Flasche. Mein Herz schlug mir bis zum Hals, was allerdings weniger der Aufregung, sondern der Euphorie geschuldet war. Ich konnte es kaum erwarten, Tobias tot zu sehen.

»Soll ich dir helfen?«, rief er plötzlich aus dem Wohnzimmer.

»Nein, danke. Flasche ist schon auf!«, rief ich zurück. Ich musste mich beeilen, sonst würde Tobias noch in die Küche kommen.

Ich nahm zwei langstielige Kelche aus dem Schrank, stellte sie auf ein antikes, silbernes Tablett und füllte die Gläser.

Der Champagner perlte in den Kelchen, nun fehlte nur noch der Schuss. Das gewisse Extra.

Ich ging einen Schritt zurück, damit ich von der Küche ins Wohnzimmer blicken konnte. Tobias saß auf dem Sofa. Die Hände auf dem Schoß, blickte er aus dem Fenster, ahnte nicht, was ich vorhatte. Wunderbar.

Ich öffnete die Kühlschranktür erneut, nahm das Fläschchen aus der Mulde, in der sonst ein Ei lag. In diesem Fläschchen, das ich im Internet bestellt hatte, wohnte ein böser Geist namens Gamma-Butyrolacton. Kurz GBL oder K.-o.-Tropfen. Mit zittrigen Fingern schraubte ich den Deckel auf und tröpfelte die Tinktur in den Kelch, der für Tobias bestimmt war. Es sprudelte im Glas, so als würde der Champagner protestieren. Doch der Kampf zwischen dem edlen Gesöff und dem Gift dauerte nur Sekunden, veränderte weder Farbe noch Geruch des Champagners.

Ich zählte die Tropfen genau, schließlich wollte ich Tobias zunächst nur betäuben. Schon zwei Milliliter setzten einen Menschen schachmatt. Eine Überdosis aber würde zum Atem- und Herzstillstand führen. Das wollte ich auf jeden Fall vermeiden. Auf so sanfte Art durfte Tobias nicht aus dem Leben scheiden. Ich hatte mir etwas Besonderes für ihn einfallen lassen.

Ob ich Skrupel hatte? Nein. Im Gegenteil. Mich durchflutete ein unglaubliches Glücksgefühl. Vor allem wenn ich daran dachte, was ich mit Tobias vorhatte, wenn die Tropfen ihn erst mal in ein wehrloses Opfer verwandelt hatten.

Leise, sodass Tobias mich nicht hören konnte, kicherte ich in mich hinein, ließ das Fläschchen, meinen teuflischen Schatz, in meiner Hosentasche verschwinden. Dann nahm ich das Tablett, ging ins Wohnzimmer, stellte es lächelnd auf den Glastisch und setzte mich zu Tobias auf das Sofa.

Ich reichte ihm den vergifteten Kelch und prostete ihm zu. »Auf dein Wohl und unser Wiedersehen.«

Tobias grinste hilflos, hielt das Glas in der Hand, beobachtete, wie mir schien, einen Moment lang argwöhnisch das Perlenspiel im Sektkelch.

Ich fürchtete schon, er würde Verdacht schöpfen, doch dann nahm Tobias den ersten Schluck. Ich studierte sein Gesicht. Würde er etwas merken? Waren die Tropfen wirklich geschmacklos, so wie es in Internetforen versprochen wurde?

Tobias' Kehlkopf hüpfte, als er schluckte. »Der ist gut«, lobte er den Schampus zu meiner großen Erleichterung.

Natürlich durfte das Gespräch nicht auf Antonia kommen. Dieses Kapitel würde ich meiden wie der Teufel das Weihwasser. Also redete ich einfach drauflos, wie ein Wasserfall. Unterhielt Tobias mit erfundenen Anekdoten aus der Agentur.

Tobias lachte nicht, verzog keine Miene, wirkte seltsam irritiert. Doch darum kümmerte ich mich nicht. Wie schon früher leerte Tobias, dieser heimliche Alkoholiker, sein Glas in wenigen Zügen. Wunderbar. Nun hatte er seine Dosis intus. Jetzt musste ich ihn nur noch eine Weile bei Laune halten. Und warten. Ich schenkte ihm nach.

»Xenia, ich wollte ...«, nahm er einen Anlauf.

Ich fuhr ihm über den Mund. »Ich habe dir so viel zu erzählen. Wenn du wüsstest, was alles passiert ist.«

Tatsächlich schwieg Tobias, was ich auf die langsam einsetzende Wirkung der K.-o.-Tropfen zurückführte. Ich lästerte nach Kräften über Saskia, diese Schlange, erwähnte allerdings nicht, dass sie mich in Kooperation mit Lorenz rausgeworfen hatte.

Tobias saß still da, drehte den Kelch nervös zwischen seinen Fingern, hörte mir zu, wirkte bedrückt.

»Na, nun trink doch was«, stieß ich ihn freundschaftlich in die Rippen und stürzte, um ihn zu ermuntern, meinen eigenen Champagner hinunter. Ein Glas konnte ich ja vertragen.

Brav trank Tobias nun sein zweites Glas leer. Sofort schenkte ich es wieder voll.

Heimlich blickte ich auf meine Armbanduhr. Zwanzig Minuten. Der Alkohol würde die Wirkung, die nach etwa einer halben Stunde einsetzen sollte, noch verstärken. Also gab ich noch eine erfundene Anekdote aus der Agentur zum Besten.

Plötzlich setzte Tobias sein Glas ab. »Mir ist so übel«, brach es aus ihm heraus. Seine Pupillen waren ganz weit. Alle Achtung, die Tropfen waren ihr Geld wert.

Tobias wurde blass, sein Gesicht nahm einen fast wächsernen Ton an. Er sah nun aus wie das, was er bald sein würde: eine Leiche.

»O Gott, ist mir schlecht«, stöhnte er und griff sich mit der Hand an den Kopf.

»Tobias, Liebling, du wirst ganz bleich«, heuchelte ich Mitgefühl. »Ich glaube, ich sollte dich sofort in die Charité fahren. Vielleicht ist es eine allergische Reaktion auf den Champagner.«

Tobias nickte. Ihm musste wirklich schlecht sein, wahrscheinlich quälte ihn Todesangst, riskierte er doch durch die Behandlung in der Charité seine Verhaftung.

Ich sprang auf, lief ins Schlafzimmer, riss meine Handtasche an mich, schlüpfte in meine Turnschuhe und warf mir eine Jacke über.

»Mir ist so schlecht, alles ist so verschwommen«, stöhnte Tobias. Er hing jetzt mit dem Oberkörper über der Lehne, sah aus, als würde er sich gleich übergeben.

Mitleid? Nein, Mitleid empfand ich nicht. Im Gegenteil. Es amüsierte mich, dass mein Mann, der ein kleines Mädchen vergewaltigt und ermordet hatte, mir wehrlos ausgeliefert war. Die Macht, die plötzlich in meinen Händen lag, wirkte berauschend wie eine Droge. Nie hatte ich Macht gehabt. Nicht über meine Mutter, nicht über Peter, nicht über Tobias. Immer war ich nur das wehrlose Opfer gewesen. Nun hatte ich es geschafft, den Spieß umzudrehen. Endlich, endlich war ich am Zuge, würde mich rächen, für all das, was mir, Antonia und allen anderen missbrauchten Mädchen auf dieser Welt angetan worden war.

»Tobias, komm, ich helfe dir aufzustehen«, schlug ich den sanften Ton einer Krankenschwester an.

Tobias wimmerte nun fast. Nur mit meiner Hilfe schaffte er es, auf die Beine zu kommen. Ich klemmte meinen Körper unter seine Achsel, stützte ihn. Tobias war schwer, aber mein Plan, diesen Mann in den nächsten Stunden zu erledigen, verlieh mir ungeahnte Kräfte. Er hing an mir wie ein nasser Sack, konnte gerade noch einen Fuß vor den anderen setzen. Schweißperlen traten mir auf die Stirn. Doch ich schaffte es irgendwie, Tobias Stufe für Stufe die Treppe hinunterzubugsieren, ohne zu stürzen. Zum Glück begegneten wir niemandem. Draußen wurde es leichter, denn bis zum Auto, das ich direkt vor dem Haus geparkt hatte, waren es nur ein paar Schritte. Ich packte Tobias mit beiden Händen bei den Oberarmen, lehnte ihn gegen den Wagen und öffnete die Beifahrertür. Tobias sackte in sich zusammen, ging in die Knie und stöhnte.

»Beruhige dich, mein Lieber«, flötete ich. »Bestimmt ist es nichts Ernstes.«

Tobias hob den Blick, sah mich dankbar an. »Du kannst so lieb sein, Xenia«, flüsterte er.

Mir lief es eiskalt den Rücken hinunter. Dennoch beherrschte ich mich.

»Aber das ist doch selbstverständlich«, heuchelte ich, während ich ihm half, ins Auto zu steigen.

Ich schloss die Tür, ging um den Wagen herum. Die wenigen Passanten, die um diese Zeit noch in der Mommsenstraße unterwegs waren, nahmen keinerlei Notiz von uns. Ich stieg ins Auto und fuhr los. Tobias saß wie eine Stoffpuppe auf dem Beifahrersitz. Sein Kinn fiel ihm auf die Brust. Er verlor das Bewusstsein. Dieser Schlaf würde, so hatte ich es im Internet gelesen, mehrere Stunden andauern. Stunden, in denen Tobias mir völlig ausgeliefert war …

Ich fuhr in Richtung Bernau. Dort hatte ich, an einer einsamen Stelle am Waldrand, in den vergangenen Tagen für den Ernstfall alles vorbereitet.

Obwohl es inzwischen dunkel geworden war, fand ich die Stelle auf Anhieb wieder. Ich bog rechts ab, holperte über einen Feldweg. Hier draußen in der Einsamkeit war es noch dunkler als in der Stadt. Die Scheinwerfer schlugen eine gespenstische Schneise durch die Nacht. Trotzdem hatte ich keine Angst. Ich fühlte mich mächtig, unangreifbar. Ich, Xenia Rabe, Herrin über Leben und Tod.

Tobias gab keinen Mucks von sich. Sein Kopf wackelte mit jedem Ruck leicht hin und her. Er atmete flach, lebte also. Noch, zumindest.

Die Stelle, die ich mir für den Mord an Tobias ausgeguckt hatte, lag an einem Hang, der in einen Wald mündete.

Ich schaltete das Standlicht ein. Tobias schlief tief und fest auf dem Beifahrersitz. Ich fühlte mich gut wie nie zuvor in meinem Leben. Die Vorstellung, gleich eine Grenze zu überschreiten in ein Land, aus dem es kein Zurück mehr gab, das mein Leben teilen würde in Vorher und Nachher, Unschuld und Schuld, Leben und Tod, bescherte mir das Kribbeln einer Frischverliebten.

Ich stieg aus. Der Boden, den der Regen aufgeweicht hatte, gab unter meinen Schritten nach. Dieses Mal hatte ich nicht den Fehler gemacht, hohe Schuhe anzuziehen. Ich öffnete die Beifahrertür. Tobias rührte sich nicht. Seine Augen waren, soweit ich es im Scheinwerferlicht erkennen konnte, halb geöffnet. Ich nahm seinen Arm, der sich schlapp und schwer anfühlte, und zog so heftig daran, dass ein Schultergelenk knackste. Sein Oberkörper plumpste aus dem Wagen. Er schien nichts mehr wahrzunehmen, fühlte sich an wie eine Gummipuppe.

Ich griff ihm unter die Achseln. Herrje, war dieser Mann schwer. Gleich würde es leichter werden, denn ich musste Tobias nur noch den Abhang runterrollen. Dazu kniete ich mich auf den matschigen Boden und gab ihm mit beiden Händen einen Stoß. Sein Körper drehte sich nur schwerfällig. Der Boden war uneben und schlammig. Tobias blieb mit dem Gesicht nach unten im Dreck liegen. Doch er gab keinen Laut von sich. Mit aller Kraft stemmte ich mich gegen seinen Körper. Rollte ihn Stück für Stück den Abhang hinunter. Die Nässe kroch aber durch den Stoff meiner Hose, doch ich war zu aufgeregt, um zu frieren.

Plötzlich röchelte Tobias, sein Oberkörper zuckte. Wahrscheinlich hatte er Erde eingeatmet und drohte zu ersticken. Einen Moment schien es, als würde er sich aufbäumen. Dann blieb er liegen.

Mein Herz raste. Ich spürte, wie mir der Schweiß den Rücken runterlief. Ich legte ihm eine Hand auf den Brustkorb. Tobias atmete noch, zwar nur ganz flach, aber immerhin. Sein Mund stand etwas offen, das Gesicht war lehmverschmiert, die Haare voller Erde. Die Jeans völlig verdreckt wie das Hemd, das ihm aus der Hose hing, einen Schuh hatte er verloren.

Ich empfand nicht einen Funken Mitleid für diesen Mann. Er war ein Fremder. Und diese entwürdigende Pose war erst der Anfang einer gerechten Strafe, die Tobias nun gleich durch meine Hand empfangen würde.

Obwohl ich mich beeilte, brauchte ich eine ganze Weile, bis Tobias dort lag, wo ich ihn haben wollte. Mein Aussehen spottete jeder Beschreibung. Die Kleider starrten vor Dreck und waren durchnässt, ich kümmerte mich nicht darum. Flink wie ein Wiesel kletterte ich den Hang wieder hoch, öffnete den Kofferraum des Wagens, holte mein Mordwerkzeug heraus und lief zurück.

Ich hätte singen können vor Glück.

Vor zwei Tagen hatte ich am Fuß des Hanges eine Grube ausgehoben. Nicht besonders tief, einen halben Meter vielleicht. Aber das würde reichen, um Tobias bei lebendigem Leibe zu begraben. Selbst wenn er langsam das Bewusstsein zurückerlangen würde, wäre er zu schwach, um sich zu befreien, und würde qualvoll ersticken. Mit beiden Händen rollte ich Tobias in die Grube. Sein Körper schlug mit einem dumpfen Laut auf. Er lag auf dem Rücken, mein Werk war nun fast vollbracht.

Ich nahm den Spaten, den ich aus dem Kofferraum geholt hatte, und fing an, meinen Mann einzubuddeln.

Die erste Schaufel mit Erde ließ ich auf sein Gesicht fallen. Tobias zuckte nicht mal. Diese Tropfen waren wirklich gut. Oder war er schon tot? Wieder stieß ich den Spaten in die Erde und ließ die nächste Schaufel auf dieses verhasste Gesicht fallen. Nun ragte nur noch Tobias' weiße Nasenspitze aus der Erde. Die nächste Schaufel Erde vergrub sein Gesicht. Richtig Spaß machte das. Tobias' Kopf war nun vollständig mit Erde bedeckt. Plötzlich packte mich die Wut. Ich drehte den Spaten und hakte mit der scharfen Kante zu. Ich stieß auf einen Widerstand. Tobias' Schädel. Und dann schlug ich noch mal zu. Und noch mal, aber ich konnte ja nicht sehen, was ich anrichtete. Wie ich sein Gesicht zertrümmerte. Und die Erde sich mit Blut tränkte.

Ich dachte an den unschuldigen Hund, den Tobias vergiftet hatte, an seinen verzweifelten Bruder. Und an Antonia. Ich fühlte, wie sie hinter mir standen. Sie lächelten mir zu.

»Weiter so, Xenia!«, hörte ich Holger und Antonia rufen. Ganz deutlich. Ja, ich hörte ihre Stimmen. »Mach ihn kalt!« Und Harras, der neben ihnen stand, wedelte mit dem Schwanz. Sie beflügelten mich. Schnell schaufelte ich die Grube zu. Ich hatte sie übrigens aus gutem Grund nur einen Meter tief ausgehoben. Nicht nur, weil mir die Kraft fehlte, weiter zu graben. Der Verwesungsgestank sollte die Wildschweine aus dem Wald anlocken. Sie würden Tobias aus der Erde wühlen, ihn in Stücke reißen und sich an seiner Leiche laben, bis nur noch abgenagte Knochen übrig blieben. Dass Wildschweine Aas fraßen und schon die eine oder andere Leiche auf diese Weise beseitigt hatten, wusste ich ebenfalls aus dem Internet.

Nach getaner Arbeit kroch ich den Abhang wieder hoch. Oben angekommen ließ ich mich erschöpft auf den Fahrersitz meines Wagens fallen. Ich hatte es geschafft. Tobias war tot. Ich fühlte mich großartig. Erleichtert. Stolz.

Mein Handy brummte in meiner Handtasche. Ich zuckte zusammen, fühlte mich ertappt. Sofort beruhigte ich mich wieder. Niemand konnte wissen, was ich gerade getan hatte. Mit schmutzigen Fingern kramte ich in meiner Tasche nach dem Telefon.

Eine SMS von KK: *Ich freu mich riesig auf dich.*

Ich atmete tief durch, drehte den Zündschlüssel und gab Gas. Der Motor jaulte auf. Die Räder drehten durch.

Scheiße. Ich saß fest.

*

Schon unten im Treppenhaus hörte Basti Hartmuts Geschrei. Es war noch nicht einmal Mittag und der Lokalchef brüllte so laut, dass er im ganzen Verlagshaus zu hören war. In diesem Moment wusste Sebastian Schellenberger, dass es für ihn nun kein Zurück mehr gab. Er würde Hartmut jetzt sagen, dass er sich einen neuen Polizeireporter suchen musste.

»Hoffentlich ist Basti bald wieder da«, donnerte Hartmut gerade, als dieser die Tür öffnete und die Redaktionsräume betrat.

Hartmut stand mitten im Büro. In der Hand hielt er einen Kugelschreiber, den er, als wäre es eine Pistole, auf Matze und Sarah richtete. Die beiden sahen zu Boden.

Als er Basti erblickte, hellte sich Hartmuts Miene auf und er ließ den Kugelschreiber sinken: »Wenn man vom Teufel spricht ... Guten Morgen, Basti, mein Lieber.«

Der Lokalchef kam auf seinen Reporter zu und klopfte ihm freundschaftlich auf die Schulter. Sein Atem roch nach Alkohol. Noch eine Bestätigung. Es war ja noch gar nicht so lange her, da hatte Basti selbst schon morgens ein paar *Feiglinge* gekippt, um seinen Job ertragen zu können. Gut, dass er mit Kristina zusammenlebte. Und noch besser, dass er diesen Job jetzt an den Nagel hängen würde. Sonst endete er noch so wie Hartmut.

»Schön, dich zu sehen.« Das hatte Hartmut noch nie gesagt. »Gibt einen Toten. Hat drei Wochen in der Badewanne gelegen. Nachbarn haben nix gemerkt. Kannst gleich rausfahren. Deine beiden nichtsnutzigen Kollegen haben die Sache mal wieder verpennt.«

Basti schüttelte den Kopf. »Tut mir leid, Hartmut. Ich werde da nicht rausfahren …«

Hartmuts Lächeln gefror. »Was hast du da eben gesagt?«

»Ich fahre da nicht hin«, wiederholte Basti. Das Ziehen in der Magengegend, das sich schon kurz nach dem Aufstehen gemeldet hatte, wurde stärker.

»Das kann doch wohl nicht wahr sein!«, brüllte Hartmut und lief dunkelrot an. »Warst lange krank und verweigerst den ersten Auftrag, den ich dir gebe. Hast du noch alle Tassen im Schrank?!«

Hartmut war außer sich, Speicheltropfen flogen aus seinem Mund, während er schrie. »Du fährst da sofort raus oder du brauchst hier nicht wieder aufzutauchen!« Mit diesen Worten drehte er sich auf dem Absatz um und wollte Basti stehen lassen. Er konnte es wahrscheinlich kaum erwarten, in seinem Büro einen Schluck aus der Wodkaflasche zu nehmen, die er, wie alle wussten, in seinem Schrank versteckt hielt.

Basti zitterte innerlich. Doch er zwang sich zur Ruhe. »Ich kündige«, sagte er und wunderte sich, mit welch erstaunlicher Kälte er diese beiden Worte über die Lippen gebracht hatte.

Hartmut schnellte herum. »Was hast du da gerade gesagt?«

»Ich kündige. Bin nur gekommen, um meinen Schreibtisch leer zu räumen«, wiederholte Basti ruhig. Während er diese Worte aussprach, löste sich das Ziehen in der Magengegend. Er hatte es getan. Plötzlich fühlte sich Basti so gut wie lange nicht mehr. Aus dem Augenwinkel sah er, wie Sarah und Matze ihn anstarrten. In ihren Blicken lag eine Mischung aus Fassungslosigkeit und Bewunderung.

»Du brauchst deinen Schreibtisch nicht aufzuräumen!«, brüllte Hartmut. »Deine Klamotten lassen wir dir nach Hause schicken. Ich will dich hier nicht mehr sehen! Raus! Raus!« Hartmut fuchtelte mit den Armen, als müsse er einen Schwarm lästiger Fruchtfliegen verjagen.

Wortlos drehte sich Basti um, ging zur Tür.

»Aber eines versprech ich dir«, zischelte Hartmut ihm hinterher. »Ich werde dafür sorgen, dass du in der ganzen Branche keinen Job mehr kriegst.«

Die Worte trafen Basti wie Pfeile. Sein Magen machte einen Satz, als säße er in einem Flugzeug, das in ein Luftloch geraten war. Ohne ein Wort zu sagen, verließ er die Redaktion, schloss die Tür leise hinter sich. Er ließ sich nicht von Hartmut aus der Reserve locken.

Unten im Auto zündete er sich erst mal eine Zigarette an. Seit der Sache mit Thomas rauchte Basti wieder. Die Kippe bebte zwischen seinen Fingern. Ob Hartmut wirklich so mächtig war, dass er ihm die Zukunft versauen konnte? Immerhin konnte er jedem Lokalchef, der sich nach ihm erkundigte, erzählen, was dieser Sebastian Schellenberger für ein Stümper sei. Auf der anderen Seite: Wer war schon Hartmut Gnitzke?

Sein Handy klingelte. *Matze* blinkte es auf dem Display. Sein Kollege war Hartmut offenbar lebend entkommen. Sofort rührte sich Bastis schlechtes Gewissen. Wenigstens Matze, mit dem er so viele Jahre eng zusammengearbeitet hatte, hätte er einweihen müssen. Auf der anderen Seite hatte er nicht mal Kristina reinen Wein eingeschenkt. Es war eine einsame Entscheidung unter der Dusche gewesen, zu kündigen. Aus gutem Grund. Basti war sich bis zu dem Moment, als er Hartmuts Gebrüll unten im Treppenhaus gehört hatte, nicht sicher gewesen, ob er wirklich den Mut aufbringen würde, einen Schlussstrich unter seine Karriere beim *Berliner Express* zu ziehen.

Er klappte sein Handy auf und meldete sich.

»Alter Schwede, super, wie du es Hartmut gegeben hast.« Matze war hörbar begeistert. »Aber nun erzähl schon, wo gehst du hin – zur Konkurrenz?«

»Nirgendwohin«, antwortete Basti.

»Wie jetzt – du hast noch nix Neues?!«

»So ist es.«

Einen Moment lang war es still am anderen Ende der Leitung. »Alter, sag mal, bist du wahnsinnig geworden?«, brach es aus Matze heraus.

»Vielleicht«, gab Basti kühl zurück.

»Willst du als Hartz-IV-Empfänger enden, oder was?«

Nun wurde Basti wütend. »Immer noch besser, als weiter diesen Dreck zu machen«, zischte er und klappte das Handy zu. Es war also doch richtig gewesen, Matze nicht einzuweihen. Er hätte nur versucht, ihn umzustimmen. Wahrscheinlich war er tatsächlich wahnsinnig, weil er den Job hinschmiss, überlegte Basti, als er den Zündschlüssel umdrehte und losfuhr. Vor allem, weil er tatsächlich keine rechte Ahnung hatte, wovon er nun leben sollte. Auch Harry Schwarz, den er vor ein paar Tagen angerufen hatte, hatte ihm nicht helfen können.

»Ich würde Sie sofort nehmen«, hatte Schwarz ihm am Telefon versichert. »Meine Mutter hat mir schon vorgeschwärmt, was Sie für ein engagierter, hartnäckiger Reporter sind. Aber Sie wissen ja, wie die Lage ist. Verlage stellen nicht mehr ein. Tut mir wirklich leid.«

Basti war nicht sonderlich traurig gewesen, denn ehrlich gesagt hatte er gar keine Lust gehabt, von Berlin nach Buxtehude zu ziehen, um dort als Journalist zu arbeiten.

Mal sehen, was Kristina sagen würde.

Obwohl seine Lage alles andere als rosig war, fühlte sich Basti gut. Er war aufgestanden, hatte endlich den Mund aufgemacht und diesen Job, der ein Albtraum gewesen war, über Bord geworfen.

Als er zu Hause die Wohnungstür aufschloss, wunderte er sich, dass Kristinas Turnschuhe im Flur lagen. Sie war heute Morgen früh aus dem Haus gegangen, weil sie noch immer in der Buchhandlung arbeitete.

Kristina kauerte im Wohnzimmer auf dem Sofa, hielt mit beiden Händen einen Becher Tee umklammert. Sie war blass.

»Schatz«, sagte sie mit belegter Stimme. »Ich musste den ganzen Morgen aufs Klo, um zu kotzen. Deshalb bin ich früher von der Arbeit weg.«

Basti setzte sich, nahm Kristina in den Arm.

»Ich glaub, ich bin schwanger.«

*

Der Schweiß lief mir den Rücken runter. Mein T-Shirt klebte am Körper. Ich gab Gas. Die Räder drehten durch. Die Stille würde das Heulen des Motors kilometerweit in die Nacht tragen.

Panik stieg in mir hoch. Jetzt bloß nicht die Nerven verlieren, dachte ich und drehte am Zündschlüssel – das Heulen erstarb. Um mich herum wurde es dunkel. Stockdunkel, bis auf einen schmalen, silbernen Streifen am Horizont, vor dem die Bäume des nahen Waldes aussahen wie bizarre Scherenschnitte.

Ich lehnte mich mit dem Kopf aufs Lenkrad, atmete in die Stille, überlegte. Ich brauchte ein Brett, das ich unter die Hinterreifen legen konnte. In Gedanken ging ich den Inhalt meines Kofferraums durch. Ein Verbandskasten lag darin. Und … eine alte Wolldecke.

Ich schaltete das Standlicht wieder ein, stieg aus, lief um den Wagen herum und öffnete den Kofferraum. Ich stand mit den Hinterrädern in einer Pfütze, das Wasser suppte in meine Turnschuhe. Im schummrigen Licht tastete ich im Kofferraum nach der Wolldecke. Mist, sie war verschwunden. Wahrscheinlich hatte ich sie irgendwann mit in die Wohnung genommen, um sie zu waschen.

Ich trat einen Schritt zurück, sah nach links und rechts. Verflixt, war das finster hier. Soweit ich es im spärlichen Schein des Standlichtes erkennen konnte, lag nirgendwo ein Brett, nicht einmal ein dicker Ast, den ich unter die Hinterreifen hätte klemmen können.

Ich schlug die Heckklappe zu, setzte mich wieder in den Wagen, ließ den Motor an. Plötzlich hatte ich eine Idee. Ich legte den Rückwärtsgang ein – bislang hatte ich nur versucht, nach vorn zu entkommen – und gab Gas. Vielleicht war der Rand der Kuhle hinten niedriger.

Mit einem Ruck hüpfte der Wagen aus der Pfütze. Tatsächlich. Dass ich darauf nicht früher gekommen war! Ich riss das Steuer nach rechts, um nicht wieder in die Kuhle zu rollen, holperte nach vorn.

Die Straßen waren verlassen, ich fuhr zügig Richtung Berlin. Mein Kopf war leer, ich dachte an nichts. Fühlte nur diese unglaubliche Erleichterung. Tobias würde keinem Mädchen mehr zu Leibe rücken.

Es dämmerte schon, als ich in Berlin meine Wohnungstür aufschloss. Ich ließ mir ein heißes Bad ein und steckte meine lehmverschmierten Kleider in die Waschmaschine. Nach dem Bad fiel ich todmüde ins Bett, schlief zum leisen Grummeln der Waschmaschine ein.

Erst gegen Mittag wachte ich auf, hatte so fest geschlafen wie lange nicht mehr. Draußen regnete es. Die Natur machte sich zu meiner Komplizin und spülte die Spuren weg.

Mit einem Mal war mir klar, dass ich es wieder tun würde. Und ich hatte auch schon mein nächstes Opfer auserkoren.

*

Basti wusste nicht, ob er lachen oder weinen sollte. Er nahm Kristinas Hände. Sie waren ganz kalt.

»Schwanger«, wiederholte er mit einem leisen Beben in der Stimme.

Kristina nickte. »Ich hab schon einen Schwangerschaftstest aus der Apotheke geholt. Er steht auf dem Klo.«

Aha, eine kleine Hoffnung gibt es also noch, dachte Basti und schämte sich sofort für diesen Gedanken. Hatte er sich je um Verhütung geschert? Nein. Schließlich nahm Kristina die Pille.

»Ich glaube, es muss neulich passiert sein«, flüsterte Kristina. »Als ich die Nasennebenhöhlenentzündung hatte. Da habe ich doch Antibiotika geschluckt. Die haben die Pille außer Gefecht gesetzt.«

Basti nickte. »Wir machen jetzt erst mal den Test. Und dann sehen wir weiter.«

Kristina nickte, sah auf ihre Armbanduhr. »Das Ergebnis müsste gleich feststehen.«

Basti sah sie verwirrt an. »Wie jetzt?«, fragte er. »Du hast den Test schon gemacht?«

Kristina nickte. »Hab ich doch gesagt. Der Test steht auf dem Klo.«

»Ach so«, dämmerte es Basti.

Kristina stand auf, ging zur Toilette.

Plötzlich war es wieder da. Dieses unangenehme Ziehen in der Magengegend.

Kristina kam zurück. »Hier«, sagte sie und hielt ihm eine Art Stäbchen unter die Nase. »Hat sich rosa verfärbt.«

»Und was heißt das?« Basti nahm das längliche Gerät in die Hand.

»Dass du Papa wirst.«

Das Ziehen in Bastis Magen nahm zu. Gegen diese Nachricht war der Zusammenprall von heute Morgen mit Hartmut geradezu ein nettes Stelldichein gewesen.

Kristina setzte sich neben ihn aufs Sofa, wartete, wie Basti reagieren würde.

Der zog seine Freundin an sich. »Na ja«, hörte er sich sagen. Plötzlich wusste Basti, dass er dieses Kind wollte. Auch wenn ihm angst und bange wurde bei dem Gedanken an die Verantwortung, die er auf sich nahm. »Dann sollten wir vielleicht mal das Aufgebot bestellen.«

Kristina strahlte. »War das ein Heiratsantrag?«

Basti drückte Kristina fest. »Oder willst du mich nicht?«, flüsterte er.

»Doch«, antwortete sie.

»Gibt nur ein kleines Problem«, rückte Basti mit der Sprache raus.

Kristina legte die Stirn in Falten. »Problem?! Bist du etwa noch verheiratet? Hast du mir hier die ganze Zeit was vorgelogen?«

Der panische Unterton in ihrer Stimme amüsierte ihn. »Quatsch. Aber ich habe heute Morgen meinen Job geschmissen. Du heiratest also einen arbeitslosen Journalisten, der vielleicht Taxi fahren muss, um seine Familie zu ernähren.«

»Ach so«, gab Kristina zurück und schmiegte sich an ihn. »Wenn's weiter nichts ist. Darüber mache ich mir gar keine

Sorgen, Schatz. Du bist so gut, du schlägst dich auch woanders als Freier durch. Außerdem verhungert in diesem Land niemand, schon gar keine Familie mit Kind.«

Basti musste lachen. Kristina war eben von Beruf Tochter. Sie lebte in einer Wohnung, die ihrem Vater gehörte, und wurde von ihrem Alten auch noch mit einer großzügigen Apanage unterstützt. Man konnte ihr vorwerfen, unselbstständig zu sein. Aber sie ging mit einer Leichtigkeit durchs Leben, die ansteckend wirkte. Das Leben an ihrer Seite fühlte sich an, als würde sich die Seele in die Sonne legen. Und dafür liebte er sie.

Kristina hatte recht. Er würde sich als Freier durchschlagen, seine Geschichten überall anbieten, auch im Ausland. Schließlich sprach er fließend Englisch, Französisch und Spanisch. Vielleicht würde er auch PR-Arbeit machen. Alles besser, als beim *Berliner Express* weiter unter Hartmut zu leiden.

Irgendwie würden sie schon durchkommen.

*

Peter Heine sah in den Spiegel. Mit Daumen und Zeigefinger rieb er sich seinen rotblonden Dreitagebart. Siehst cool aus, dachte er und lächelte sein Spiegelbild selbstverliebt an. Kein Wunder, dass die jungen Dinger alle auf ihn abfuhren. Und das immer noch, obwohl er nun schon achtundfünfzig war. Bislang hatte er ja jede rumgekriegt. Sein Lächeln verwandelte sich in ein lüsternes Grinsen.

Heine löste sich von seinem Spiegelbild, ging ins Wohnzimmer und setzte sich an den Computer. Er öffnete das kleine Geheimfach in seinem Schreibtisch, holte einen Speicherstick heraus und steckte ihn in den Rechner. Er wartete, bis der Stick geladen war, und öffnete dann den Dateiordner. Heine klickte die Datei *Schatzkiste* an. Und schon lagen sie alle vor ihm, seine kleinen Luder. Räkelten sich nackt auf seinem Bett, lächelten in die Kamera. Es war kein Problem, die kleinen Dinger zu diesen Posen zu überreden, bevor er mit ihnen schlief. War ganz leicht. Er redete ihnen immer ein, dass sie das Zeug zum Topmodel hätten. Dann noch ein bisschen Alkohol, und die Sache war geritzt. Wenn die kleinen Luder ihm nicht mehr zu Willen waren oder ihn gar anzeigen wollten, hatte er sie in der Hand. »Du willst doch bestimmt nicht, dass die Fotos von dir im Internet landen und die Leute erfahren, dass du Geschenke von mir angenommen hast. Oder?«

Früher war alles einfacher gewesen. Aber dieses ganze Gequatsche der Feministinnen über den sogenannten sexuellen Missbrauch hatte die Mädchen wach werden lassen. Er liebte sie ganz jung, möglichst bevor sie das erste Mal mit einem Jungen geschlafen hatten. Warum? Er war halt gern der Erste. Außerdem hatten diese jungen Mädchen so eine schöne Haut, straff und zart.

Mit erwachsenen Frauen konnte er nichts anfangen. Nicht nur, weil er ohnehin kaum das Bedürfnis verspürte, Beziehungen oder Freundschaften zu pflegen. Er war sich selbst genug. Erwachsene Frauen waren so schwierig, hatten ihren eigenen Kopf, stellten Ansprüche. Während die jungen Dinger ihn vorbehaltlos anhimmelten und je nach Elternhaus – er bevorzugte Mädchen aus zerrütteten Familien – wunderbar anlehnungsbedürftig waren.

Heine öffnete seine Jeans, wollte sich gerade mit der Hand in den Schritt fahren, als es an der Tür klingelte. Wer war denn das? Vielleicht Anna, die kleine Schönheit, deren Eltern sich gerade scheiden ließen? Süße sechzehn. Bestimmt wollte sie quatschen. Heine grinste. Auf Anna war er schon lange scharf.

Ohne den Rechner runterzufahren, schaltete er den Monitor einfach aus. Er zog den Reißverschluss seiner Hose hoch, stand auf und ging zur Tür. Heute wäre es noch zu früh, um mit Anna zu schlafen. Er musste ihr erst ein paar Geschenke machen, ihr Vertrauen erschleichen und sie fotografieren. Heute würde er ihr einfach nur zuhören, mit ihr reden. Tee kochen, ihr danach vielleicht etwas Alkoholisches anbieten. Vielleicht ließ sie ihn dann ein bisschen fummeln. Aber in ein paar Wochen war sie fällig. Er sah die Kleine schon vor sich, wie sie sich bei gedämpftem Licht auf seinem Bett räkelte.

Doch als er die Tür öffnete, stand nicht Anna vor ihm, sondern eine fremde Frau, die ihn anstrahlte. In den Händen hielt sie ein Tablett, auf dem zwei Kelche standen, in denen Sekt sprudelte. Daneben die Flasche. *Champagner,* las Heine auf dem Etikett. Donnerwetter. Womit hatte er das denn verdient?

Irgendwie kam ihm das Gesicht bekannt vor. Meine Herren, die Alte sah wirklich umwerfend aus. Ihr blondes Haar glänzte seidig wie das einer Schaufensterpuppe. Ihre Lippen waren blutrot geschminkt, das schwarze T-Shirt tief ausgeschnitten. Sie trug einen Minirock und hochhackige Pumps. Wahrscheinlich eine alte Gespielin, die er entjungfert hatte. Frauen vergaßen den ersten Mann ihres Lebens ja nie. Nur ihr Name wollte ihm partout nicht einfallen. Trotzdem rief Heine: »Das ist aber eine schöne Überraschung.«

»Du erinnerst dich also noch an mich«, lächelte die Schönheit.

Dieser rote Schmollmund ... Und die Zähne ... diese Frau trug eine schimmernde Perlenkette im Mund. O ja, dachte

Heine. Eigentlich war diese Tussi ihm viel zu alt. Aber vielleicht würde sie ihm einen blasen. Bis sein Schätzchen Anna reif sein würde, dauerte es ja noch eine Weile.

»Wie könnte ich dich vergessen«, spulte Peter Heine sein Programm ab. »Komm doch rein, meine Süße.«

»Ich war in der Nähe auf Dienstreise und dachte, ich besuche mal meinen alten Schwarm. Habe dich im Internet gefunden.«

Ach ja, dachte Heine. Seine wunderbare Homepage. *Meine Tür steht immer für euch offen,* hatte er hinterhältig formuliert und seine Privatadresse ins Netz gestellt. Ein Hinweis, der ihm immer wieder den unverhofften Besuch junger Mädchen bescherte. Natürlich kamen auch ein paar Jungen, die er aber immer schnell abfertigte.

Heine führte die unbekannte Schönheit ins Wohnzimmer, starrte ihr, als sie das Tablett auf dem Tisch abstellte, ungeniert auf den Hintern. Sie trug schwarze Nylonstrümpfe mit Naht. Wow. Und das alles für ihn.

Als ihm dieses Prachtweib den Kelch mit dem Champagner reichte, wusste er plötzlich wieder, wer diese Frau war. Xenia, das war Xenia, dieses verruchte kleine Luder. Die mit der schwer depressiven Mutter, die sich nie um sie gekümmert hatte. Meine Herren, die hatte sich aber rausgemacht. Und das bei dem Elternhaus. Kaum zu glauben.

»Xenia, du siehst fabelhaft aus«, lachte er.

Xenia zeigte ihm ihr Perlenkettenlächeln. »Und du erst, Peter«, flötete sie. »Aber Männer wie du werden ja nicht alt. Sie werden zu Klassikern.«

Der Satz ging ihm runter wie Honig. Den musste er sich unbedingt merken.

Heine prostete Xenia zu. Na bitte, dieses ganze Gequatsche vom sexuellen Missbrauch war ausgemachter Blödsinn.

Würde seine Gespielin ihn sonst nach so vielen Jahren besuchen? Mit einer Flasche Champagner? Er nahm einen ordentlichen Schluck. Bah, war das sauer. Heine musste sich schwer beherrschen, nicht das Gesicht zu verziehen. Er trank viel lieber Bier. Aber er würde jetzt brav mit dieser kleinen Schlampe die Flasche Schampus leeren und sich dann von ihr bedienen lassen. Und wenn sie nicht so wollte wie er, würde er ihr mit seiner Hand in ihre blonde Mähne fahren, sich festkrallen und ihren Kopf in die richtige Richtung zerren. Ein Gedanke, der ihn erregte.

»Sag mal, Xenia-Schätzchen, was hast du denn in den letzten Jahren so getrieben«, heuchelte Heine Interesse. In Wirklichkeit wollte er gar nicht wissen, wie diese miese, kleine Schlampe es geschafft hatte, aus der Gosse rauszukommen.

Er nickte ihr zu, als sie zu reden begann, damit sie glaubte, er würde ihrer Erzählung folgen. Denn eines hatte er in den vergangenen Jahren gelernt: Ein Mann kam nur zum Ziel, wenn er vorgab, sich für das Objekt seiner Begierde zu interessieren. Er musste zuhören können. In Wirklichkeit langweilte die Alte ihn, erzählte irgendwas von einer PR-Agentur, in der sie arbeitete, und dass sie sich gerade von ihrem Mann getrennt hätte.

Plötzlich wurde ihm schlecht. Alles drehte sich. Vertrug er den Schampus etwa nicht? Er war doch trinkfest.

Heine sank zurück in seinen Sessel. Ihm war übel, übel wie nie zuvor in seinem Leben. Seine Beine fühlten sich an, als wäre er knietief in einen Ameisenhaufen getreten. Tausend Nadelstiche malträtierten ihn, wanderten durch seinen Körper, hoch zu den Armen. Ein stechender Schmerz fuhr ihm in die Brust.

Peter Heine griff sich ans Herz, rang nach Luft. Er wollte schreien. Xenia, Xenia, hilf mir. Doch aus seiner Kehle löste sich nur ein unverständliches Krächzen. Und Xenia, die schräg gegenüber auf dem Sofa saß, hob ihr Glas. Und lächelte. Süß. Und böse.

O Gott, dachte Heine noch. Dann wurde es Nacht.

*

Die Sekretärin tat geheimnisvoll. Basti lag noch im Bett, hielt das Handy, das ihn geweckt hatte, ans Ohr. In seinem Arm, den er vor Taubheit kaum noch spürte, schlief Kristina. Es war Montagmorgen, noch keine acht Uhr, und Basti telefonierte das erste Mal in seinem Leben mit dem Büro der Verlegerin Katharina Herrenburg. Ihr gehörte nicht nur der *Berliner Express*, sondern auch noch ein paar Anzeigenblätter, die kostenlos in Berlin und Umgebung verteilt wurden.

»Herr Schellenberger, könnten Sie bitte sofort ins Verlagshaus kommen? Frau Herrenburg möchte Sie unbedingt sehen.«

Mit einem Schlag war Basti hellwach. Die Verlegerin höchstpersönlich wollte ihn sprechen?! Das konnte nichts Gutes bedeuten. Sie würde ihn wohl kaum bitten, zum *Express* zurückzukehren, nach dem, wie Hartmut ihn behandelt hatte. Außerdem hatte ein Bote ihm noch am Nachmittag seiner Kündigung zwei Kartons mit seinen Sachen vorbeigebracht.

Seine Gedanken rasten. Hatte er in der letzten Zeit irgendwelchen Mist gebaut? Gab es vielleicht Schwierigkeiten wegen Unger, dem er und Matze die Nachricht vom Tode seines Sohnes überbracht hatten? Eine Strafanzeige?

»Worum, äh, bitte, geht es?«, stotterte Basti mit einer Stimme, die noch belegt war vom Schlaf. Natürlich würde der Verlag ihm nicht mal einen Anwalt stellen, wenn Unger jetzt Ärger machte. Schließlich war er ja nur freier Mitarbeiter gewesen. Und auch, dass Hartmut die ganze Aktion gebilligt und sie sogar gelobt hatte, war jetzt keinen Pfifferling mehr wert. Mit großer Sicherheit würde Hartmut sein Lob sogar abstreiten, behaupten, er hätte ihn und Matze sofort zur Rede gestellt und verwarnt. Basti spürte wieder dieses unangenehme Ziehen in der Magengegend.

Die Sekretärin ließ sich nicht aus der Reserve locken. »Ich möchte Ihnen wirklich nicht am Telefon sagen, worum es geht. Bitte kommen Sie ins Verlagshaus. So schnell es geht. Frau Herrenburg erwartet Sie.« Die Sekretärin legte auf, erwartete keinen Widerspruch, wenn die Verlegerin rief.

Basti überlegte. Er war fester Freier gewesen und hatte seinen Job geschmissen. Eigentlich hatte Frau Herrenburg kein Recht, ihn in den Verlag zu zitieren. Auf der anderen Seite wäre es vielleicht besser, ihrer Aufforderung zu folgen. Wenn er nicht wusste, was die Verlegerin im Schilde führte, konnte er dem aufziehenden Ärger nicht begegnen. Außerdem war er neugierig auf Katharina Herrenburg. Er war ihr noch nie begegnet. Kannte nur die Geschichten, die im Verlag über sie kursierten. ›Die Herrenburgin‹, wie sie genannt wurde, hatte das Unternehmen von ihrem Vater geerbt, Betriebswirtschaftslehre studiert und einen erfolglosen Jazzpianisten geheiratet. Angeblich konnte sie keine Kinder kriegen. Doch anstatt ein Kind zu adoptieren, musste eine Katze als Ersatz herhalten. Katharina Herrenburg war angeblich so vernarrt in ihre Katze, dass sie immer von ihrem Kind sprach, wenn sie das Haustier meinte. Legendär war die Geschichte vom Chefredakteursessen, zu dem die Verlegerin alljährlich kurz vor Weihnachten in ihre Villa im Grunewald einlud. Der Stubentiger, eine gescheckte Glückskatze namens Fino, war vor aller Augen auf den weiß gedeckten Tisch gesprungen. Und die Verlegerin hatte nur einen entzückten Juchzer ausgestoßen. Auch Verlegergatte Magnus hatte schallend gelacht und seine »Katzentochter«, die von einem Ende der Tafel zum anderen schlich und an den Tellern schnupperte – glücklicherweise gab es weder Fisch noch Fleisch –, gewähren lassen. Die Chefredakteure schwiegen betreten. Keiner wagte, das Tier vom Tisch zu jagen. Oder etwa einen neuen Teller zu verlangen.

Vor ein paar Jahren hatte Katharina Herrenburg sogar den Namen ihrer Katze als Verlagsnamen ins Handelsregister eintragen lassen. Seither hieß der Verlag *Fino-Verlag* und führte als Firmensignet die Silhouette einer Katze.

Eine Stunde nach dem Anruf saß Basti im Vorzimmer der Verlegerin und knetete seine schweißnassen Hände. Sein Haar war noch feucht. Kristina hatte ihm in Windeseile sein einziges weißes Hemd gebügelt. Basti trug den Anzug, den er zusammen mit seiner Mutter vor fast zwanzig Jahren für den Abiball ausgesucht hatte. Der Hosenbund schnürte ihm ins Fleisch, sodass er den Bauch leicht einziehen musste, damit der Knopf nicht absprang. Eine Krawatte gehörte nicht zum Inventar seines Kleiderschrankes; er musste der Verlegerin ohne Schlips unter die Augen treten.

Dass die Sekretärin ihm aufmunternd zunickte, vermochte das Ziehen in der Magengegend nicht zu vertreiben.

»Einen Moment noch. Frau Herrenburg telefoniert«, ließ sie ihn freundlich, aber mit ernster Miene zappeln, was Basti als Warnsignal deutete. Wahrscheinlich hatte Unger einen Herzinfarkt erlitten. Und nun verklagte seine Frau den Verlag.

»So«, sagte die Sekretärin. »Das rote Lämpchen ist erloschen. Frau Herrenburg hat aufgelegt. Dann kommen Sie mal mit.«

Basti nickte. Sagen konnte er nichts. Seine Knie zitterten leicht, als die Sekretärin sachte an der Bürotür der Verlegerin klopfte.

»Herein«, war eine feste Stimme zu vernehmen.

Die Sekretärin öffnete die Tür. Katharina Herrenburg war Ende vierzig. Die ersten grauen Fäden zogen sich durch ihr dunkles Haar, das sie im Nacken zu einem Chignon geschlungen hatte. An ihren Ohrläppchen glitzerten zwei ovale Rubine, die in Gold eingefasst waren. Die Verlegerin trug einen eleganten, anthrazitfarbenen Hosenanzug und halbhohe, spitze Pumps aus schwarzem Leder.

Katharina Herrenburg stand auf, kam hinter ihrem Schreibtisch vor und ging auf Basti zu, der mit zaghaften Schritten den Raum betrat. Das Büro der Verlegerin war ganz in Weiß gehalten. Modern, spärlich möbliert, geradezu puristisch. Ein Schreibtisch, davor zwei Stühle, an der Seite ein Regal, in dem ein paar dicke Bücher standen. Die Formeln und Kurven auf den Titelbildern verrieten, dass sich die Schwarten der Betriebswirtschaftslehre widmeten. Alles aufgeräumt, keine Akten oder unnötiger Firlefanz auf dem Schreibtisch. Nicht mal ein Bild von Ehemann Magnus. Nur an der Wand hing ein riesiges Poster, von dem eine Katze mit wachen grünen Augen auf die Besucher herabsah. Ihr Fell war schwarz, mit roten und orangefarbenen Einsprengseln geflammt.

Die Sekretärin schloss hinter Basti die Tür und lieferte ihn der Verlegerin aus wie ein Kaninchen der Schlange.

Katharina Herrenburg schüttelte ihm die Hand, die Andeutung eines Lächelns umspielte ihren Mund. Für eine Frau hatte die Verlegerin einen ungewöhnlich kräftigen Händedruck. Sie wirkte auch nicht gerade wie eine unzurechnungsfähige Katzennärrin. Eher wie eine unterkühlte Rechnerin.

»Guten Morgen, Herr Schellenberger«, sagte sie und deutete auf den Stuhl vor ihrem Schreibtisch. »Schön, Sie endlich mal kennenzulernen, auch wenn der Anlass ja eher traurig und sehr ernst ist. Setzen Sie sich doch.«

Der Satz traf Basti wie ein Faustschlag in die Magengrube. Also doch. Unger. Herzinfarkt. Wochenlanger Krankenhausaufenthalt. Rehaklinik. Am Ende hatten die Ärzte ihn doch nicht retten können. Und nun klagte die Familie die Kosten ein. Fünfstellig. Mindestens.

Basti schluckte. Er war ruiniert. Ausgerechnet jetzt, wo er im Begriff war, eine Familie zu gründen.

»Herr Schellenberger«, sagte Katharina Herrenburg, nachdem sie sich wieder hinter ihrem Schreibtisch verschanzt hatte. Ihr Blick war ernst, aber nicht unfreundlich. »Leider muss ich Ihnen sagen, dass Hartmut Gnitzke am Wochenende bei einem Verkehrsunfall ums Leben gekommen ist. Auf dem Weg von Berlin nach Hamburg. Er ist aus unerfindlichen Gründen von der Fahrbahn abgekommen, hat sich überschlagen und ist gegen die Leitplanke geprallt.«

Es dauerte einen Moment, bis Basti begriff, was die Verlegerin da gesagt hatte. Hartmut war tot, hatte wahrscheinlich im Suff die Kontrolle über sein Auto verloren.

»Ich weiß, das muss ein schwerer Schlag für Sie sein. Sie haben ja viele Jahre mit Herrn Gnitzke zusammengearbeitet«, fuhr Katharina Herrenburg fort und legte eine Pause ein.

Basti bemühte sich, ruhig zu atmen. Obwohl er Hartmut zum Schluss richtig gehasst hatte, war diese Nachricht ein Schock.

»Ich weiß, es ist vielleicht nicht ganz passend«, sagte die Verlegerin schließlich. »Aber so sehr ich den Tod von Herrn Gnitzke bedauere, der *Berliner Express* braucht einen neuen Lokalchef, und zwar sofort. Wir können dieses Blatt, das das Aushängeschild unseres Hauses ist, nicht einen Tag führungslos lassen.«

Basti nickte, noch immer hatte er nicht die geringste Ahnung, worauf die Frau hinauswollte.

»Deshalb möchte ich Sie fragen, ob Sie sich vorstellen könnten, diese Aufgabe zu übernehmen.«

»Äh, was bitte?« Basti starrte die Verlegerin an. Plötzlich gab sein Hosenbund nach, der Knopf sprang auf den Fußboden. Basti lief puterrot an, ihm wurde heiß. Zum Glück war das Büro der Verlegerin nicht mit Parkett, sondern mit grauem Veloursteppich ausgelegt, sodass das Teil lautlos über den Teppich hüpfte, bevor er vor dem rechten Schuh der Verlegerin liegen blieb.

Katharina Herrenburg nahm keine Notiz von dem Malheur.

»Ich verstehe gut, dass Sie geschockt sind«, sagte sie sanft. »Vielleicht erscheint Ihnen mein Angebot, so kurz nach dem Tod von Herrn Gnitzke, auch unpassend. Aber er hat Sie immer in den höchsten Tönen gelobt. Vor allem, dass Sie nach dem Tod Ihres Freundes trotzdem noch einen Artikel über den Brand in seiner Wohnung geschrieben haben, hat uns allen sehr imponiert.«

Hartmut hatte seine Kündigung also noch gar nicht nach oben weitergemeldet, schoss es Basti durch den Kopf. Trotzdem konnte er kaum glauben, welches Angebot die Verlegerin ihm da gerade unterbreitete: Er, Sebastian Schellenberger, der als Witwenschüttler in der Redaktionshierarchie noch unter Hausmeister und Putzfrau rangiert hatte, sollte Lokalchef werden?

»Selbstverständlich bekommen Sie damit auch eine Festanstellung«, lockte ihn die Verlegerin.

»Äh, ja, äh«, stammelte Basti nur. Er konzentrierte sich darauf, flach zu atmen.

Katharina Herrenburg gab ihm ohnehin keine Chance, etwas zu erwidern. »Wenn ich ehrlich bin …«, druckste sie herum. »Natürlich weiß ich, dass das ein bisschen viel verlangt ist … Aber am liebsten wäre mir, Sie würden sofort zusagen. Den Vertrag habe ich schon vorbereitet.« Sie zog ein paar Blätter aus der ledernen Unterschriftenmappe, die vor ihr auf dem Schreibtisch lag, und reichte sie Basti.

»Natürlich können Sie den Vertrag mit nach Hause nehmen und ihn sich in Ruhe durchlesen. Nur, wenn Sie partout nicht wollen, sollten Sie mir das gleich sagen.«

Bastis Blick fiel auf die Zeile, in der das Gehalt gedruckt stand: *Viertausendfünfhundert Euro brutto.* Das war natürlich verdammt wenig für einen Lokalchef. Daher wehte also der Wind. Die Verlegerin nutzte Hartmuts Tod, um am Gehalt des Lokalchefs zu sparen. Hartmut hatte, soweit Basti wusste, mindestens zweitausend Euro mehr bekommen.

Aber Basti hatte kaum eine andere Wahl. Kristina war schwanger. Die Verlage bauten Jobs ab, stellten so gut wie nicht mehr ein. Und ob er sich und seine Familie als freier Journalist wirklich über Wasser halten könnte, war mehr als fraglich.

»In Ordnung«, hörte er sich sagen.

»Das heißt, Sie nehmen mein Angebot an?«

Basti nickte.

Katharina Herrenburg lächelte. »Sehr schön«, sagte sie. »Ich will Sie jetzt nicht auch noch in ein Gespräch über die Ausrichtung des Blattes verwickeln. Sie müssen ja erst mal die Todesnachricht verkraften. Aber wenn ich noch eines anmerken darf: Wir brauchen dringend mehr Kriminalfälle auf der Seite eins. Das hatte ich schon Herrn Gnitzke ans Herz gelegt. So was wie die Geschichte neulich über das Familiendrama in Zehlendorf. Das wollen die Leute lesen. Das macht Auflage. Und Auflage bringt Geld. Das ist auch der Grund, warum ich will, dass Sie Herrn Gnitzke ersetzen und keiner der anderen Redakteure, die schon länger bei uns sind. Ich will jemanden, der in diesem Metier zu Hause ist.«

Bei diesen Worten beugte sich Katharina Herrenburg ein wenig über den Schreibtisch, sodass ein Hauch ihres Parfüms zu ihm herüberwehte. Ein schwerer, orientalischer Duft mit einem Schuss Vanille. Vielleicht sollte diese Geste eine gewisse Vertraulichkeit signalisieren.

»Auf gute Zusammenarbeit, Herr Schellenberger.« Katharina Herrenburg stand auf und reichte ihm ihre schlanke Hand über den Schreibtisch.

Basti zog den Bauch ein, schickte ein Stoßgebet zum Himmel, auf dass sein Reißverschluss halten möge, und erhob sich.

Katharina Herrenburg lächelte ihm aufmunternd zu. »Es ist ganz sicher im Sinne von Herrn Gnitzke, dass Sie sein Nachfolger werden.«

*

Im Internet las ich die Nachrufe auf Peter.

> Peter Heine war als Diakon in unserer Gemeinde tätig und hat sich jahrzehntelang ganz besonders um die Jugendarbeit verdient gemacht. Es war ihm eine Herzensangelegenheit, gerade junge Menschen für ein Leben mit Gott und zum Miteinander in der Gemeinde zu begeistern. Möge er in Gott die Vollendung und Geborgenheit finden, nach der er sich so gesehnt hat. In tiefer Dankbarkeit nehmen wir Abschied und verneigen uns vor seinem Werk.

Niemand schöpfte Verdacht. Kein Mensch hatte mich gesehen. Und als Peter gefunden wurde, waren die K.-o.-Tropfen in seinem Körper längst abgebaut.

Der herbeigerufene Arzt war wohl nicht misstrauisch geworden, so friedlich, wie Peter in seinem Sessel gesessen hatte, mit der Wolldecke, die ich ihm auf den Schoß gelegt hatte.

An anderer Stelle, in einem Forum der Gemeinde, tauschten sich die Mitglieder darüber aus, dass der *arme Peter viel zu früh an einem Herzinfarkt gestorben* sei.

Die Leiche war bereits freigegeben. Sogar der Beerdigungstermin stand schon fest. Einen Moment lang überlegte ich, ob ich hinfahren und mich unter die Trauergäste mischen sollte. Doch dann verwarf ich den Gedanken wieder.

Die Morde hatten mich ausgelaugt. Ich fühlte mich erschöpft, verschwendete keinen Gedanken mehr an die Zukunft, geschweige denn an ein neues Leben mit KK. Das Handy, das inzwischen unzählige SMS von ihm empfangen hatte – erst zaghaft fragende, dann enttäuschte und schließlich wütende Nachrichten –, hatte ich ausgeschaltet. Die Erleichterung darüber, dass Tobias und Peter tot waren, war einer großen Leere gewichen.

Ich aß nichts mehr, duschte nicht mehr, verzichtete darauf, mich anzuziehen und zu schminken. Wenn es an der Tür klingelte, was ein paarmal geschah, öffnete ich nicht. Im Nachthemd schlurfte ich vom Bett zur Toilette und zurück. Ich erschrak, wenn ich mich im Spiegel sah. Das Haar verfilzt. Das Gesicht bleich und ohne Leben. Meine Augen lagen tief in den Höhlen, die Wangen waren eingefallen wie die einer alten Frau. Mein Spiegelbild zeigte nicht einmal mehr den Schatten jener PR-Frau, die ich einst gewesen war. Einer, die Designerklamotten getragen und ein Monatsgehalt für eine Handtasche hingeblättert hatte. Ich sah nun aus … schlimmer noch als meine Mutter.

Zum Glück hatte ich mir in verschiedenen Internetapotheken einen unerschöpflichen Vorrat an Schlaftabletten bestellt, die ich mit viel Rotwein hinunterspülte. Ein Elixier, das mich tröstete. Im Dämmerschlaf hielt. Und mich langsam töten würde.

*

Sarah war gerade aus der Mittagspause gekommen, als Basti mit einer Eilmeldung in der Hand aus seinem Büro auf sie zustürzte.

»Hier, lies«, befahl er und drückte ihr das Blatt Papier in die Hand.

Innenstaatsrat Breuer tritt zurück, las Sarah. Vor einigen Tagen war ihr Bericht über den tödlichen SEK-Einsatz im *Magazin* erschienen und hatte in Berlin ein politisches Erdbeben ausgelöst. Der Polizeipräsident war in den Innenausschuss zitiert worden und die Opposition drohte mit einem Untersuchungsausschuss. Und nun war der Stellvertreter des Innensenators tatsächlich zurückgetreten. *Breuer übernimmt die politische Verantwortung für den Tod von Hagen G., der bei einem SEK-Einsatz ums Leben gekommen ist.*

Sarah war stolz und verwirrt zugleich. Nicht im Traum hatte sie damit gerechnet, dass ihr Bericht einen solchen Wirbel auslösen würde. Alle Berliner Zeitungen zitierten seit Tagen das *Magazin,* ohne freilich zu ahnen, wer sich hinter der Autorin Marie Unnützer versteckte. Stollberg hatte ihr hoch und heilig versprochen, dass das Geheimnis, wer sich hinter diesem Pseudonym verbarg, beim *Magazin* so sicher sei, wie »in einem Schweizer Banktresor«. Zwar brauchte Sarah Hartmut jetzt nicht mehr zu fürchten. Trotzdem durfte nicht herauskommen, dass sie die Geschichte geschrieben hatte. Die Herrenburgin würde sie feuern, wenn sie von ihrem Seitensprung erführe. Dass Hartmut sie dazu getrieben hatte, spielte keine Rolle. Und Basti, der ja erst wenige Wochen Lokalchef war, würde sie nicht schützen können.

Außerdem musste Sarah an Lui denken. Auch wenn der sich über seinen gelungenen Coup freute wie ein kleines Kind und keine Angst zu haben schien.

»In der Behörde haben zig Leute Zugang zu dieser Akte«, hatte er sie beruhigt. »Natürlich hat mein Chef mich in Verdacht. Aber wenn mir dieser Besserwisser an den Karren fahren will, muss er Beweise haben. Und dich kann ja wohl niemand zwingen, Informanten zu verraten.«

Trotzdem sehnte sich Sarah danach, wieder belanglose Kulturkritiken zu schreiben, mit denen sie höchstens ein paar zweitrangige Künstler verärgern würde. Ihr Rausch war verflogen. Sie fühlte sich, als hätte sie eine heimliche Affäre. Lange hielten ihre Nerven das nicht mehr aus.

»Na, was sagst du jetzt?«, fragte Basti und riss ihr die Meldung wieder aus Hand. Seit er zum Lokalchef aufgestiegen war, spielte er sich ziemlich auf. Trug plötzlich dunkle Anzüge.

Sarah schluckte trocken. Sie hatte zwar einen Staatsrat gestürzt, durfte aber die Lorbeeren nicht einheimsen.

»Nachdem du die Polizei in deinem ersten Bericht so gelobt hast, haben wir natürlich nun ein kleines Problem.« Der leise Vorwurf in Bastis Stimme war nicht zu überhören. Er wusste ja nichts von ihrem Streit mit Hartmut. Und Matze, der ihm sicher davon erzählt hätte, um Sarahs Ehre wenigstens ein bisschen zu retten, lag seit einer Woche mit einer schweren Sommergrippe im Bett. Sie würde nach Feierabend mal bei ihm vorbeifahren und ihm Gemüsebrühe bringen.

Sarah vermied es, Basti in die Augen zu sehen.

»Ich werde einen Kommentar schreiben. Der Rücktritt ist ein schlauer Schachzug«, dozierte ihr neuer Chef, als hätte er in seinem Leben über nichts anderes geschrieben als über Politik. »Der Staatsrat rettet seinem Chef den Kopf. Wie beim Schach. Da opfert man auch den Bauern, um den König zu retten.«

Sarah nickte, ihre Wangen glühten.

»Wenn du den Kommentar schreiben würdest, sähe das irgendwie komisch aus«, fügte Basti hinzu.

Sarah nickte stumm. Wie schnell sich der Wind beim *Express* doch gedreht hat, dachte sie. Noch vor ein paar Monaten hatte sie Basti angezischt, als er es gewagt hatte, ihr seine Hand auf die Schulter zu legen. Und nun war er ihr Vorgesetzter. Dass die Herrenburgin ausgerechnet ihn zum neuen Lokalchef gekürt hatte, erschütterte einige Redakteure, die ihre Karrierepläne hatten begraben müssen, mehr als der Tod seines Vorgängers. Doch das Wort der Verlegerin war Gesetz.

Basti ging zurück in sein Büro. Vor seiner Tür blieb er stehen, drehte sich noch einmal zu Sarah um und sagte: »Eigentlich hätten wir diese Geschichte ausgraben müssen.«

*

Ein ohrenbetäubender Knall riss mich aus dem Schlaf. Es zischte. Direkt vor meiner Schlafzimmertür explodierte eine Säule aus gleißendem Licht. Ich riss meine Hände vors Gesicht, kreischte. Ein Poltern, Getrampel. Durch einen Schleier bunter, tanzender Sterne, der sich über meine Netzhaut gelegt hatte, erkannte ich schemenhaft eine Horde maskierter Männer, die mit schweren Stiefeln in mein Schlafzimmer trampelte.

Sie zerrten mich aus dem Bett, warfen mich auf die Holzdielen. Mein Nachthemd rutschte hoch bis über die Hüftknochen, sodass die Männer meinen Slip sehen konnten.

»Neiiiiinnnnnnnnnn!«

Mein Schrei gellte durch das Haus. Schweine! Schweine!!

Ich spürte, wie zwei Männerhände mein Nachthemd wieder herunterzogen. Noch immer war ich fast blind. Kreischte, tobte, versuchte zu beißen, schlug um mich. Doch die Männer waren stärker, hielten mich an Armen und Beinen fest. Drehten mich auf den Bauch, rissen mir die Arme auf den Rücken, fesselten mich mit Handschellen, so stramm, dass mir das Metall ins Fleisch schnitt. Dann packten sie mich an den Oberarmen, hievten mich hoch. Ich ließ mich fallen. Langsam kehrte meine Sehkraft zurück. Überall wimmelte es von vermummten Gestalten in dunklen Kampfanzügen. Sie trugen Sturmhauben mit Sehschlitzen. Keiner sagte ein Wort.

Die Kerle schleiften mich nach draußen. Die Helligkeit im Hausflur brannte in meinen Augen. Oben auf dem Treppenabsatz erkannte ich die Nötzelmann und ihren neuen Lebensgefährten, den Journalisten. Beide trugen Schlafanzüge, ihre Haare waren zerzaust. Die Männer griffen nach meinen Beinen. Ich versuchte, mich freizustrampeln. Keine Chance. Je zwei Mann hielten ein Bein, zwei umklammerten meine Arme, ein weiterer hielt meinen Kopf zwischen seinen Pranken. Das grobe Leder seiner Handschuhe scheuerte an meinen Wangen. Wie ein sperriges Möbelstück wuchteten sie mich die Treppe hinunter. Unten stand der Oberstudienrat und schüttelte den Kopf. Die Männer schafften mich nach draußen, warfen mich in einen Polizeibus. Mir wurde schwarz vor Augen.

*

Als Dr. Anton Zimmer sich die Fotos vom Tatort ansah, wusste er wieder, warum er kein Strafverteidiger geworden war. Wildschweine hatten dem Toten das halbe Gesicht weggefressen, bevor sie von dem Förster, der die Leiche gefunden hatte, verscheucht worden waren. Das Nasenbein war auf Höhe der Augenbrauen mit einem scharfen Gegenstand zertrümmert worden.

Bei der Leiche handelte es sich um den Versicherungsmathematiker Dr. Tobias Rabe. Ehemann von Xenia Rabe – der rätselhaftesten Mandantin, die er je gehabt hatte. Nachdem sie damals in seiner Kanzlei gewesen war, hatte er nie wieder von ihr gehört. Auch auf seine Briefe hatte sie nicht geantwortet. Und nun war sie wegen Mordes angeklagt. Und er sollte sie verteidigen.

Zimmer seufzte. Er würde nicht viel für seine Mandantin tun können. Sie hatte sich gar keine Mühe gegeben, Spuren zu verwischen. Stundenlang war sie im Internet unterwegs gewesen auf der Suche nach dem perfekten Mord. *Giftmord, Mord, Substanz, geruchlos, geschmacklos, tödlich,* hatte sie bei *Google* eingetippt und war schließlich in einschlägigen Foren auf K.-o.-Tropfen gestoßen. Sogar den Bestellvorgang hatte die Kripo rekonstruiert. Zwar war keine derartige Substanz im Körper von Tobias Rabe nachgewiesen worden. GBL wurde im Körper zu 4-Hydroxybutansäure, also GHB umgewandelt, was binnen weniger Stunden abgebaut und nicht mehr nachweisbar war. Aber Xenia Rabes Handy war zum Todeszeitpunkt ihres Mannes in dem Bereich des Leichenfundortes eingeloggt gewesen. An der Leiche waren zig DNA-Spuren von der Frau gesichert worden. Nicht mal den Spaten hatte sie weggeworfen.

Zimmer entkorkte eine Flasche Bordeaux, der eigentlich viel zu teuer war, um ihn unter der Woche einfach so wegzupicheln. Na ja, er würde die Flasche als Bewirtungskosten deklarieren und von der Steuer absetzen. Zimmer blätterte in der Akte. Die Aussage von Kai Kunze, dem letzten Liebhaber Xenia Rabes, erschien ihm am unwichtigsten. Der Kneipenwirt machte sich Vorwürfe. *Hätte ich Xenia bloß nichts davon erzählt, dass Tobias den Hund vergiftet und seinen Bruder in den Selbstmord getrieben hat. Dann wäre das alles nicht passiert.*

Zimmer seufzte. Als wenn das so einfach wäre, dachte er und las die Aussage von Lorenz Schmidt und Saskia Terlinden. Die ehemaligen Arbeitgeber von Xenia Rabe beschrieben, wie ihre Mitarbeiterin, früher bestes Pferd im Stall, immer seltsamer geworden war. Sich in ihrem Büro verschanzt, kaum noch gearbeitet, sich mit Kunden angelegt und überall Intrigen gewittert habe. Vor allem an Saskia Terlinden habe sie kein gutes Haar mehr gelassen. Dabei sei die Agenturchefin ihr immer sehr zugetan gewesen. Sie hatte Xenia Rabe, als sie eines Morgens völlig aufgelöst in der Redaktion erschienen war, sogar noch nach Hause geschickt, damit sie sich ausruhen konnte. Doch Xenia Rabe sei danach einfach nicht mehr ins Büro zurückgekehrt, ohne Krankschreibung oder irgendwelche Erklärungen, sodass ihre Kündigung unvermeidlich geworden sei.

Ihm gegenüber hatte Xenia Rabe behauptet, ihre Arbeitgeber hätten sie mit einer Auszeit in eine Falle gelockt, um ihr kündigen zu können.

Ein Immobilienmakler hatte sich bei der Polizei gemeldet, nachdem der *Berliner Express* kurz nach Rabes Verhaftung ein großformatiges Foto von ihr veröffentlicht hatte. Der Makler erinnerte sich an den merkwürdigen Auftritt von Frau Rabe bei einer Wohnungsbesichtigung in Friedrichshain.

Sie sah plötzlich völlig verstört um sich, stürzte aus der

Wohnung, lief, wie irre, die Treppe hinunter. Ich bin ihr hinterher, dachte, der Frau sei vielleicht schlecht geworden und sie bräuchte Hilfe. Ich sah dann noch, wie sie abrupt auf dem Treppenabsatz stehen blieb, eine Zeitung aufhob, einen kurzen Blick darauf warf, sie dann aber zerknüllte und wegwarf. Ein gespenstischer Auftritt, so etwas habe ich noch nie erlebt.

Zimmer wusste, was der Makler meinte. Auch ihm hatte Xenia Rabe eine Illustrierte über den Schreibtisch geschoben, mit dem Finger auf ein Bild des spanischen Königspaares getippt und behauptet, das sei ihr Hochzeitsfoto. Und dann hatte sie ihn aufgefordert, die Journalisten vom *Berliner Express* zu verklagen, die das Foto angeblich aus ihrer Mülltonne geklaubt und an *Die Illustrierte* verkauft hätten. Er war sogar ein bisschen auf sie eingegangen, hatte mitgespielt und ihr erklärt, dass sie ein Recht am eigenen Bild habe. Das war vielleicht ein Fehler gewesen.

Seine alte Freundin Sarah Obermeier hatte ihm am Telefon dann erzählt, dass Xenia Rabe eines Morgens, als noch kein Journalist im Büro gewesen sei, völlig aufgelöst in der Redaktion erschienen war. Sie habe die Sekretärin angefleht, dass sie einen Journalisten sprechen müsse. Ihr Mann habe dieses junge Mädchen aus Brandenburg entführt, doch die Polizei weigere sich, gegen ihn zu ermitteln, weil er über gute Beziehungen verfüge. Obwohl die Sekretärin ihr nicht glaubte, notierte sie Rabes Adresse. Schließlich hatte der Lokalchef allen Mitarbeitern eingebleut, jeden Hinweis ernst zu nehmen, weil man ja nie wissen konnte, ob nicht doch was dran sei. »Auch El Masri wusste die unglaubliche Geschichte zu erzählen, dass der amerikanische Geheimdienst ihn gekidnappt habe«, hatte er immer gesagt. Deshalb seien Sebastian Schellenberger und Matthias Grothe sogar zwei Mal rausgefahren, um mit Xenia Rabe und ihren Nachbarn zu sprechen. Natürlich hätten sie gemerkt, dass die Frau völlig neben der Spur war. Doch anstatt sie in Ruhe zu lassen, hätten Schellenberger und Grothe die arme Frau ein bisschen durch die Stadt gejagt und Fotos geschossen. So seien ihre Kollegen eben, hatte Sarah ihm anvertraut und ihn damals gebeten, die Sache bloß nicht an die große Glocke zu hängen, weil Schellenberger und Grothe sonst ihre Jobs verlieren würden.

Die Kripo hatte Klara Schreyer, die Mutter von Antonia, vernommen.

Seit unsere Tochter verschwunden ist, haben wir ja einiges erlebt. Merkwürdige Anrufe, Wahrsager, die uns anboten, unsere Tochter zu finden oder ihren Aufenthaltsort auszupendeln. Aber diese Frau … Plötzlich stand sie vor der Tür, sagte, sie käme wegen Antonia. Natürlich ließ ich sie rein, obwohl ich völlig neben mir stand. Ich schlucke, seitdem Antonia verschwunden ist, starke Beruhigungsmittel. Die Frau, sie war klein, zierlich und sehr hübsch, folgte mir in die Küche und setzte sich. »Frau Schreyer«, sagte sie leise. »Das mit Antonia tut mir sehr leid. Ich hatte keine Ahnung, dass mein Mann … Ich meine, ich wusste nicht, dass er …« Ich war wie vom Donner gerührt. Sie verriet mir sogar noch den Namen ihres Mannes und ihre Adresse. »Wollen Sie sich über mich lustig machen?«, fuhr ich sie an, weil mir diese Frau gleich so merkwürdig vorkam. Doch sie wirkte ehrlich verzweifelt und völlig überzeugt von dem, was sie mir erzählte. »Frau Schreyer, ich wollte Sie nicht stören oder Ihnen wehtun. Aber es war mir ein Bedürfnis, zu Ihnen zu kommen«, jammerte sie und stöckelte mit ihren hohen Schuhen wieder aus meiner Küche. Es war wie ein böser Traum. Natürlich habe ich trotzdem die Polizei angerufen und den Beamten von ihrem seltsamen Besuch erzählt. Wissen Sie, wenn das eigene Kind verschwindet, einfach so, morgens auf dem Schulweg, greift man nach jedem Strohhalm. Die Beamten haben sich auch sofort mit der Berliner Polizei in Verbindung gesetzt. Später erfuhr ich dann, dass diese Frau dort schon bekannt war.

Obwohl es eigentlich nicht nötig gewesen wäre, hatte die Kripo sich sogar noch die Mühe gemacht, Hauptkommissar Wöste zu vernehmen, einen der Polizisten, die mit Xenia Rabe zu tun gehabt hatten.

Frau Rabe kam das erste Mal zu uns auf die Wache, kurz nachdem sie im Radio die Meldung gehört hatte, dass dieses junge Mädchen in Brandenburg verschwunden sei. Eine Zeugin hatte damals einen schwarzen BMW mit Berliner Kennzeichen gesehen, der auffallend langsam durch die Straße gefahren war, als Antonia verschwand. Und Tobias Rabe fuhr ja einen schwarzen BMW. Deshalb war seine Frau davon überzeugt, er habe Antonia entführt.

Später kam sie wieder, behauptete sogar, dass ich sie telefonisch bestellt hätte … Absurd war das Ganze. Sie war nicht davon abzubringen, dass ihr Mann Antonia entführt und ermordet hätte. Ihr Mann war tatsächlich nicht ganz sauber. War als Stalker aufgefallen, schwarzgefahren, hatte Strom beim Nachbarn geklaut. Das habe ich Frau Rabe auch erzählt. Vielleicht hätte ich das nicht tun sollen. Aber ihr Mann hatte ein Alibi, war mit einem Kollegen auf Dienstreise gewesen, als Antonia verschwand. Seine Frau hörte gar nicht zu, wenn man mit ihr redete. In ihrem Kopf lief ein eigener Film ab, vielleicht stand sie unter Drogen. Als ich ihr sagte, dass Antonias Schicksal doch noch völlig ungeklärt sei, brach sie zusammen.

Ich habe sie zum Polizeiarzt bringen lassen. Eigentlich hätte sie meiner Meinung nach sofort in die Psychiatrie gehört. Aber der Sanitäter ließ Frau Rabe nach Rücksprache mit dem Polizeiarzt wieder laufen. Natürlich haben wir Kontakt zu Dr.

Rabe aufgenommen, was für eine Frage. Ihm waren die Anschuldigungen seiner Ehefrau sichtlich peinlich. Er meinte, dass sie seit der Nachricht von dem verschwundenen Mädchen wie ausgewechselt sei, ihn verdächtige, diese Antonia entführt, vergewaltigt und ermordet zu haben. Doch er wollte seine Frau partout nicht zum Psychiater bringen, geschweige denn sie in die Klinik einweisen lassen. Irgendwann hielt er es zu Hause wohl nicht mehr aus und zog zu einem Kollegen. Jedenfalls kam Frau Rabe noch einmal auf die Wache. Sie glaubte nun, dass ihr Mann, den sie auf der Flucht vor der Polizei wähnte, bei ihr eingebrochen sei und Schmuck geklaut habe. Außerdem fühlte sie sich von Journalisten verfolgt. Ich habe vorsichtig versucht, ihr zu erklären, dass Stresshormone die Nerven bei großer Anspannung schädigen könnten. Frau Rabe war natürlich empört, fühlte sich nicht ernst genommen und verließ wutschnaubend die Wache. Also, wenn Sie mich fragen, sind der Sanitäter und der Polizeiarzt schuld. Die müsste man zur Rechenschaft ziehen

Sanitäter Meyer war sich allerdings keiner Schuld bewusst.

Xenia Rabe wurde zu uns gebracht, nachdem sie einen Kreislaufkollaps erlitten hatte. Ansonsten wirkte sie völlig normal, redete auch kein wirres Zeugs. Im Gegenteil. »Sie können mich nicht gegen meinen Willen festhalten. Ich habe nichts verbrochen«, sagte sie sehr selbstbewusst. Plötzlich platzte der Kommissar in die Untersuchung, meinte, wir müssten Frau Rabe in die Psychiatrie einweisen lassen. Dabei sollte er eigentlich wissen, dass das gar nicht so einfach ist.

Immerhin hatte ein Nachbar, ein pensionierter Oberstudienrat, schon recht früh den sozialpsychiatrischen Dienst alarmiert. Eine Frau von Samtleben hatte Xenia Rabe angerufen, um mit ihr zu reden. Xenia Rabe hatte wortlos den Hörer wieder aufgelegt. Die Sozialpädagogin war deshalb zu ihr nach Hause gefahren. Aber als Xenia Rabe die Tür nicht geöffnet hatte, war ihr Engagement erlahmt. »Wir können niemanden zwingen, sich helfen zu lassen«, hatte sie sich verteidigt.

Die Vernehmung von Timo Nehring musste mehrfach unterbrochen werden, weil der Kollege von Tobias Rabe zwischendurch immer wieder von Weinkrämpfen geschüttelt wurde, was die Beamten penibel in der Akte vermerkt hatten.

Tobias war weiß Gott kein Engel, hat Xenia auf jeder Dienstreise betrogen, konnte sehr unangenehm werden, wenn die Frauen ihn abblitzen ließen. Im Suff hat er mir mal erzählt, dass er unbedingt mit Xenia in den Swingerklub gehen wolle. Trotzdem, und das mag merkwürdig klingen, glaube ich, dass er Xenia irgendwie geliebt hat, auf seine Weise. Liebe und Sex waren für ihn halt zweierlei. Die erste Zeit nach ihrer Hochzeit war er mit Xenia wohl auch sehr glücklich. Aber kurz nachdem sie im Radio gehört hatte, dass ein junges Mädchen entführt worden war, drehte sie richtig ab. Machte Tobias Vorhaltungen, dass er diese Antonia, oder wie sie hieß, entführt, vergewaltigt und ermordet habe. Dabei wusste man ja gar nicht, was überhaupt mit Antonia passiert ist – und sie ist doch noch immer verschwunden.

Wir waren jedenfalls zur fraglichen Zeit in München auf Dienstreise. Aber Xenia war nicht davon abzubringen, dass Tobias das Mädchen entführt und ermordet hätte. Verwüstete die Wohnung, riss alle Kleider aus Schubladen und Schränken, warf mit Büchern, anderen Gegenständen, ja sogar mit Lebensmitteln nach Tobias. Mit Zucker, Mehl, Kaffee – furchtbar sah die Wohnung aus. Sie beschimpfte ihren Mann als Mörder und Kinderficker.

Irgendwann hielt er es nicht mehr aus, packte seine Koffer. Aber Xenia verstieg sich nun in die Idee, Tobias sei geflohen, und setzte Himmel und Hölle in Bewegung. Sie ging zur Polizei, schaltete die Presse ein. Natürlich verlief das alles im Sande. Trotzdem wollte Tobias nichts davon hören, Xenia in die Psychiatrie einweisen zu lassen. Er redete sich ein, dass sie sich schon wieder fangen würde. Eines Tages bekam Tobias Post von Xenias Anwalt. Sie wollte sich wohl scheiden lassen.

Stimmt, erinnerte sich Zimmer. Er hatte Dr. Rabe ins Büro geschrieben, ihm allerdings nur mitgeteilt, dass seine Frau bei ihm gewesen sei, und um Rückruf gebeten. Auch er hätte ihm geraten, Xenia Rabe in die Psychiatrie zu bringen.

Jedenfalls war Tobias völlig niedergeschlagen. Er wollte noch einmal mit Xenia reden. Also fuhr er an jenem Abend zu ihr. Als er am Morgen noch nicht wieder zurück war, dachte ich erst, die beiden hätten sich vertragen, und habe mich gefreut. Doch dann erschien mein Kollege nicht zur Arbeit und tauchte auch am nächsten Tag nicht wieder auf. Ich bin zu Xenia gefahren. Sie öffnete nicht mal die Tür. Ich habe noch drei Tage gewartet, bevor ich zur Polizei gegangen bin. Aber ihre Kollegen haben mich abgewimmelt, sagten, Tobias Rabe sei erwachsen, könne machen, was er wolle. Und ich sei ja noch nicht mal ein Angehöriger. Eine Vermisstenanzeige könne, wenn überhaupt, nur seine Frau aufgeben.

Zimmer schlug das psychiatrische Gutachten auf.

Paranoide Schizophrenie, las er die Diagnose des Gerichtspsychiaters. Xenia Rabe war verrückt. Sie hörte Stimmen, fühlte sich verfolgt, litt unter Halluzinationen. In ihrem Kopf spielte sich ein Theaterstück ab, das mit der Realität nichts zu tun hatte. Sie hörte ihr Gegenüber reden, verstand aber etwas völlig anderes. Oder sie verstand Bruchstücke des Gesprächs, setzte sie in ihrem Kopf völlig neu und sinnentstellt zusammen. Das Gefühl hatte auch Zimmer gehabt. Sie hatte vor ihm gesessen und war doch ganz weit weg gewesen. Hatte seine Worte gehört, aber nicht verstanden. Schizophrene lebten in ihrer eigenen Wirklichkeit, sahen im wahrsten Sinne des Wortes Gespenster. Im Internet hatte Zimmer gelesen, dass chemische Botenstoffe, sogenannte Neurotransmitter, diesen Spuk im Hirn auslösten.

Er musste an den Film *A beautiful Mind* über das Leben des Mathematikers und Nobelpreisträgers John Nash denken. Jahrelang hatte der Wissenschaftler in dem Wahn gelebt, er müsse für die amerikanische Regierung im geheimen Auftrag Codes sowjetischer Agenten entschlüsseln. Nash hatte, wie er später berichtete, die CIA-Agenten leibhaftig vor sich gesehen, mit ihnen geredet, Aufträge entgegengenommen. Besonders schmerzlich war für ihn die Erkenntnis gewesen, dass sein Studienfreund, mit dem er glaubte, jahrelang durch dick und dünn gegangen zu sein, nur in seiner kranken Fantasie existierte. Doch während Nash eines Tages geheilt worden war, hatte der Wahn Xenia Rabe zur Mörderin werden lassen. Und ihre Tablettensucht hatte den Wahn nicht nur verschlimmert, sondern ihrem Wesen auch eine Gewaltbereitschaft entlockt, mit der niemand gerechnet hatte. Deshalb war auch das SEK angerückt, um sie festzunehmen.

Was für eine teuflische Krankheit, dachte Zimmer und schlug die Akte zu.

Er drehte das bauchige Glas zwischen seinen Fingern und studierte die Farbe des Weines. Das Rot war tiefdunkel, fast schwarz. Die Lampe zauberte einen glühenden Punkt auf den Grund, der anfing zu tanzen, wenn er das Glas an den Mund führte.

Der Gutachter vermutete, dass das Verschwinden von Antonia bei Xenia Rabe ein altes Trauma wachgerüttelt habe. Möglicherweise sei sie als junges Mädchen selbst missbraucht worden. Doch seine Mandantin schwieg. Redete nicht mit der Polizei, den Ärzten oder dem Gutachter. Nicht mal mit ihm.

»Frau Rabe, wenn ich Ihnen helfen soll, müssen Sie mit mir reden«, hatte er versucht, an sie heranzukommen. Xenia Rabe hatte nicht mal gezuckt. Mit leeren Augen hatte sie vor sich hin gestiert, als wäre er gar nicht da.

Die Presse würde diese Geschichte natürlich ausschlachten, keine Rücksicht darauf nehmen, dass Xenia Rabe eine kranke Frau war. Sie würde die Vorurteile, denen Schizophrene ohnehin schon ausgesetzt waren, weiter schüren. Dabei wurden psychisch Kranke nicht häufiger gewalttätig als Gesunde.

Dieser Fall führte ihm die Zerbrechlichkeit der bürgerlichen Existenz vor Augen. Dass er hier saß, teuren Rotwein trank, war zwar durchaus sein Verdienst, aber er konnte es von einer Sekunde zu anderen verlieren, wenn sein Hirnstoffwechsel plötzlich verrücktspielte.

Sobald Xenia Rabe wieder zu Kräften gekommen und verhandlungsfähig war, würde ihr der Prozess gemacht. Sie war schuldunfähig und würde nicht ins Gefängnis kommen. Es ging nur noch um ihre Unterbringung in der forensischen Psychiatrie.

Dort aber würde Xenia Rabe so lange bleiben, wie die Psychiater sie für gefährlich hielten. Und das konnte ein Leben lang sein.

*

Sebastian Schellenberger war zufrieden. Einen besseren Auftakt als die Geschichte mit Xenia Rabe hätte ihm als neuer Lokalchef gar nicht passieren können. Die Ausgabe mit seiner ersten Titelgeschichte: *Wahnsinnige Berlinerin ver-*

gräbt Ehemann bei lebendigem Leibe war innerhalb weniger Stunden ausverkauft gewesen.

Katharina Herrenburg hatte ihn angerufen und gelobt: »Sehen Sie, Herr Schellenberger, Hartmut Gnitzke wäre stolz auf Sie.«

Natürlich wurde er als neuer Lokalchef hofiert, was Basti amüsiert zur Kenntnis nahm. Becker von der Mordkommission hatte als Erster angerufen. »Herr Schellenberger, freut mich, dass der *Berliner Express* jetzt so einen kompetenten Lokalchef hat. Die Sache von neulich nehmen Sie mir ja wohl nicht übel. Oder?«

»Ich weiß gar nicht, wovon Sie reden«, hatte Basti ins Telefon gekichert. »Etwa den Anschauungsunterricht am Helene-Weigel-Platz?« Abends waren sie dann zusammen ein Bierchen trinken gegangen. Seitdem duzten sie sich.

Auch die Lokalpolitiker, die Basti früher keines Blickes gewürdigt hatten, drängten sich nun danach, ihn kennenzulernen. Seine heiß geliebte Lederjacke hing im Schrank. Basti trug jetzt Anzüge. Manchmal, in einem unbeobachteten Moment, steckte er seine Nase in seine alte Wegbegleiterin, roch an der Mischung aus Zigarettenrauch, Schweiß und den Resten des Bieres, das Matze ihm einmal im Suff über die Jacke gekippt hatte. Was hatte er in diesem Teil nicht alles erlebt. Das Leder war an einigen Stellen rau und übersät mit kleinen und großen Kratzern. Die Jacke trug Narben, die auch seine waren.

Komisch, dass ausgerechnet eine Verrückte mir die beste Geschichte meines Lebens beschert hat, dachte Basti manchmal. Die Fotos, die Matze damals geschossen hatte, als sie die Rabe durch die Stadt gejagt hatten, waren nun bares Geld wert. Natürlich war diese kleine Racheaktion nicht in Ordnung gewesen. Aber Matzes Kamera wäre beinahe zu Bruch gegangen, als die Rabe sie beide zur Seite geschubst hatte. Außerdem war die blöde Kuh erst in der Redaktion gewesen und hatte dann doch nicht mit ihnen reden wollen. Völlig irre. Hatte wahrscheinlich in ihrem Wahn schon wieder vergessen gehabt, dass sie beim *Express* gewesen war. Und nun riefen Blätter aus ganz Deutschland an, um die Bilder zu kaufen.

Immerhin hatte er durch die Rabe seine zukünftige Frau kennengelernt. Und auch dass Basti, nachdem er bei Kristina eingezogen war, eine Weile im Stockwerk über der Verrückten gelebt hatte, zahlte sich nun aus. Seit Tagen schrieb er über Xenia Rabe, freilich ohne zu verraten, wie nahe er an dieser Geschichte ›dran‹ gewesen war. Der *Express* wusste die besten Geschichten über Xenia Rabe zu berichten. Wie sie mitten in der Nacht schreiend im Treppenhaus gestanden hatte zum Beispiel. Felsenfest war sie damals davon überzeugt gewesen, dass ein Fremder durchs Haus geschlichen sei. Den ganzen Keller hatte er gemeinsam mit dem Oberstudienrat abgesucht. Und dann dieser Fritze vom Schlüsseldienst, der sofort ein leichtes Opfer in der verrückten Frau Rabe gesehen hatte.

Nach ihrem nächtlichen Auftritt im Treppenhaus war Xenia Rabe eine Weile verschwunden gewesen. Als sie wieder aufgetaucht war, hatte sie sich in ihrer Wohnung verschanzt. Man hörte sie nur noch nachts. Manchmal lachte sie. Schallend und laut, wie eine Irre eben. Sie schmiss nach Mitternacht die Waschmaschine an oder ließ Badewasser einlaufen. Einmal hatte Basti vom Fenster aus beobachtet, wie Frau Rabe nachts die Straße entlanggerannt war. Barfuß.

Dass sie nicht ganz dicht war, hatte er natürlich von Anfang an geahnt. Aber dass sie ihren Mann umbringen würde …

Kristina machte sich nun Vorwürfe, weil sie nichts unternommen hatte. Vor allem, nachdem sie gesehen hatte, wie abgemagert Frau Rabe bei ihrer Festnahme durch das SEK gewesen war. Das Gesicht eingefallen, die Augen groß und voller Panik. Die Ärmchen dünn wie die eines Kindes, spindeldürre Beine. Ein zerbrechliches Vögelchen im Hemdchen. Aber getobt hatte sie. Mit neun Mann hatte das SEK sie bändigen müssen. Und nun stand bald der Prozess an. Das würde noch mal Stoff für ein paar gute Geschichten geben.

Basti schloss die unterste Schublade seines Schreibtisches auf, öffnete den Deckel des ausrangierten Kartons für Kopierpapier, den er ausgesucht hatte, weil er am unverdächtigsten wirkte. Er nahm einen kleinen *Feigling* heraus. Das Fläschchen fühlte sich gut an in seiner Hand. Er drehte den Schraubverschluss auf und kippte den Feigenlikör hinunter, ließ die leere Flasche in eine Plastiktüte von *Peek & Cloppenburg* gleiten. Er hatte ein altes Hemd in die Tüte gesteckt, sodass es aussah, als sei er einkaufen gewesen. Gleich würde er sich besser fühlen.

Wenn er ehrlich war, machte ihm der Druck, den sein neuer Job mit sich brachte, zu schaffen. Sein Ansehen stand und fiel mit der Auflage. Und wenn der *Express* keine Auflage machte, war Basti bald wieder weg vom Fenster. Deshalb brauchte er ab und an ein kleines Helferlein. Na ja, solange er nur harmlosen Feigenlikör trank, ging das ja wohl in Ordnung. Nicht so wie Hartmut, der ohne Wodka arbeitsunfähig gewesen war. So würde er nie werden, das hatte er sich geschworen. Basti fingerte einen *Fisherman's Friend* aus dem zerknitterten Papiertütchen, das in seiner Hosentasche steckte. Als neuer Lokalchef konnte er sich keine Alkoholfahne leisten.

Manchmal dachte Basti an Thomas. Und daran, warum er diesen Job mal an den Nagel hängen wollte. Aber was sollte er denn machen? Er musste doch bald eine Familie ernähren. Basti schob den Gedanken an Thomas beiseite. Ihm blieb ohnehin keine Zeit zum Nachdenken. Er hatte noch keine Titelgeschichte für morgen.

Gab es eigentlich was Neues über dieses verschwundene Mädchen in Brandenburg? Antonia oder wie hieß sie noch mal? Sarah sollte mal bei der Polizei in Brandenburg nachhaken. Machte sich ja ganz gut als Polizeireporterin. Eine Geschichte über vermisste Kinder in Berlin und Umgebung wäre doch vielleicht was für morgen …

*

Mein Zimmer sieht aus wie das Zimmer eines normalen Krankenhauses. Bett, Nasszelle, Schrank, blassblauer Linoleumboden.

Manchmal verraten die quietschenden Gummisohlen der Pfleger, dass sie zu mir kommen. Dann muss ich meinen Bericht, den ich heimlich schreibe, schnell verstecken. Ich schiebe die Blätter unter die Linoleumplatte, die ich mit den Fingernägeln vom Boden gelöst habe, und rolle den Nachttisch über die Stelle.

Wenn sie mir das Essen hinstellen, liegt nur ein Löffel auf dem Tablett. Als wäre ich ein kleines Kind, das nicht mit Messer und Gabel essen kann. Aber ich rühre sowieso nichts an von diesem Zeug. Das Essen riecht schon so komisch. Wahrscheinlich ist es vergiftet.

Die Fenster sind vergittert. Trotzdem stehe ich oft stundenlang davor, sehe nach draußen in den Park, weil es mich beruhigt. Es ist Herbst geworden. Die Kastanien werfen ihre

Früchte ab. Aber im Park laufen keine Kinder herum, die sie aufsammeln. Denn der Park ist umgeben von einem hohen Zaun, den man hinter den Kastanien erkennen kann, wenn man genau hinsieht.

Es hat eine ganze Weile gedauert, bis ich begriffen habe, was hier gespielt wird. Die hängen alle mit drin, das können Sie mir glauben. Der Kommissar, Dr. Zimmer, die Ärzte, selbst der Gerichtspsychiater. Einen riesigen Kinderschänderring hat Tobias da aufgezogen. Und jetzt, wo ich ihn aus dem Weg geräumt habe – dass auch Peter dran glauben musste, ahnt niemand –, soll ich mundtot gemacht werden. Stellen mich als Irre hin. Wollen mich in der Psychiatrie verschwinden lassen.

Was für eine Ironie des Schicksals, dass mir jetzt nichts anderes übrig bleibt, als mich ausgerechnet an die Presse zu wenden. Natürlich nicht an diese Idioten vom *Berliner Express,* die von Anfang an nicht richtig begriffen haben, was hier gespielt wird. Erst wollten sie mich gar nicht anhören, obwohl ich der begriffsstutzigen Redaktionssekretärin alles genau erklärt habe. Und dann, als sie wohl gemerkt haben, dass ich die Wahrheit sage, wollten sie mich gleich fotografieren. Als wenn davon die Rede gewesen wäre. Durch die ganze Stadt haben sie mich gejagt.

Nein, nein. Ich denke eher an die internationale Presse, die diese Verschwörung aufdecken soll. Ich muss nur noch jemanden finden, der meinen Bericht nach draußen schmuggelt. Damit die Nachwelt erfährt, was wirklich passiert ist.

Allmählich wird es still auf der Station. Die Dämmerung legt sich auf den Park.

Ich könnte die ganze Nacht durchschreiben:

Die Erinnerungen haben sich in mein Gedächtnis gebrannt wie Jahresringe in einen Baumstamm. Wahrscheinlich, weil sie so schmerzlich sind. Jede Einzelheit ist mir präsent, so als sei es gestern gewesen …

*

Klara Schreyer weinte. Das Telefon in ihrer Hand zitterte. Tränenblind sah sie ihren Mann Ludger an, der aus der Küche gelaufen kam.

»Klara, Klara, was ist?!« Ludgers Stimme kippte. Er merkte, wie seine Hände feucht wurden. Panik stieg in ihm hoch. Antonia?! Antonia, seine Tochter. Tot?! Nein!

Ludger Schreyer hatte das Gefühl, als würde sich der Boden unter ihm auftun. Wochenlang diese Ungewissheit. Jede Nacht ohne Schlaf. Beruhigungsmittel waren für seine Frau zum Grundnahrungsmittel geworden. Das ganze Gebiet um Harre hatte die Polizei durchkämmt. Mit Hunden, Hubschraubern, Wärmebildkameras. Nichts. Er war dann selbst noch mal los, hatte unzählige Handzettel verteilt, sie in Klarsichtfolie an Bäume genagelt, in Cafés ausgehängt und einen Suchaufruf mit Antonias Fotos ins Internet gestellt. Doch Antonia blieb verschwunden. Wie vom Erdboden verschluckt.

Mit zittrigen Fingern drückte seine Frau auf die Lautsprechertaste, damit Ludger hören konnte, was der Polizist ihr am Telefon erzählte.

Antonia war gefunden worden. Sie lebte. Die italienische Polizei hatte sie in Mailand aufgegriffen. Auf der Via Montenapoleone, einer der exklusivsten Einkaufsstraßen Europas. Sie war in Begleitung eines fünfundvierzigjährigen Mannes aus Berlin gewesen, der mit ihr in seinem schwarzen BMW nach Italien gefahren war. Antonia hatte bei der Mailänder Polizei angegeben, dass der Mann, den sie übers Internet kennengelernt habe, ihr Freund sei.

Klara Schreyer hatte seinen Namen noch nie gehört. Thomas Krämer. Antonia hatte ausgesagt, dass sie mit ihm ausgerissen sei, weil ihr Harre stinke. Ihr Elternhaus, die Schule, einfach alles. Körperlich sei sie immerhin wohlauf, versuchte der Beamte die Mutter zu beruhigen. Der Mann habe Antonia neu eingekleidet und ihr bei Gucci eine Handtasche gekauft – für fast eintausendsiebenhundert Euro. Antonias einzige Sorge sei gewesen, ob sie diese Tasche behalten dürfe.

In ein paar Stunden würde sie ein Flugzeug in Mailand besteigen und nach Berlin fliegen. Ob sie ihre Tochter vom Flughafen abholen könne, wollte der Polizist wissen. Was für eine Frage?!

Gegen Antonias Begleiter würde die Staatsanwaltschaft natürlich ein Ermittlungsverfahren wegen Entführung und sexuellen Missbrauchs einleiten, versicherte der Polizist. Der Mann war in Italien sofort festgenommen worden.

Klara Schreyer hörte dem Polizisten gar nicht mehr zu. Sie drückte Ludgers Hand, dem nun die Tränen über die Wangen liefen. Ihre Tochter war wieder da. Sie lebte. War das nicht das Wichtigste?

Nachwort

Die Handlung dieses Romans ist frei erfunden und ein Produkt meiner überspannten Fantasie. Ähnlichkeiten mit lebenden oder verstorbenen Personen sind rein zufällig. Sogar einige Orte sind erfunden, Haus- und Autonummern künstlich verlängert. Die Berliner Polizei möge mir nachsehen, dass ich ihr ein elftes Mordkommissariat angedichtet habe. Wer allerdings glaubt, ich sei mit der Polizei zu hart ins Gericht gegangen, dem sei die Lektüre des Berichts von *Amnesty International* aus dem Jahr 2010 über Polizeigewalt in Deutschland ans Herz gelegt oder das Urteil des Oberlandesgerichts Köln (Az 7 U 53/08), das sich mit einem missglückten SEK-Einsatz beschäftigt.

Auch Rückschlüsse auf meine journalistische Arbeit sind fehl am Platze. Der *stern* arbeitet gottlob nicht so wie die beiden Schlitzohren Basti und Matze. Meine Romanfiguren sind wie Kinder. Ich habe sie in die Welt gesetzt und bin beim Versuch, sie anständig und politisch korrekt zu erziehen, kläglich gescheitert. Wie ungezogene Teenager sind sie mir beim Schreiben auf der Nase herumgetanzt und haben gemacht, was sie wollten. Ich war machtlos. Ehrlich.

Dank

Bedanken möchte ich mich bei meinem Ehemann Martin Herrnkind, unserem Freund Falk Menzner, Kripobeamter und *Amnesty*-Mitglied, für die vielen Gespräche über Polizeigewalt. Schade, dass er das Erscheinen dieses Buches nicht mehr miterleben kann. Meiner Freundin Dagmar Calais, Chris Steinbrecher, dem Krimiautor Walter K. Ludwig, dem Fotografen Bertram Solcher, Barbara Stang, meiner Mutter, Peter, meiner Lektorin Jana Kreuter, Staatsanwalt Uwe Picard, RW und CS, die mich anspornte, ohne es zu ahnen.

Starke Frauen im Mittelalter

Beate Sauer

Die Schwertkämpferin

ISBN 978-3-89425-613-5

Mitte des 13. Jhs: Sizilianische Bauern finden eine schwer verletzte junge Frau und bringen sie in ein nahe gelegenes Kloster. Den Mönchen gelingt es, die Verwundete zu retten, doch sie hat keine Erinnerung daran, wer sie ist. Bald erkennt Teresa, wie sie fortan genannt wird, dass sie heilkundig ist – und unter dem Bann einer dunklen Macht steht.

Währenddessen versucht der kaiserliche Gefolgsmann Alessio, Verschwörern auf die Spur zu kommen, die den Tod Friedrichs II. planen. Als sich die Wege von Alessio und Teresa kreuzen, scheint eine Katastrophe unaufhaltsam zu sein …

»Sämtliche Figuren wirken neuartig und durchdacht, phantasievolle Handlungsstränge sind überzeugend miteinander verknüpft und das gesamte Buch strotzt nur so voll Atmosphäre.«
WDR4, Taschenbuchtipp

»Beate Sauers neuester Historienthriller ist nicht nur spannend und kenntnisreich, sondern auch ausgesprochen gut geschrieben.«
20 Minuten (CH)

Beate Sauer

Die Buchmalerin

ISBN 978-3-89425-600-5

Im Westen des Deutschen Reiches, zu Beginn des Jahres 1235 n. Chr.: Der Machtkampf zwischen Papst Gregor IX. und Kaiser Friedrich II. bestimmt das Schicksal Donatas, einer jungen Buchmalerin. Seit vier Jahren vor der Inquisition auf der Flucht, beobachtet sie einen Mord und wird damit zur Schlüsselfigur in dem perfiden Intrigenspiel eines Kardinals.

»Die Geschichte der Buchmalerin Donata, die von der Inquisition verfolgt wird, ..., ist wirklich so spannend, dass man diesen Wälzer nicht aus der Hand legen kann.« Brigitte

»Der historische Kriminalroman bietet beste Unterhaltung sowohl für Krimifans als auch für Freunde historischer Romane.«
3sat.online

grafit